青門里

◉袁勁梅／著

聯合文叢 514

目次

第三章：暴動 99

第四章：剪子巷 149

我們對於社會的罪惡都脫不了干係。

——易卜生

第一章：叢林動物

×年×月×日：

彌爾格林實驗：研究人的服從權威心態和獨立反省能力。

二戰後，人們反省：為什麼許許多多普通人變成納粹，理直氣壯地殺猶太人。一些心理學家做了該實驗：由一個穿著白大褂的醫生，告訴一組自願參加實驗者：這是一個「記憶單詞方法」實驗。如果隔壁房間的學習者拼寫錯了一個單詞，你就要按一下前面的電源按鈕。會有電流在對方身上輕擊一下，就像小孩子學字，記不住，大人就在他們手心上輕輕打一下。這種帶一點疼痛的懲罰性學習方法，可以加快記憶。

隔壁房間裡的人是一些演員，參加實驗者不知道。演員按實驗設計，不時地拼錯字。一錯，這邊的參加實驗者就按一下電鈕。隔壁的人就「哎喲！」叫一聲。隨著錯誤增多，電流量越加越大。那邊的人叫得越來越厲害。有參加實驗者懷疑了，問「穿白大褂的醫生」：「對面的人很疼了，實驗要不要繼續。」「醫生」面無表情，說：「這是實驗要求。疼，對他們有好處。繼續。」參加實驗者又繼續按電鈕。隔壁的人叫得更慘烈，有人作暈倒狀，還有人作心臟病發作狀。參加實驗者開始受不了了，問：「還要繼續？」「醫生」依然面無表情，說：「繼續。一切不用你們負責。只做你們該做的。」參加實驗者猶猶豫豫又繼續按電鈕。直到電伏加大到可以電死人，也沒有一個人問：憑什麼我們要聽這個「穿白大褂的人」的指令？僅僅是因為他穿了白大褂，他就有了權威嗎？

彌爾格林實驗結果：普通人均有服從權威的天性。這種人性中的盲目服從心理，可以解釋為什麼歷史上獨裁者能駕馭人民。希特勒殺猶太人，人人都知道那是製造痛苦和殘忍，可那麼多德國人還是跟著幹，以為是使命。

我們（科安農和蘇邶風）的「生物—人類學」課題將從人性中這種服從心態及其危險性開始。

摘自《科安農—蘇邶風觀察日誌》

動物園

我們過的這個時代，像井噴。深深一口井，上下五千年。突然就激蕩起來，先來了個十年動亂。嗨，這歷史。眼見著，時機一轉，井噴開始。想都沒來得及多想，高樓就沖到地面上來了。一幢接一幢，銀灰色的，墨黑色的，反著光。人造叢林一般。以前挺在路邊的電線桿子變成了火柴杆子，樹變成棒棒糖。小汽車像甲蟲一樣，你咬著我的屁股，我咬著你的屁股，一群推一群，蜂擁到變細變窄的道路上來。

在這井噴剛開始的時候，文化人中有一浪出國潮。我是那時被沖到西方的。我走的時候，人們在說：「落後就要挨打」。關於「挨打」，得說清楚：挨自家長輩打，自然是不算的，那叫：「鞭策」，讓老人家消消氣。那時候說的「挨打」是泛指西方世界要打我們。

我的老爸是一個對達爾文的進化論深信不疑的生物學家，他對我說過：「連人都是自然選擇的結果。」這個「人」是「好人」還是「壞人」他沒說清楚。達爾文的體系本來也容不下多少倫理道德。有中國的成語說：「大魚吃小魚」。似乎全世界的本質就是一條食物鏈。人能吃能喝，牙齒最硬，在食物鏈的盡頭一統萬物。動物早不敢跟人打了，人自己打自己。小打叫「競爭」，中打叫「武鬥」，大打叫「世界大戰」。「自然」到底要選擇出什麼樣的「人」來傳種，大家拭目以待。

我以「小魚」的姿態到了美國，有一段時間，心裡在「做大」和「快樂」之間掙扎。「做大」很簡單，拚命掙錢發財當大魚，心一狠，只管自己，碰見小魚該吃就吃。想想還是不好，小時候批判「地主婆」，形象太醜惡，那樣的角色不是人當的。我不是有野心的女人，想像不出哪天我做大了是什麼樣。「快樂」就比較「哲學」了，魚有魚之樂，鳥有鳥之樂，吃魚的快樂和放生的快樂還相衝突。我一咬牙，決定：尋找「人之樂」。哲學一場，活個明白。

不過，我到的地方並不高級，叫「動物園」，這是我在美國尋找「人之樂」的起點。那時候，剛好生物學家和人類學家聯手，要把人性一直追蹤到DNA。我搞的是「人類學」，和我聯手的是研究黑猩猩（Chimpanzee）和博諾波猿（Bonobo）的生物學助教科安農。我的第一個助研工作就是和科安農一起在「亨利·多利野生動物園」給黑猩猩「昆奇」當媽、當爹。那時，我們倆都是研究生，戀愛已談到第二輪，一人帶一個「小油瓶」，他的叫賽克，我的叫豆子。

「昆奇」是亨利·多利野生動物園剛出生的一隻黑猩猩。牠的年輕的母親「塔娜」是昆奇家族裡一隻下層母黑猩猩（年輕的雌性在黑猩猩的社會中是下層。上層雌黑猩猩多為成熟年長者）。昆奇出生不到一個星期，塔娜就不當心把牠的右前胳膊給摔斷了。黑猩猩很暴力，弄傷自己的嬰兒，是黑猩猩家庭裡的常事。我們給昆奇上了固定夾，可是塔娜不喜歡固定夾，昆奇才回到牠身邊幾分鐘，塔娜就把固定夾扯下來了。還齜著牙把固定夾咬得稀巴爛。這樣，我們就不得不把昆奇和塔娜分開。我穿上一件仿黑猩猩毛皮的大背心，以塔娜的姿勢坐在椅子上，把昆奇放在肚子上，讓牠有觸到媽媽皮毛的感覺。過一個小時，科安農就送一瓶奶進來，我們一起餵昆奇。我們用鐵柵欄門把塔娜隔在外面，這樣昆奇依然可以聞到牠媽媽的氣味，牠媽也可以聞到牠的氣味。等昆奇胳膊好了以後，再回到牠的大家庭中，不會被當作野孩子。黑猩猩是家族群聚動物。家族社會等級森嚴，排外得很。

黑猩猩性情凶殘，牠們為爭權奪利互相廝殺，且最善群體進攻，做野外實習時，我常見牠們一群藏在密林裡，交頭接耳，等待時機。觀察牠們在叢林中的生活，簡直就像觀察一群山中的土匪集團。牠們吃殺其他小猴，血淋淋地分食骨頭。昆奇家族中的老祖母就是一個暴躁凶悍的慈禧太后，牠不是在野生動物園裡出生的，牠來的時候已經十八歲，幾十年後，依然野性十足。

昆奇的老祖母對塔娜喪失兒子還不在乎非常生氣，在園子裡一圈一圈地轉，發出「喔噢……啊……噢喔」的聲音。這是黑猩猩的語言，發怒的時候，不滿的時候，呼籲抵抗和上級號召整下級的時候，牠們就會發出這種聲音。這次，老祖母是發怒。是對塔娜的無能發怒。老祖母轉圈子的時候步子很大，一隻長胳膊撐地，像持一把枴棍一般；另一隻胳膊捶胸，拳頭一下一下打在自己胸前。走到塔娜跟前，停住，兩個拳頭捶胸。滿身都是憤怒，像要把塔娜吃了。黑猩猩專家富蘭斯・德・瓦爾（Frans De Waal）說：「你可以把黑猩猩帶出叢林，但你不能把叢林帶出黑猩猩。」

人和動物

科安農家祖輩都是軍人，老老老太爺爺和印第安人打過仗，老太爺打過一次大戰，爺爺打過二次大戰，到他老爸，開始反戰。人為什麼要互相打？死了那麼多人，回頭一想：二次大戰不是起源於荒蠻之邦，是德國、是義大利，還有那個偷襲珍珠港的日本。日本不談，科家的人不懂它的文化。那德國可是出康德和黑格爾的國家，義大利在古羅馬就出過亞里斯多德。那些頭腦清楚的民族怎麼會一下都瘋了，成千上萬的人聽一個人的指揮？人到底怎麼了？科安農的老爸說：「危險啊，危險啊。『邪惡是一種事故』[1]。一不小心就滑進去了。一個人瘋狂不是恐怖，一國一族瘋狂才是恐怖。人怎麼像一窩黑猩猩，為了一族的領地和繁衍，編一個光鮮口號，就能一窩蜂去殘殺別族的人？」

科安農的老爸手裡拿了一本雜誌，叫我看。他說：「這是我寫的文章。我這個定義應該寫到兒童學的歷史教科書裡：什麼叫『大屠殺』？大屠殺，第一個標志就是把人分類，分成『我們』和『他們』；第二個就是煽動仇恨，給『他們』戴上『下等』的符號；第三就是把一類人不當人，當成動物、當作蟲；第四就是『我們』結成一群，成立一個組織，把『他們』關進集中營；第五就是大屠殺。希特勒就是這麼幹的。那些納粹的『我們』紮成群，集體創造一種虛幻的安全感和種族使命感，把罪惡感給代替了。紮群，是產生獨裁

1 奧古斯丁（St. Augustine）論邪惡語錄。

的土壤。那段歷史結束了。我一輩子絕不和任何人紮群。」

科安農的老爸在科安農還是小孩子的時候，就一個人跑到印第安保留區辦了個一人廣播電臺。用萊科達印第安語和英語同時播音。要為祖先贖罪。「德國人殺猶太人是大屠殺，我們的祖先殺印第安人也是。」科安農的老爸在廣播電臺對所有人這樣說：「贖罪，不要問一個人能做多少？沒多少。沒多少也比不做好。懺悔，不是指望已死去人的原諒，那是乞求自己良心的原諒。」

科安農從小長在愛荷華的一個全是白人的小鎮上，一到假期，就跑到父親工作的印第安人小鎮待著，那個小鎮屬「玫瑰蕾保留區」，科安農在那裡認識了很多保留區的印第安人。科安農長了一副美國大兵的模樣：藍眼睛，大鼻子，一臉雞冠花似的自信和單純。但卻是一個堅定的「非暴力主義者」，為任何傷害性行為而羞愧。他說他想要一個中文名字，動物園計劃將來從中國借兩隻中國金絲猴。科安農說：以後到中國去接金絲猴，好把自己介紹給牠們。我就給他起了「科安農」。因為他的英文姓叫「科爾本」，故姓了「科」。他希望他的中文名字裡有「平安」和「環保」的意思。我就給他取了「安農」。永遠種田，不開工廠，既平安又環保。

科安農大手捏著小奶瓶，往昆奇的嘴裡塞，「雞冠花」就能立刻化成桃花水——柔情似水。他把對動物的愛不停地用「親吻」表達出來。在昆奇還不會傷人的時候，他當著我的面親了昆奇的屁股。一邊親一邊說：「我要把你教成一個『惠樂』。」

我說：「做夢。」

「惠樂」，是科安農最喜歡的一隻博諾波猿，十一歲了。長得瘦長，有薄薄的小紅嘴（黑猩猩是沒有那麼人性的嘴的），給牠一根甘蔗，牠就拖著直跑，直立行走。黑猩猩（Chimpanzee）和博諾波猿（Bonobo）是「人」最近的兩個動物親戚。但是人們都知道黑猩猩，卻沒有多少人知道博諾波猿。因為博諾波猿不像黑猩猩，喜歡時不時地跑出叢林，也不像人，完全跑出了叢林。牠們心安理得地待在原始叢林裡，過著牠們「竹林七賢」式的好日子。長期以來人們一直以為博諾波猿不過就是黑猩猩中的一支，還給牠們起了個名字叫「小黑猩猩」。直到上個世紀末，生物學家們才把這個錯誤糾正過來，把被誤稱作「小黑猩猩」的博諾波猿從「黑猩猩」種屬中分離出來，定為一個獨立物種。

博諾波猿的秉性和黑猩猩大不一樣，人家有德性：「只做愛，不打仗」。這是科安農最讚賞牠們的地方。「打什麼打？」他說：「羅密歐茱麗葉的悲劇就是家族情仇弄的。羅密歐茱麗葉定是有太多博諾波基因，情種。他們周圍的人要稍微寬容一點，他們也不會死。人怎麼不接受教訓？學學博諾波猿。若只會用暴力解決衝突，人還沒進化到博諾波猿的水平。」

「惠樂」的情人是一個二號母猿，屁股粉紅，兩個大「花瓣」腫脹成兩個粉紅色的乒乓球，撅著。正在發情。那兩個粉紅色的乒乓球在「惠樂」眼前晃，性感而有吸引力。每種動物都有法子吸引異性，不過母博諾波猿吸引異性的方法是有代價的。牠們在「腫脹期」連坐都不能坐，只能半個屁股著地。每每看見牠們為「性」作的犧牲，我都會慶幸

「女人」沒有進化出那樣兩個大傢伙。不然，就更別談「婦女解放」了。

母博諾波猿發情、生育、主政。和黑猩猩比，母黑猩猩成年後只有五分之一的時間在懷孕育子，母博諾波猿成年後有一半的時間在懷孕育子。博諾波猿靠「愛情」組織社會，群體中若發生了衝突，只一分鐘，立刻就有一方上來要求性交，另一方永遠欣然接受，毫不扭捏，然後和好如初。吃喝，玩，性交這樣的好事，在博諾波猿群體中可以不停歇地玩下去，也不需要戰天鬥地，一根甘蔗就能過個年，非常「道家」。

科安農告訴我，他看見惠樂把一隻受傷落地的小金絲雀拿到樹上，兩手拉開牠的翅膀，然後一鬆，想讓牠飛。結果，小金絲雀又落到草地上，惠樂就一直坐在草地上看著，不讓別人踩了小金絲雀。科安農說：「惠樂關懷其他物種的胸懷是個證明：一物降一物，一種吃一種，不是對進化過程的正確描述。當『同情心』飛過進化論眼前，就像飛機和鳥飛過萬有引力的眼前一樣。這些不是例外，是規則的一部分。『善』必須是進化的一個內容。要是『善』在進化論中沒有角色，哪怕進化出再發達的社會也不值得活。」

這點我同意。哪一個社會都得有是非對錯，一個淪落到沒有是非善惡的社會，是人類最大的悲劇。人的社會進化不是進到達爾文的原始叢林，而是走出叢林。要是把「叢林規則」玩到高樓林立的城市裡來了，那可實在不能說是進步。

我想到我小時候，看小朋友家的狗在每一根電線桿子下面嗅，然後決定要不要翹起腿來尿一泡。我也學著那種機靈的樣子，低下頭到電線桿子下去嗅。多半是什麼味道也嗅不出來的，偶爾能嗅到「臭尿味」。等到後來聽我爸爸解釋：狗兒不但能嗅出臭尿味，還能嗅出是大狗尿的臭尿味，還是小狗尿的臭尿味。要是比牠小的狗在電線桿下尿了，牠就要加一泡，蓋上；要是比牠大的狗尿的，牠就繞開走。我很是為自己不能嗅出狗的大小而自愧不如。狗，就是進化出了比人高級的嗅覺。動物世界各有所長，鳥，進化出比人能飛的翅膀；博諾波猿，進化出比人能耐的性感。讓我自愧不如的地方多著呢。那麼，我們人總得有些自己的獨特優點，才能把自己稱作「人」吧。假如，人獨有的本事是會做道德選擇，人就該想想，選哪條路，才能走進「人」的行列。

科安農和我共同研究「衝突的起源和和平解決社會爭端」。我們的工作在「動物」和「人」的邊界上交叉。蒙昧時代是我們共同感興趣的。我們的問題很多。說人從蒙昧走到文明，可怎麼走著走著就自己打將起來了？又是戰爭，又是動亂？比哪個物種打得都慘烈、荒唐。也許，那條動物和人的邊界並不是一條直切線；也許，人的文化更像是一些「圈兒」，如尼采所說：「文化是一環套一環的圈兒。有些是金圈，有些是銅圈，還有一些是荊棘編織的圈兒。」世界的複雜和有趣正是因為各種圈兒雜亂套在一起，圈和圈像基因一樣纏繞著，之間幾乎無解，只有大小不同。每一個地方都有金圈，每一個時期都有金圈，只是分離不出來。尋著了一點兒金圈就是尋著了「人」。我們把「人」定義為：有德性的動物。金圈大一點兒，就陽光燦爛。

因為昆奇被我們抱著餵了很長時間，昆奇長到兩三歲，對我和科安農的氣味依然有好感。看著這個人類的動物近親，小孩子一樣跟我們廝混，我們老是會不自覺地想起我們自己的「小時候」。我們「小時候」到底和昆奇有多少不同？怎麼我們就叫「人」，昆奇和柔情似水的惠樂叫「動物」？我們哪點值了「人」這個稱號？

昆奇養過傷的那間隔離室裡，有一面沒玻璃的牆上貼著一張「動物進化時間及共同基因比較圖」：

圖下有解釋：

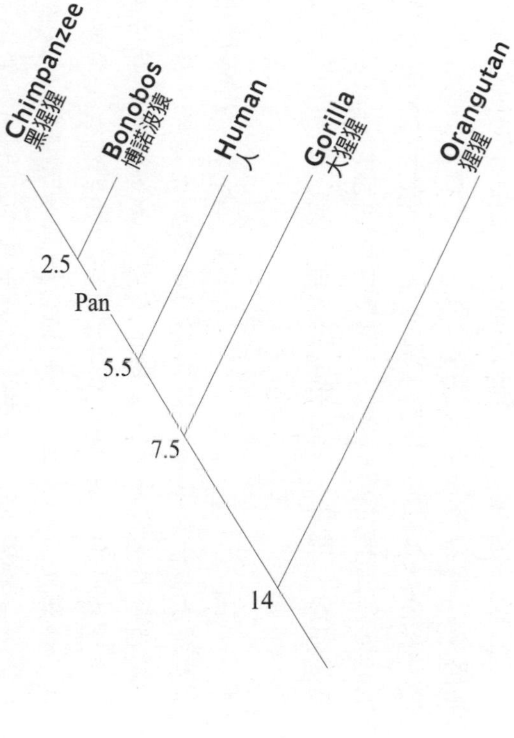

總基因：Pan（潘）；單位：百萬年

> 黑猩猩、博諾波猿和人原是同一種屬，同有基因：「Pan潘」。大約五百五十五萬年前，在共有「Pan潘」基因的老祖宗的樹系上，別長了一支出來，叫「人類」。人和「黑猩猩—博諾波猿」都是「Pan潘」的後代。約兩百二十五萬年前，在人類分離出去之後，黑猩猩和博諾波猿才再次分離。要講親緣遠疏，黑猩猩和博諾波猿與人類的親緣應該是同樣遠近。有科學家認為，黑猩猩、博諾波猿和人類有太多相似，可以統稱為一個種系：「Homo（類人）」。

這圖和這段解釋，我天天看，頭一抬，就在眼前，一推門，就又複習一遍。有時看煩了，會想：生物學家如此抬舉我們的動物親戚，也就是把我們自己大大貶低了。科安農卻說：「不是貶低，應該說：把我們自己放到了一個正確位置。本來，把人稱作『萬物之靈』，讓人一統萬物，那是人自封的，又不是動物選的。從道德進化的角度講：人在對待自己同類的舉止上，還沒老虎進化得好。老虎凶殘，人家還不殺同種。如果沒有同物種間的容忍和寬容，老虎獅子不待人去殺，自己就該大魚吃小魚，成年吃幼小，互相吃光了。」

其實，這個叫作「Pan（潘）」的基因，也時常弄得我不敢對「人」看好。歷史書一打開，也就是人，動不動就把「進化」理解成互相吃。電視一打開，英雄不是騎馬揮刀，就是插進敵人心臟的一把尖刀。矛盾重重。進一步，退兩步。人類的悲劇恐怕就寫在自己基因裡。當人類和自己的動物親戚，「黑猩猩—博諾波猿」分離時，這兩個一凶一和性情截然相反的物種還沒有分離。人類別出一支在先，「暴」和「愛」的基因還糾纏在一起。說不定，人天性裡就既帶著黑猩猩的殘暴和嗜權，又帶著博諾波猿的「無為」和好色。

但是，我們人能獨出一支，絕對不會是因為我們能「暴」會「愛」。人得有人的種性，才能稱自己是一個獨立的物種。而那獨屬於我們「人」的德性，必得是其他物種沒有的。西方人說應該是「理性」；東方人說是「仁道」。沒有「理性」，人還蒙昧未開；沒有「仁道」，人還不如博諾波猿。反正我們要是沒點能耐管住自己的殘暴、嗜權和好色，我們就該派和黑猩猩和博諾波猿共享「Homo（類人）」的稱號。別以為自己比動物高級多少。

昆奇在很小的時候，就顯出比博諾波惠樂有進攻性。有一次，我和科安農決定把嬰兒昆奇抱去讓惠樂認識一下。昆奇心情正好，剛喝過奶。惠樂永遠心情好，剛性交過兩次，手兒仍被他的情人拉著。我們抱著昆奇走過去，心裡指望：憑著昆奇對我們的好感情，來試一回教育的力量，若老天爺開眼，說不定「孺子可教也」，那我們可就有新發現可寫了。

博諾波猿惠樂笑咪咪地從屁股底下抽出一節甘蔗，一臉和氣地走過來。甘蔗在手上揮著，像揮一面「和平萬歲」的白旗。

分享食物是黑猩猩和博諾波猿團結群眾的常用方法。雄性黑猩猩是要霸占食物的。下層母黑猩猩塔娜有一次找到了食物，害怕雄黑猩猩來搶，就坐在上面，想等首領雄性路易特走了再吃。結果，被路易特掀翻在地，打了一頓。下層母黑猩猩居然膽敢私藏食物，那是要被懲罰的。很長一段間，只要塔娜坐在一處地方超過兩分鐘，路易特就要過來把她掀翻了搜查。拿到食物，得看路易特高興，吃不完的分給其他黑猩猩。路易特有時也會用分享食物來團結死黨。

但雄性博諾波猿卻不搶食物，也不霸占食物。牠們看見食物的第一反應就是：胯下的「棍子」立刻豎起，高高興興地等著母博諾波猿來，先性交，後吃食。食物由上層母猿分發。這種把吃食和性交混合一體的分食方法就把牠們和黑猩猩明顯區別開來。惠樂屁股底下的甘蔗就是情人剛給牠的。牠居然一臉討好地遞給小昆奇。像大舅給小外甥發糖。

可小小的昆奇卻脖子一挺，凶狠地齜出一嘴小牙。前爪後腿亂蹬，後背上沒長硬的小黑毛居然也豎起了幾根。樣子像一隻從地獄裡跳出來的小餓鬼，又醜又凶。惠樂一驚，轉過身，在甘蔗頭上咬了一口，又遞給情人咬。那個情人簡直就是一個潘金蓮，剛才還和惠樂手拉手，這會兒已經兩條後腿劈開，翹在葡萄藤子上了。牠咬住甘蔗一頭，一把把惠樂拖到懷裡，還要幹第三次。惠樂來者不拒，剛要動作，「潘金蓮」卻突然對我懷裡抱著的那個上竄下跳的小昆奇感起興趣來。牠跳起來，一溜煙跑回牠們居住的人造樹屋裡，不見了。再回來的時候，滿臉驕傲，手裡抱著一個小博諾波。那是牠剛生不久的兒子。「潘金蓮」原是回去拿了自己的兒子向我們炫耀來著。這個行為讓我吃驚不已。用中國的老話講，這叫「通人性」！而那個小博諾波居然一跳跳到惠樂的後腰上。在惠樂繼續和「潘金蓮」幹好事的時候，小傢伙就像坐蹺蹺板一樣，一上一下，其樂融融。

我和科安農就笑。兩個情種幹完好事，爬起來手拉手走了，小傢伙就跳到媽媽的肚皮上吊著，小油瓶一般。惠樂另一隻手還抓著那節沒吃完的甘蔗，高高興興地揮舞。

我對科安農說：「你想把昆奇訓練成惠樂的夢想一開張就失敗了吧。悲劇就在基因裡寫著哩。」

昆奇又被我們抱回黑猩猩的地界。還沒放牠下地，兩歲不到的小昆奇就興奮地直蹬腳，因為有「喔噢……啊……噢喔」聲音從人造叢林裡傳來。那是黑猩猩首領路易特發出的「整人」號召。不知又是哪一個黑猩猩犯了忌。黑猩猩社會等級和規範都不得輕易破壞。牠們懲罰自己的同類是毫不留情的。路易特是首領，也是昆奇的爸爸，全身黑毛油亮，好像根根都有勁。在近期內是不可能有其他黑猩猩能夠挑戰他的地位的。因為他兒女很多，昆奇也沒被牠特別寵愛。

小昆奇一身熱情洋溢，一跳下地，就直奔大隊人馬而去，嘴巴也尖起來，呈喇叭狀，學著路易特，發出尖溜溜的叫喊，一竄上了樹，追隨著群眾向小沙河一路跳盪過去。

那天路易特整的又是昆奇的媽媽塔娜。

看著昆奇六親不認，野性難改的瘋狂樣子，科安農直搖頭，說昆奇像個「少年納粹」。

科安農說：看到昆奇進攻性十足，他就會想到他自己的祖先。他祖上有太多黑猩猩的野性和貪欲。一窩蜂，屠殺過印第安人。他說：印第安文化是被白人殺死的，白人沒有辦法讓印第安人放棄狩獵文化，一個文化是長在一個民族血液裡的。萊科達的一個著名印第安酋長「坐公牛」說：白人喜歡掘地謀生，我們選擇狩獵。白人的東西都比我們好，可他們不懂在藍天下自由奔跑是最好的。

「可我的祖先既貪婪又盲目，還容不得不同。『坐公牛』被殺了。」科安農說：「接著，在『傷膝山』一場屠殺，白人殺了三百個印第安人，『坐公牛』部落和『大腳』部落的男女老少全被殺害。只有一個三歲的女孩被壓在媽媽身下，沒死。我們白人犯了文化屠殺罪。」

對過去暴力罪行的懺悔，是科安農一家和許多白人都在做的事，說到這件事，他們用的詞兒都是「我們是有罪的」。那時，我還不懂，覺得犧牲掉印第安文化，是工業文明的代價。後來科安農帶我去了他父親的一人廣播電臺幾次，我看到一個文化被毀滅後的慘景。那裡的一個小學老師告訴我：他的一年級班有五十個學生。這個班到了十二年級，就剩下二十五個學生了。我以為是孩子跟不上，退了學。老師說：「不是。是給車撞死的。給酒後開車的醉鬼撞死的。想想有多少醉鬼吧。所有的成人都是。他們的狩獵文化被毀了，什麼希望都沒有。不喝醉怎麼活？」我這才慢慢認識到：在任何情況下，走血淋淋的道路只能是返祖行為，不是文明。人不是一路進步，高歌向前的。罪惡從來沒有離開過人類歷史。

科安農父子每年都要幫助印第安部落的高中畢業生申請「比爾．蓋茲印第安土著獎學金」。比爾．蓋茲這位世界首富，也在為白人過去的罪惡懺悔。人類經歷過的大小殘殺，那全是人的教訓，不是「暴力可行性」證明報告。用科安農老爸的話說：「二戰之後，沒有人再膽敢把殺戮稱作『光榮』了。科爾本家老祖宗沒有良知和勇氣做的懺悔，就讓科家的後人來付諸行動吧。」

人性裡要是沒有寬容和理性，人還是叢林裡的動物。

那天，小小的昆奇不分青紅皂白去打仗，牠從一根樹杈跳到另一根樹杈，一連兩次沒跳好，掉在草地上。牠又生自己的氣，發出怪聲音，引來了不少遊人。也就是那一天，我在遊人中看到了「皮旦」。「皮旦」把手搭在一個女學生肩上，哈哈笑。模樣已經談不上好看了，但淺淺的雙下巴還不顯得臃腫，是顯地位的那種。她上身穿著一件寬大的全棉外套，銀灰色，後面帶一個風帽，前襟敞著，珍珠項鏈小白牙一樣在陽光下閃，裡面穿的是緊繃繃的貼身黑棉衫；下身是一條白色長裙，裙邊上繡了一圈紅玫瑰，鬆鬆軟軟的裙子因了那一圈紅色，顯得往下墜，就挺了起來。是入時的美國華人打扮，就連她那棕黑的膚色，也屬入流的好膚色。她旁邊的女學生穿著當地私立大學的布衫，也在笑。我就從飼養員進出的小門走出來，和「皮旦」打招呼。「皮旦」吃一驚，說：「我們認識？」我說：「世界真小。人和人一不小心就碰上了。連小昆奇追打的那個母黑猩猩都是牠家的媽媽。」「皮旦」說：「是嗎？這是我的女兒，在奧城讀書，早就聽說你們的動物園好玩，還真不錯。我三年前從市城建局退下來，不幹了。退了休來陪女兒讀書，幫她一把。」我說：「我小時候住在青門里……」「皮旦」說：「想起來了，想起來了，你是剪子巷魏青山家的什麼人？」

這是第二次「皮旦」把我說成是魏家的人。在中國的一次畫展上，我們一起吃過飯，那次，她也是這麼說的。我說：「我叫蘇北風。是青門里蘇家的人。我在中國的時候見過你很多次。」「皮旦」說：「看你們那小猴[2]，長得多像孫悟空。」我知道，「皮旦」王顧左右而言他了。人，有選擇忘記的自由。我對「皮旦」其實什麼怨恨都沒有。我只是非常想聽她對青門里和剪子巷說一聲「對不起」。

聽到科安農給自己的種族定罪，又和「皮旦」不期而遇，我有了一種羞愧感，且日日加深。要是人一回頭，看到了自己做錯的事情，就承認了，那是活得有自信心。要是絕不

2 生物學家不喜歡聽人把「猴」、「猿」混稱。在進化樹系上，舊世紀猴大約早在三千八百至兩千五百萬年前就與類人猿一支分離。黑猩猩與博諾波猿則約在五百五十萬年前與才人分離。

回頭，裝作過去不存在，這其實是沒有自信心。按科安農的生物學說法：「文化」能和生物環境糾纖在一起，代代重複，最後成為遺傳特徵。若真是這樣，就很難說我家祖宗沒把「愛面子」和「裝假」折騰到我們的基因上來。要不然，怎麼解釋：我從一個上下五千年的歷史中走出來的，對「文化」這種東西有很多的故事可說，可總是欲說還休，不願深究呢？

我有時候安慰自己，給自己開脫：只往前看，不必往後看。我這不是在和科安農談戀愛嗎？說說山川河流，電影美食，酒保音樂那多輕鬆，想那些過去的錯誤幹啥。看黑猩猩和博諾波猿犯錯誤，多逗人樂，整天批評自己不是自找不痛快？這樣的開脫有時可以靈幾日，誰願意自己對自己秋後算帳？「皮旦」都可以迴避，我還不能？

可我和科安農大部分在一起的時間都在動物園裡，就是一起出去吃頓晚餐，幾句話一聊，必定又回到昆奇、惠樂這些傢伙身上。我們喜歡從牠們的猿氣裡讀出像人的地方；一讀，反又從我們自己身上讀出了猴子氣。談動物、人和文化，本身就構成了我們談戀愛的一大部分內容。越想迴避拿動物親戚當鏡子，我們自己就越從鏡子裡跳出來。

有一天，我和科安農去看音樂舞劇《芝加哥》，大幕一開，燈光幽暗，高高低低的監獄鐵欄後面，一個一個犯人伸著胳膊，大張著五指，有的抬著腿，有的彎著腰，一色的黑獄衣，剪紙一樣印在白牆上，一動不動。科安農側過臉，在我耳邊小聲說：「看，叢林故事開始了。」接下來，那個穿著黑西裝，擺著姿態跳上來的律師就被我下意識地稱作「路易特」。一場戲下來，麻木一點的人物被我叫作「塔娜」，到處勾引人的被我叫作「惠樂」，大大小小的劇中人物，都被我用動物園的猿猴命了名。散了戲，我和科安農還對答案，看他暗地裡命名的人物我和命名的是不是一個動物名兒。這樣的遊戲，外行人不會感興趣，我們倆卻能玩得興致勃勃。

戀愛有各式各樣的談法，像我們這樣，整天走在人和動物的邊界線上，看我們的動物親戚廝殺、打鬧、分食、做愛，某些惱人的問題別人能迴避，我卻還是迴避不了。終於，有一天，我決定：我不想裝作文明人了。就算我的文化比科安農的文化古老，我的基因傳到了今天，他的基因也傳到了今天，從基因上講，我們倆同樣偉大。說他的文化年輕，不裝，敢懺悔；我的文化古老，就要裝，就假裝看不見過去，這個邏輯錯得很丟人。

在我看來：一個文化也就是一個叢林，你可以把一個人帶出他的文化，但你不能把文化帶出這個人。就像我們不能把叢林帶出黑猩猩一樣。對我們的動物祖先和親戚了解越多，我就越來越想對我這一代人走過的道路說點什麼，不是說故事，是說：為什麼故事會這樣發生。這是要撕破臉面的事。

科安農批評他們的歷史，是撕破臉面的。我們的歷史又為什麼不能撕破一下呢？我們有多少勇氣批評我們自己呢？其實，我小時候過的日子也很野蠻，叫「十年動亂」。與科安農提到的「文化屠殺」相比，我經歷的倒更像是「文化自殺」。我們在一個盒子裡突然互不相容，自己殺自己。結果，打得翻滾了幾圈，把家當都砸了，還在那個盒子裡待著。這事總得說出個「為什麼」？我在這些打鬥中從七歲長到十七歲。「皮旦」從十七歲長到二十七歲。她叫「紅衛兵」；我叫「紅小兵」。

……

後來，「皮旦」又一個人到動物園來過一次。那次，她是專門來找我的。她沒給我預先打電話，就站在「黑猩猩叢林」外面等著。那天，天很藍，是和平的顏色，雲像兩枝鵝毛筆，隨便在天上揮了兩筆就斜插在那兒不動了，筆鋒走到淺處，一絲一絲捲起，羞澀得如同開錯地方的野白菊。天上還有一個紅白格子的風箏，三角形，信物一樣在天上飄，一根線兒牽在地上三個小孩子手裡，三個孩子都穿著紅格子校服，拖著風箏，嘻笑著從「皮旦」跟前跑過去。這是一個寬鬆的日子。

但是，就在這樣一個好時候，我們的林子裡又發生了一點小動亂。一個三十七歲的老黑猩猩，尤金，趁首領雄性黑猩猩路易特不注意，使勁推了一個七歲的少年黑猩猩，少年眼見著從原來坐的樹杈上掉下去，牠趕緊伸手一抓，身子沒掉下去，但粗短的腿一盪，一腳把坐在矮一點地方的首領路易特踢下了樹杈。路易特正當壯年，這種侵權性的挑戰在黑猩猩的部落裡是不能容忍的，除非到了改朝換代的時候。路易特並沒有立刻跳起來復仇，而是給坐在草地上曬太陽的幾個上層母黑猩猩每人一個擁抱，發出一種親暱且有煽動性的聲音。母黑猩猩一個一個站起來。這時候，路易特才衝上樹去，整那隻倒楣的小黑猩猩。

這時，跟在牠後面衝上樹的是一群黑猩猩。那一群的陣勢轟轟烈烈，一直把小黑猩猩驅逐到林子的邊界，路易特才獨自回到樹下，把整人的事下放給「群眾」了。那個老黑猩猩尤金，見牠過來，就跳下樹，伏首躬身，尖起嘴，吻了路易特的腳丫子。這種動作是雄性黑猩猩求和稱臣、讓出地盤的表示。以群攻一，是黑猩猩的政治手段，吻腳丫子也是。前者叫「群眾大會」，後者叫「做檢討」。

我和科安農正在準備投放黑猩猩的晚餐，牠們一群卻一下子全跑了。我就丟下科安農跑出去招呼「皮旦」。因為我們都看到了剛才那一幕「群眾大會」和「做檢討」，所以我們見面的時候，就是笑。「皮旦」突然說了句：「紅衛兵被利用。」她是指那個倒楣的小黑猩猩。那天，「皮旦」說：以後我們應該一起吃吃飯。還說：她正在學英語，她以前學的是俄語。提到「俄語」這兩個字，「皮旦」又像觸了電一樣，立刻把話題轉到：今天天氣哈哈哈。

「皮旦」來找了我，什麼實質性的話也沒說就走了。科安農問我：為什麼不介紹我的朋友給他？我說：「皮旦」不是我的朋友。是我小時候認識的一個老紅衛兵。在六、七〇年代，她若見到你，她就要對著你喊：「打倒美帝國主義。」科安農就笑，說：「那你這個朋友和我大哥是同時代人。五〇年代，我們有麥卡錫主義。我們鄰居長了張凶臉。碰巧是個共產主義者。我大哥每天悄悄去看他家信箱，看有沒有從莫斯科寄來的信。我大哥後來對我說：我們總算走出了那段不人道的歷史。人再也不應該因為意識形態不同而不相容忍了。一想到偷看人家信箱的事，他就覺得羞愧難當。我大哥花了五年時間，找到了那個老鄰居，就為了對人家說聲『對不起』。那不是為了那個老鄰居，人家根本就不知道他幹的事，那是為了他自己的良知。我相信，現在，你那個朋友一定也不會恨美國人了。」

幾年後，昆奇五歲了，一天，「皮旦」的女兒和一個美國男孩來動物園玩，又被我碰上。從「皮旦」女兒那裡，我得知「皮旦」在女兒大學畢業後，因肝癌死了。「皮旦」的女兒說：「母親是最好的人。在病危的期間，話都說不出了，還囑咐小姨：股票要立刻拋。囑咐我：少喝冰水。」我說：「你母親大概從來沒提過一個叫『青門里』或『剪子巷』的地方吧？」「皮旦」的女兒搖搖頭：「不知道。」「她提到過兔子嗎？」「母親不吃兔子。」「皮旦」的女兒說。

有些事，「紅衛兵」終是說不出口。那就該「紅小兵」說了。並不是為了乞求誰的原諒，也只是為了良知吧。「生活只能在生活過後才能懂，但生活卻只能向前過著。」[3] 現在，那段生活已經過去了，是該懂它的時候了。我想好了，我要好好為我們走過的這段歷史作一個懺悔。用「我們是上當受騙」來解釋我們幹過的壞事，是不負責任的開脫。

3 丹麥哲學家齊克果（Soren Kierkedaard）語錄。

我的故事背景

我生在青門里。過去，我們青門里住的都是文人。如今，我也是文人。我怎麼看我自己都不像個文人。和我們青門里的文人先輩們一比，我不是這裡多出了一塊，就是那裡少了一塊。最明顯的不同是：他們一輩子都在反省。反省他們身上絲絲縷縷的民國遺風。我一輩子都在批判。批判過去，批判地主，批判錢；後來又批判落後，批判貧窮，批判沒錢；再後來又批判貪官，批判玩女人，批判不平等。我把自己從頭看到尾，我身上就沒一點兒父輩們的「儒雅」和「才子氣」。當然，藍布褂子一穿，當一回平民也沒啥了不起。是個文人，他就得有點視功名利祿如糞土的精神。文人，能傲岸的也就這點東西。可惜到現代，文人又市井化了。錢成了皇帝，人是錢的奴才，沒它的時候是奴才，有它的時候還是。連「大師」都不敢說「視功名利祿如糞土」。我要說：我敢。那也是被氣出來的豪言壯語，水分肯定是有的。後來，我想清楚了，人，一輩子就幹一件事：尋找。我那「批判」就像猴子掰棒子，掰一個丟一個，總以為下一個能找到更好的。棒子掰了一遭，下一個還是棒子。

我的故事從七歲開始。再小，我記不清。我說過，我不像文人，所以，我沒有大家閨秀的風範，也沒有才子佳人的情愁。我從小自以為很異端，腦袋後面有一根反骨。這不是我的好處，也不是我的遺憾。這是我活出來的樣子。長大了把那「反骨」抽出來一看，那玩意兒哪裡是「反骨」，是領袖插到我脖子裡的令牌，牌子上有令：「造反有理！」

在青門里老家，我父母那代文人，小時候有孔子為師表，長大了有新文化運動指路，然後又把自己當作鋼鐵，拚命往「戰士」方向煉。他們活得精緻、熱情，卻難免迂腐、固執、不幽默。我的七歲，孔子是壞人，胡適沒聽過，父母的「戰士臉」還沒煉出來。青門里偏巧處在一個奇怪的歷史階段：沒規矩，沒模子，沒家長，就跟原始叢林差不多。中國文化的遺傳次序在我這代亂了十年。我，是野草，是害蟲。隨便長。長得張牙舞爪。要說我小時候像誰？不是惠樂，就是昆奇。都是叢林裡長大的，我不像牠們還能像誰？中國文人的溫良恭儉讓在我這代出現變異。

「變異」的，不是我一個，我們青門里有一群「野生動物」，小喇叭、小竹子、陳榆錢、賀燕吟……。一個比一個野，個個都是故事人物。都是七歲八歲。一群人在青門里跑，手上推著鐵環，圈兒滾得像一張紙，不見物件，只剩下一團無骨無肉的黑旋風。要不然，就是打地陀螺，弓著腰，兩個手指一擰，那個木頭木腦的大疙瘩，立馬就吃了「人參果」，轉得像一頭不倒翁。眼見著一隻小胳膊一揮，貼著地抽它一鞭子，不倒翁就轉成一個風扇臉，呼呼唱著：「向前，向前，向前，我們的隊伍向太陽。」就是到了天大黑，說不定哪棵樹下就突然冒出一聲呼嘯，不分男女，不分你我，一群泥猴子，又竄到了後山上。有「一群」才有一族，才有一個歷史時代。我們群居。在這「群」字上，我們和「昆奇」和「惠樂」的家族沒有本質區別。成就，是一群人的努力；錯誤，也是大家一起犯的。我就不相信一場社會性錯誤就幾個壞人鬧起來的。沒有一群大大小小的「昆奇」蜂擁而上，咱也出不了「史無前例」的大名。

說到「史無前例」，為這個詞兒，我後來跟很多人吵過。我發現那些比我高一輩的和比我矮一輩的人也都堂而皇之地用這個詞來說他們度過的日子。消滅了地主資本家是史無前例；開發了房地產是史無前例；國慶大閱兵是史無前例……倒把我要說的這段「史無前例」給沖淡了。等到上輩的老人一個一個死了，下一輩的又踩著我這一輩走過路走上來了之後，我才突然有了一悟：誰都只有一輩子，誰都以為自己過的時代叫「史無前例」，過完了才發現：園子就這麼大，折騰了五千年，每寸土地都翻過了幾遍，其實沒有多少條新路可走。所以，過一陣子，得把老故事拿出來嚼一嚼，嚼出一些汁水，寫一個此路通還是不通的路標來。

要不然，那就純屬自己哄自己：一不小心，上了當，歷史車輪沒走好，還倒退了。怪誰？人人都生氣。一訴苦，一露傷痕，我打了人，我也挨了打，扯平了。我們出手的時候，走了黑猩猩道路，輕信了、殘暴了。手收回來了，就當博諾波猿，萬事不必再想。渾沌一回，什麼都過得去。反正責任不是我的。抓幾個壞蛋出來，其餘的人都是上當分子。這就又對上了我們的老名字，叫「阿Q」。

我七歲，自然是該派上當。但當我不再七歲的時候，我就想搞清楚我們為什麼不分老小集體上當？頭腦一發熱，我們就成了昆奇；情緒一上來，我們又成了惠樂。我們這一「群」和我們動物親戚那一「群」到底不同在哪裡？叫我說，上當，也有責任。上當，就是當幫凶。七歲的害蟲也是有的。花了一代人做的實驗，不能什麼果子也沒結，就忘了。這段不搞清楚，我們就搞不清楚為什麼我們現在又集體被「錢」牽著走，不把領袖當作神了，卻把財神爺當神。

說到財神爺，我就想起我們青門里後山上的小破廟。廟裡以前供著大龍，我們這裡靠長江，有個土山，就能有個龍王廟。龍王兼著「領袖」和「財神」的職責，有時候還兼「接生婆」的。山下的人要找保護了，求祂；想過個好年，求祂；想要龍子龍女平安落地，求祂。青門里和青門外就有好幾個小孩子名字叫「小龍」、「大龍」或「健龍」。聽我家保姆呂阿姨說：我落地的時候，她就去求過。幸虧我媽不迷信，沒把我起名叫「蘇大龍」。我從小就聽呂阿姨說那廟太久遠，沒人修繕靈氣也不會散。

到我滿地跑的時候，常和我們那一群「野生動物」跑到廟裡捉迷藏或捉蟲子。我記得有一次，坐在一隻殘存的龍爪子下，我告訴小夥伴：我在我爸的生物書上，看見過一個洞兒，叫「山頂洞」，比這龍王廟還久遠。小夥伴一個個張著嘴，瞪著眼，叫我一定要把那本書偷出來給大家看看。那是我最早碰到自己祖先的問題。長大了以後，正經研究祖先了。還時常會想到我和那個破龍王廟的緣分。一想，又覺得可笑得很：中國人願意艱苦地喝下各色苦酒，卻不願意艱苦地面對過去的不堪。說自己的祖先是「大龍」，可以。人人都是龍種。說自己的祖先是「猿猴」，不行。山頂洞裡的那些傢伙，一大群，只供觀賞，怕是誰也不去給他們供香火的。

「龍」其實是我們編出來的，「猿猴」卻真是我們的先輩。「局長」、「處長」是我們的遠房親戚，黑猩猩和博諾波猿也是我們的遠房親戚。DNA一寫出來，賴都賴不掉。黑猩猩有97%的DNA和人相似；博諾波猿有98%的DNA和人相似。

要是某個時代，上億的人都捲起袖子，跟著一封聖旨造反，熱淚盈眶要盡忠，而這些人還沒遠到可以成為我們的祖宗，不過就是我們身邊的父母兄妹，還捎帶著我們自己。龍種，反正不是人當的。我們回頭一看自己的形象和肚子裡那些從猿猴通過來的基因，那就真有點驕傲不起來了。人啊，要警惕。你要返祖是很容易的事！

一切就正如易卜生所說：「我們對於社會的罪惡都脫不了干係」。對一個錯誤的時代，有些人是有罪的，但每個人都有責任。七歲。七歲，你也脫不了干係。三、四十年後的社會就是那些從前七歲的人建的。

第二章：青門里

×年×月×日：

昆奇的母親塔娜被雄壯的黑猩猩首領路易特追趕，因為牠和一隻年輕的外族黑猩猩調情，犯了黑猩猩社會的等級和規矩。塔娜被追至一棵樹頂，路易特並沒有放過牠的意思。路易特是昆奇的父親，也是一大群其他小黑猩猩的父親，牠身邊總有幾個上層母黑猩猩跟著，最受寵的叫「大媽媽」，毛髮粗黑，身材高大，歲數比路易特還大。像塔娜這樣年輕的下層母黑猩猩要經過百般討好才會得到一次恩幸。牠居然不甘寂寞，在兒子還沒長大時就犯了規矩。塔娜與外族雄性相通的企圖，簡直就類似於賣國罪。寬容，是我們這個動物親戚所缺乏的道德基因。黑猩猩的政治是雄性暴力。

塔娜在無路可逃的情境下，突然縱身一跳，跳下相距十米的溪水裡。水上漂著浮冰。整個昆奇家族居然全部衝到岸邊，噢喔，噢喔地叫著，手舞足蹈。不准塔娜上岸。塔娜濕淋淋地坐在一個露出水面的小沙丘上等了四個小時，才被允許回到家族來。包括昆奇，整個家族對這種集體作惡都很興奮，個個興高采烈。這種行為定義為「傷害型快樂」。

摘自《科安農—蘇邨風觀察日誌》

青門里階級分類

我七歲的時候，有一個大詞叫「時代」。再大的時代下面也有生活。在我說的那個時代，很多東西都不止一個名字。

譬如說，火柴。小小的扁盒子上貼一張有火車頭的洋畫，爺爺奶奶們就叫它「洋火」，爸爸媽媽們叫它「火柴」，我叫它「魔盒」——我用它關蝴蝶，關螢火蟲，關小人國裡的小人，後來又藏密電碼。在一個有魔性的時代，「火柴盒子」當然也能有魔性，要大就大，要小就小。關四十大盜時，是阿里巴巴的油缸；藏密件時，是一萬個賊鳩山也找不到的雜合粥飯盒。

再譬如說，陳爺爺陳儀銓，手上拿著禮帽，臉上戴著大眼鏡，圓臉，光頭，矮。黃綢襯衫飄飄，白綢褲飄飄，上有諸葛亮的風度，下有陽春白雪。一張口，四川口音的國語，一笑，性情中人。有時候手上沒有禮帽，身下卻有個坐騎，坐騎很入世，叫「毛驢」，是一輛黑色單剎自行車。「毛驢」突然停在小孩子旁邊，小孩子就可以伸手去打「毛驢」頭上的車鈴。鈴聲一響，叫「魔鈴聲聲」，小孩子一聽就發故事癮，路也走不動了，拉住陳爺爺就要故事聽。陳爺爺也有魔性，跟火柴盒子一樣，肚子能大能小，大能裝下一個童話世界，小能擠進三條乾辣椒。在青門里，爺爺奶奶們叫陳儀銓「陳先生」；爸爸媽媽們也叫他「陳先生」；呂阿姨張奶奶等保姆叫他「陳老先生」；我們小孩子叫他「陳爺爺」。出了青門里，外面的人叫他「反動文人」、「學閥」、「狗特務」、「歷史罪人」。那個時代大家都活得很有勁，壞人要拚命證明自己不壞，好人要拚命表現自己的好。時代上有個「歷史火車頭」，很具體，像火柴盒子上畫的那樣。也就陳爺爺是騎「毛驢」的人，「歷史火車頭」不帶他，他也沒巴著要上。

在這樣一個有火車頭的時代，我提著一個小籃子去買燒餅油條。燒餅油條是我的至愛。一個早晨以「燒餅和油條」開始是快樂的，像童話以「很久，很久以前」開始一樣。現在回想起來，那個叫「文革」或者「十年浩劫」的時代，對小孩子來講，也並不是一個打家劫舍，傷痕遍體的時代。藍天是有的。我敢說，就是對許多大人來說，走進那樣一個時代，也是他們自願，還自豪得很，生怕落後了，趕不上歷史車輪。這才有的反省，人，怎麼啦？為什麼不能自己走，非得跟著「群」走？

那天，我出了青門里的大黑門，走過一條石頭鋪的短巷子，燒餅油條店在左，口腔醫院在右。我看見一小群人圍在口腔醫院門口，就決定先過去看看再買燒餅油條。我看見口腔醫院門口有個小小的布包裹在一鼓一息地動彈，有細小如風的哭聲從小包裹裡傳出來。

看到這個小包裹，我才知道世界上原來還有比我小得多的小孩子。於是，我的腦袋裡立刻就生出了故事。腦袋會生故事不是我的本事，是我的遺傳。我們的老老祖母——女媧——那才真會造故事，明明是摶土造人的，頭腦一發熱，柳條鞭子往泥漿裡亂揮，就把那泥點子也都變成了人，多快好省。哪國人的老媽媽也沒我們中國人的老媽媽浪漫。就是上帝也只造出了一男一女。其餘的人，都得等著慢慢排隊生出來。不過我們的老媽媽稍微浮躁了一點，手捏的人和泥點子造的人就在基因上出了差異，成了「上智與下愚不移」。

在我那樣的年紀，我的智商也許並不比「惠樂」、「昆奇」高多少，我能生出的好情感也許就和「惠樂」關懷金絲雀的同情心差不多。我知道我屬於「下愚」。我們青門里的父輩們也都是「愚人」。我媽說：毛主席教導我們：「高貴者最愚蠢，卑賤者最聰明。」對青門里的父輩們來講，他們的任務是：拚命認識自己的「愚蠢」。把自己的新文化、古漢語斬頭去尾，改造成下里巴人。這種過程的難度我不得而知，大概就像把一隻狗送進狗學校，好好訓練成了一隻知書達理的狗；然後，突然又要把這些訓練反著訓回去，再把狗反訓成土包子。就像人學會用筷子吃熟食以後，再叫人茹毛飲血，這就叫改造。要痛下苦工夫。

不過，我沒有這種「反訓」的痛苦，對我，「下愚」是命定的，所以，我痛痛快快地接受了。這「下愚」其實並不等於「痛苦」，相反，挺省事。還沒伸腳，就有人告訴你該落在哪裡，這不是最省心的事？像當匹小馬，蹄子服從韁繩，嘴還可以照樣吃。那時候，小孩子還沒學「人，口，手」，就知道一個收音機裡的大詞：「路線」。我頂著一個小馬腦袋，一腳踩在正確路線上，心甘情願地相信一切大的東西，熱情洋溢地喜歡一切紅的東西，對「快」和「變」充滿了憧憬。我每天生活在所有的時間和空間裡，舊社會，亞非拉，古今中外的窮人都和我心連心。但「今天」對我有點模糊，卻讓我無端為它驕傲：今天永遠比昨天好。我看見玉米，就想它變成火箭；看見葵花，就想它變成月球。什麼東西用魔杖一點（有時候也可以讓「金猴奮起千鈞棒」，橫掃它一回），雞就變成鴨，鴨就變成飛機。所以，那天口腔醫院門口變出一個小小的人兒來，這是魔術，是我的童話在繼續。

我眼睛一轉，發現我的青門里小朋友小喇叭也擠在大人的腿肚子中間看熱鬧。這下，我的故事有人物了。我擠到小喇叭身邊，把手裡的小籃子遞給小喇叭，在她耳邊說：「你是冰雪女王，我是哪吒三太子。你駕雪橇，我踩風火輪，我們快跑！」說完，我抱起小包裹轉身就往青門里跑，我的兩隻小紅鞋就是兩個火焰跳躍的小輪子，一路劈里啪啦燃燒，摧枯拉朽。有人叫喊：「喂，喂，小孩子，你幹什麼？」我腳步加快，風火輪在飛。小喇叭緊跟在我後面，小籃子打著自己的屁股，她胯下是無形且透明的「雪橇」，嘴裡卻發出竹馬的聲音，得得得得。

我轉頭對小喇叭說：「我們撿到了一個『豌豆公主』。」於此同時，我看見有兩個成年人在後面追趕。其中一個追了幾步，停住了，拉了另一個人一把，說：「算了，那是青門里的孩子，抱進青門里比放在大街上好。」那兩張臉在我眼前變成了安徒生童話裡的大克勞斯和小克勞斯，鼻子驟然占據了半個臉。自然，先停住的那個是小克勞斯，好人。後停住的那個是大克勞斯，壞人。世界是一個燒餅，中間畫一槓，東邊叫好人，西邊叫壞蛋；小的叫好人，大的叫壞蛋；窮的叫好人，富的叫壞蛋；中國叫好人，美國叫壞蛋。

我們沒有把「豌豆公主」抱回家。直接抱到陳儀銓陳爺爺家去了。我們故事裡的角色大多來源於陳爺爺。陳爺爺自己也是一個故事人物。陳爺爺的紅木書櫥是一片森林，仙女，巫師，錫兵，白雪公主都在裡面藏著。這些精靈從外國字裡鑽進去，在陳爺爺的藍黑墨水筆裡小憩片刻，又從中國字裡鑽出來。陳爺爺往石板凳上一坐，小孩子立刻就圍了一圈。這些精靈們就一個一個從外國故事裡蹦到青門里的草地上，飛快地爬上桃樹，嘰嘰喳喳跳進前塘，又從後塘裡冒上來，和我們的七歲混在一起，和我們自家的齊天大聖、白骨精、豬八戒混在一起，後來又混進了革命隊伍，巫婆取了鳩山的臉，仙女長成了李鐵梅。直到二十年後，到我給我兒子講童話的時候，書店買到的依然是陳儀銓的譯本。也直到那時，時間地點才被我分清楚。陳爺爺留在我腦袋裡的印象也才有了一點變化：那個矮矮胖胖的光頭老人，到二十年後，不僅手上拿著禮帽，頭上又新戴了一頂帽子，叫「西洋文學大師」。當然，這個帽子是最後的一頂，很好看，給死人戴的。

我們把「豌豆公主」抱進陳家去的時候，正是陳爺爺頭上「帽子」最多的時候。「帽子」這東西一定是人發明的，小時候不懂，怎麼會有一些帽子，它們被人造出來之後，功用不是為了取暖，是為了罵人。譬如說：「學閥陳儀銓」『「狗特務陳儀銓」。在昆奇、惠樂的家族當老者，最多也就是不再有人搭理，讓牠們自己活到死。沒見給誰「帽子」戴。這造「帽子」就是人的壞處了。至少也是人的多事。我說的這些「帽子」還有個特點：好看不好看，合適不合適全由他人定。以群對一。愛戴不戴都是你的。

當年，據大人說：陳爺爺頭上帽子多，是因為解放前能說愛寫，一個月寫一個故事。寫多了，有兩篇被「人民公敵」誇了好。所以，雖然是一級教授也不能上課，在圖書館管資料。這點，我百思不解，且很擔心。第一，壞蛋怎麼會喜歡好人的故事？第二，要是壞蛋也喜歡吃肉就糟糕了，那人民就不能吃肉了。毛主席教導我們：「凡是敵人反對的，我們就要擁護。凡是敵人擁護的，我們就要反對。」

不過，陳爺爺不能上課倒是我們小孩子的造化。老頭子因為愛說話吃了虧，卻依然愛說話。沒地方上課，那滿腹經綸就全澆灌我們了。青門里的小孩子，小泥手在褲子上擦擦，臉一抬，一圈太陽花，紅紅綠綠繞著陳爺爺開。陳爺爺的童話就像小雨點，緊一陣，慢一陣落在我們張著小嘴的好奇心上，讓我們手舞足蹈跟著故事裡的人物發小瘋。陳爺爺看見我們就笑，我們就往他身上爬，沒大沒小。這樣的快樂叫「天倫」，就像小猴爬在老猴身上，老猴給小猴捉蝨子。想是我們的小紅臉和小髒手給了陳爺爺好感覺。他動不動就坐在石板凳上和我們廝混個把小時。

石板凳蛋青色，是粗石條搭起來的，青門里有好幾個。陳爺爺愛坐的那個，石面上有一些黑點，小蝌蚪一樣藏在灰白色的石頭裡，等著哪天跳進童話變成青蛙。石板凳旁邊有棵梧桐樹，白樹幹上帶著青斑，青蛙皮一般，等著哪天跳進童話變成青蛙王子。秋天的時候，樹上的老葉子掉下來，黃得像胄甲，片片會說話，半捲著一些退了休的葉子味，落得到處都是，金銀銅鐵錫，五路將士解甲歸田。我們叫它們「老將」。我們用腳在「老將」葉子上踩出沙沙的聲音，逼陳爺爺和我們「鬥老將」：陳爺爺撿一片葉子，我們撿一片，把葉子的莖兒勾一對兒，兩人使勁拉，誰的莖兒不斷，那根梧桐葉莖兒就是鬥不倒的「老將」。陳爺爺的莖兒一鬥就倒，小孩子全是「老將」。陳爺爺一輸，就得用故事贖身，不然，小孩子就不讓走。要是陳爺爺故事講了一半，被陳奶奶叫回家去吃飯，那我們小孩子就糟了殃，飯不能吃，覺不能睡，心裡就惦記著那些窮人家的小美人，上了當的小傻瓜，盼著仙女，盼著勇士，盼著陳爺爺再出來。所以，我們不喜歡陳奶奶。

仇恨的種子要發芽

據我們青門里的中學生王貝貝和王伽伽說：「一個人頭上的帽子多，是因為人民恨他。」這就是說，陳爺爺頭上那些大大小小的帽子都是「仇恨」造的。但我還是不懂陳爺爺從哪裡招了這麼多仇恨。「人民」為什麼會「恨」他？這個「人民」和「敵人」的問題很是折磨人。若喜歡陳爺爺變成了喜歡「敵人」，豈不是要了我的小命？

我曾經拿這個問題問了在青門里大門口補鍋補盆的小銅匠。小銅匠並不小，有五十來歲，個子小而已。他豎起耳朵，一臉青銅器的表情。兩隻銅錢色的小眼睛深深地看著我，像看一個銅盆上的漏洞。讓我覺得：我的問題是不是在什麼鍋上壺上捅了一個洞？過了半天，小銅匠才用一種前知五百年，後知五百年的調子說：「太平天國在這個城裡定過都，你知道嗎？因為沒有共產黨領導，失敗了。」我使勁點點頭，我們城裡有條街，叫朝天宮。我認定那就是小銅匠說的「都」。小銅匠卻說：「不是。那不是天王府。太平軍信天堂，打到這兒，叫『登上金陵小天堂』。天堂是黃金做的，天王府內外全漆成一片金黃，連門都要用黃緞子裱糊，一個月換一次。那叫富麗堂皇。天王可不是一般人能比的。天王府只有東王可以自由進出。你說的朝天宮是太平天國的『聖庫』。一切財產要歸公，進聖庫，誰都沒有私財。」看我似乎懂了，他又說：「我們魚市街前年來了兩個貴州人。貴州犄角旮旯的山裡人。穿著鑲了藍邊的長襟，魚市街一條街都出來看，當是來了少數民族。可人家一開口，說的是城南老土話，手裡還拿著家譜，連門牌號碼都有。原來，人家才是魚市街的老戶，是明朝初年被皇帝遷豪趕出京城的世家。人家是回來尋根問祖的，那衣著，還是明初的式樣。」

小銅匠的這個故事很好聽，但我完全不懂他東扯西拉，說這些幹什麼。我坐在他對面的小板凳上，用一把小銅錘砸一小塊邊角料，嘴裡咕嚕著：「點兵點將，點到哪個是好人？點到哪個是壞人？」」小銅匠很耐心，繼續他的古今天下縱橫談：「均貧富等貴賤，好，口號響亮。但天下一定，就要遷豪、鎮反、釋兵權、重分貴賤。前朝舊人總不得好。你們青門里住的就是前朝文人。敵人不敵人的，清楚了吧？」

我依然不清楚，回家問我媽。我媽說：「小銅匠胡說。他沒有學過毛主席〈在延安文藝座談會上的講話〉。」她從書架上抽出一本舊雜誌：「看，這幾個字你都認識吧。」她的手指下指的是她的名字，名字上是一行繁體字：「論革命詩的現實主義意義」。她說：「這是你媽解放前寫的。我們怎麼是前朝文人？」她把雜誌小心放回去，又抽出一本書，說：「讀。」我就讀了：「〈論從猿到人的革命〉。」我媽說：「這是你爸前年寫的。」我很高興，「革命」二字就寫在我家的額頭上。「那麼陳爺爺呢？」我問。我媽說：「陳爺爺是抗日的時候回國的。在國外，他選擇了這條路。一回來，就只有中國歷史選擇他，他不能選擇歷史了。」

我媽最後一句話是存心教我聽不懂，關於陳爺爺問題，我依然糊塗。不能解釋為什麼人民要恨陳爺爺。

這個問題後來我自己琢磨很久，直到我開始研究黑猩猩的社會生活，才略有一悟：「恨」是一種黑猩猩式的霸道和小心眼，不允許不同和出界。在養昆奇的過程中，我一次一次看見：不是牠伺機去報復別人，就是別人一調頭，又殺個回馬槍，把牠打一頓。有一次，一個壯年雄性，一把把昆奇的上嘴唇撕裂到耳朵根，落了一個大傷疤。當時，獸醫一邊給牠縫合一邊說：「破相了。這麼漂亮的黑猩猩，不給自己臉上劃一塊殘酷社會的胎記不甘心。」我聽的時候，心裡一驚，無端就想到了陳爺爺的「帽子」。人生下來不僅會有胎記，殘酷社會還能把胎記給打到人臉上去。陳爺爺頭上的「帽子」，原來就是「如此這般」打到他頭上去的「社會胎記」呀。

殘酷的社會是一個復仇來復仇去的社會。而欣賞復仇，是我觀察到的動物遊戲。昆奇出院之後，還照樣一次一次去復仇。每打一次架，我就在隨身帶的，記錄牠行為舉止的本子裡寫上一個相符合的中國成語。反正是給自己看，速記四五個字，快，省事。譬如說：昆奇騎在一個比那地位還低的小黑猩猩肚皮上，任那小黑猩猩吱吱叫，牠就是不下來，不讓小黑猩猩翻身。我就寫：「×月×日：打翻在地，教他永世不得翻身。」再譬如說：昆奇從我手上要了一個雞蛋，高高興興用嘴銜著，捨不得吃，露出一半在外面。路易特也得了一個，往嘴裡扔，一扔，沒接到，掉進樹下的沙河裡了。路易特低頭一看，雞蛋沒了。昆奇嘴裡卻有一個。伸手去要，昆奇不肯給。路易特舉起另一隻手，對昆奇後背就是一拳。昆奇嘴一張，大半個雞蛋掉到路易特手裡去了。我就寫：「×月×日：屈打成招、雞飛蛋打。」半年下來，我用到昆奇故事上的中國成語有：抱頭鼠竄、狼狽為奸、滿門抄斬、斬盡殺絕、倒戈相向、捲土重來、窮追猛打、君子報仇、十年不晚……。等到有一天，看見昆奇用爛桃子砸電網那邊的惠樂，一下砸到惠樂和牠的情人身上。跳進我腦袋裡的成語是：一桃殺三士。一想：不準確。昆奇壞，但沒玩那春秋時代齊相國晏嬰挑撥離間的陰謀。一桃打了兩個，也只打在人家臉上，不是挑撥人家互相殘殺。再一想，得了，我這些成語原本全是說人自己的，並不是說猿猴兒的。我們這個老文化，動物胎記多多多。這些充滿敵意和仇視的殘酷，都玩出一堆「成語」了。這可是我們賴不掉的獸性。

回到當年青門里陳爺爺身上的問題：陳爺爺身上膽敢有幾小塊地方長得和共產黨領導的「新群體」不一樣，譬如說：在舊社會是名人，還留過洋。這些多出來的地方就有了「敵人味」。犄角一樣讓大家看不順眼，就得用「帽子」給標記出來，那種帽子原來就是個「人等」標記。讓沒有這些經歷的人去「仇恨」。抓住「戴帽子」的就可以打。敵我一定要分清。

把人分成「人民」和「敵人」很讓人緊張，能讓「人」身上那種膽敢廝殺同類的欲望合理化。但把「社會」分為「新」與「舊」卻實在好。我們生在新中國，長在紅旗下，我們是自豪的「新一代」，課本一打開，小嘴一張，我們齊聲讀：「爺爺七歲去討飯，爸爸七歲去逃荒，今年我也七歲了，背著書包上學堂。」我們的好感覺史無前例。我一會游泳，就想游到美國去宣傳毛澤東思想。

哪個時代也沒有我們的新時代光明燦爛。天天撕一張紅日曆，天天是五千年都沒有過的偉大時代。什麼叫「太平盛世」？我們過的就是！人人是主人，路上沒小偷，農業學大寨，工業學大慶，全國人民援助亞非拉。七歲的我走在社會主義的陽光大道上。陳爺爺一隻腳踩到過「舊世界」，像踩到過一泡狗屎一樣。

我們是「好人」。因為有狗屎存在過，且狗屎味也不會自動退出歷史舞臺，好人要團結一致，同仇敵愾。我們是不說「我」是誰的。我們說「我們」是誰？我們是「人民群眾」。一個小「我」，屁都不是，人民群眾是銅牆鐵壁，當銅牆鐵壁裡的一塊小方磚是我們存在的意義和價值。神氣的地方是：人民群眾坐江山，我也坐在江山上。

除了青門里童話，有一些時候我也要在「江湖」上行走。我說的「江湖」，是「丹鳳街小學」。青門里的小孩都是這個「江湖」中人。江湖有江湖上的風，江湖有江湖上的氣，江湖上許多人都非常擔心「天下」的「姓氏」。姓「資」還是姓「無」？這個問題在青門里沒人問。也就是我願意想這個祖宗嗣號問題，想得我頭痛。陳爺爺對我說：「別國的人民，也就是和我們一樣的人，不要把別人想像成你的潛在敵人，你就能睡得安穩了。」言下之意：我也不用游泳游到美國去。

但是，我對陳爺爺還是要有一點警惕。大家都不像他這樣想、這樣活。他的地盤就青門里這麼大。所以，我一出青門里，便是人在江湖，身不由己。不能拿陳爺爺的教導授人。江湖上，誰也不懷疑「牢記階級仇，不忘民族恨」。「仇恨」就像中午吃飯老師分發到我們小孩子菜碗裡的肥肉，愛吃不吃，非吃不可，吃了對你好，立場不會錯。人，分敵我，吃了肥肉「我」就強，一口再把「敵人」吃了。我們被告知：敵人亡我之心不死，你不吃他，他就吃你。階級鬥爭你死我活。蔣介石國民黨正在臺灣摩拳擦掌，要把我們的紅色江山重新改變顏色。把「人」分類（階級），是我最早學到的「動物分類」。

賀燕吟和我同桌，他穿著背帶褲，胸前兩粒紅鈕釦，兩個小紅嘴一邊噘一個；頭髮二八開，中間分一條不緊不慢的小白槓；眼睛彎彎，裡面全是好心情。燕吟一向對我最好。他撿了一堆豆莢，說是馬飼料，分給小朋友吃。我也分到一根，咬了一口，不好吃，扔了。燕吟就一根接一根吃給我看，說：吃憶苦飯。舊社會，無產階級就吃這個。我說：無產階級是不是吃這種豆莢，得找個無產階級來問問。我記得無產階級是吃「苦菜花」。燕吟不跟我爭，趴在地下當馬，叫我騎，這遊戲叫：從前做牛馬，現在做主人。燕吟說：「我是牛馬，你是主人。」立刻就有小朋友立場鮮明地指出：你騎，你就是「地主婆」。然後，凡吃了「馬飼料」的小朋友都開始嘔吐。燕吟先還忍著，後來也吐了。陳榆錢是陳爺爺的孫子，看見大家都吐，拍著手說：「嘔心瀝血，嘔心瀝血。」「嘔心瀝血」是我們那個時代的時髦詞彙。「八個樣板戲」是江青同志「嘔心瀝血」嘔出來的。那裡面一遍遍講著：繼承先烈，報仇雪恨。

第二天，賀燕吟拉著我的手，一路走一路唱：

閃了電，紅花開，
陽光照大地，

少先隊員掃墓來，
墓前想烈士，心潮正澎湃。
頭可斷，血可流……

我打斷他：「為什麼閃了電，紅花就開啦？不懂。」燕吟停住了。皺著眉頭，一臉嚴肅地回答我：「革命了，就要有『火』有『電』。能『在烈火中永生』，就能『在閃電中開花』。」

我還是不懂。「斷頭」和「流血」這樣嚇人的事，只能閉著眼睛唱，不能想的。一想：頭一斷就接不上了，血一流就會死人，唱起來就不能這麼理直氣壯了。等到很久很久以後，直到長大成人，終於有一天，在看多了黑猩猩的血併之後，我對問題換了角度看了，才發現，真正該問的問題應該是：誰是這些烈士，誰是那些讓烈士斷頭流血的人？這才發現：他們許許多多都是同一個種族，同一根血脈的中國人。他們都是「人」。一撥人讓另一撥人「斷頭」「流血」，這是我們「人」的悲劇所在，一個復仇社會的悲劇。

我們「江湖」上的故事不是「小山羊」、「小紅帽」之類。是「鬥地主」和「敵後武攻隊」。國民黨殺了共產黨，共產黨毫不客氣地殺回去。結一次仇，報一次仇，設一群人是敵人，他殺我一個，我殺他一百。地主婆，還鄉團，日本鬼子，青紅幫，叛徒，特務，走資派，這些混蛋我是不能原諒的。我們一開口就叫喊：「不怕死的，衝啊！」我敢保證，全世界沒有多少兒童能像我們小時候玩得瘋狂，玩出一種遊戲叫：「鬥人」。只要把人分成「階級」，壞蛋就又多又好找。我們「江湖」上的「游擊隊」從來都要把這些混蛋消滅乾淨。消滅某類人，在我們江湖上用的課本裡不是人類的悲劇，也不是人的獸性，是「勝利」！就像現在的孩子在遊戲機裡玩殺人放火一樣。凡被我們消滅的，都被抽象成「壞」，你不殺他，他就要反攻大陸。

什麼叫「反攻大陸」？陳榆錢就是還鄉團！陳榆錢矮而胖，豆豆眼，誰也沒指望他將來能長出瀟灑和風流來。他帽子歪戴著，手裡拿著一根棍子，弓著腰，呈持槍狀，面露猙獰，從我們對面走來，口裡哼著一段鬼子進莊的調子：

悄悄地進莊進莊，
通通地殺光殺光。
小孩的出來出來，
皇軍的有賞有賞。

走到我們跟前，帽子一正又成了好人，哈哈笑：「燕吟，錯錯錯。什麼『閃了電，紅花開』，哪是『山鳥啼，紅花開』。」

原來世界很美好。

當我從江湖上學到了「新社會」、「好人」和「人民」這樣的大詞時，我可以不要陳爺爺。「大義滅親」是我們忠心耿耿的最高美德。可一玩昏頭，就忘了這些詞兒，抵擋不住陳爺爺的魅力了。陳爺爺一招呼，我又直奔而去。跑過去的時候，心裡會有一些猶豫，罵自己是「叛徒」。但童話是必須的。陳爺爺說：「善良像裹在童話裡的糖果，花花綠綠的糖紙打開來，善惡分明。」只要陳爺爺一開口講童話，那陳爺爺就是千好萬好。在童話裡，愛的力量永遠戰勝仇恨。善總是以弱克強。聽童話時的感覺就像放風箏，風箏飛得越遠，你就想拉得越緊；風箏變得越小，你就越興奮。這個牽著我的小心臟的風箏，小得像一片君子蘭，輕得如一聲嘆息，兩根長長的小尾巴在藍天上寫著曲曲折折的歌兒，讓我的心中了魔，跟著往上飛，停不下來。這就是我喜歡陳爺爺的充分理由。故事是不能不聽的。在陳爺爺的問題上我接受了一次人格分裂。我可以裝出「仇恨在胸」的樣子，但實在不知道仇恨一個滿肚子童話的老人，應當是怎樣一種仇恨？

我承認：我後來揭發過陳爺爺。這是我的恥辱。我並不想記住這件事，但是陳榆錢記日記，這件事他記在日記裡了，所以，我一千年也賴不掉。我說陳爺爺把我放在他的書桌上，給我講了一個《睡美人》，還說將來也會有個王子在我睡著的時候把我喚醒。我把這件事交代給紅衛兵了。領頭的那個就是「皮旦」。我不是因為跟她一派，才對她揭發的。我是因為聽人人都在叫「揭發！揭發！」就揭發了。據陳榆錢的紀錄：陳爺爺聽了我的揭發倒笑了，罵了我一聲「豬頭三」。但是，我敢保證「豬頭三」是陳榆錢罵的。陳爺爺要罵我，他會說：「小野人」，「小精靈」，「小魔鬼」。但是，這件事以後，再看見陳爺爺，我也罵自己是「叛徒」。

當「叛徒」的不是我一個。榆錢的日記裡還記載了好孩子賀燕吟揭發他媽在家寫「變天帳」的事。燕吟爸爸是畫家，媽媽是氣象系教授。他媽寫了一本子「變天帳」：昨天從陰到晴，出現層積雲。前天大雨轉晴，雨量度中到大……。燕吟拿了那本子來，給榆錢看，兩人頭對頭研究了半天，斷定：這一本子只能是「變天帳」，不可能是別的。每頁都有「天」，每頁都談「變」。燕　吟就把那本《變天帳》交了。為了這本「晴轉多雲」、「多雲轉陰」的雲圖氣象紀錄本子，燕吟媽被紅衛兵關了三個月，燕吟被他爸痛打了一頓。

顛覆家庭可是抄老根子了。哪朝哪代都不敢做。我們做了。因為我們做了，所以，我們很以為自己在江湖上成人了。我們小夥伴之間，在那一段時間，一到有要事，就互相以「老」相稱。我成了「老蘇」（不比「蘇大龍」好聽），小喇叭成了「老喇叭」，榆錢叫「老陳」，燕吟叫「老賀」，只有小竹子還叫「小竹子」（「老竹子」實在配不上她的美人臉）。在燕吟交出他媽的《變天帳》以後，不出來玩了。我和「老陳」就去找他。我們倆站在他家樓下大叫：「老賀，老賀。」

結果燕吟爸爸下來了。

燕吟老爸來了，我們兩個人倒不知怎麼著了。我們沒指當他就是「老賀」。過了半天，榆錢說：「您不要打『我們老賀』。《變天帳》是老師要交的。」燕吟爸爸說：「你們稱『老』啦？到八歲沒有呀？」我說：「我還有五個月。老賀明天該到了吧？」

燕吟老爸從來喜歡我，他跟我媽說過：我長了一張樂童臉，以後他要畫「仕女扶琴」，旁邊的樂童，就要把我借去照著畫。那天，我一開口，他就在我頭上揉了一把，哈哈笑，然後就回家把燕吟給放出來了。

燕吟從樓上奔下來，口裡唱著樣板戲裡：「仇恨的種子——要發芽！」兩隻拳頭一伸一舉，作造反狀。

我聽著這詞兒，就把那「仇恨」想像成了一粒大種子狀，像子彈，一頭尖。裹了一肚子火藥暴力，若有一種空氣或一塊土地專門讓它長，它就頭上開花頂上發芽。它的腳下，誰突然一扣扳機，就能一顆「煙霧彈」沖天而起。一大團，六親不認。

現在想來，我這個兒時的比喻真是挺好，就是讓我現在來描述「仇恨」，我也想不出更形象的比喻來。那一大團六親不認的煙霧，可以無端生出細菌，快快地繁殖和傳染。一個染上，傳給一家一族。一大家子人一起恨，理由也不需要，只需要玩心計、敢見血。哪家兄弟間沒有一點芥蒂？小火一點，「仇恨」燒得高高的，就像喝了燒酒划拳，街上不認識的人也能踢一腳。凡用暴力踩下了一幫子兄弟，那就一直得靠暴力來維持自己「再踏上一隻腳」的優越位置。這也是一種遊戲，叫「與人奮鬥其樂無窮」。

在我後來和科安農一起研究「黑猩猩社會」時，讀到過兩段話，與這個遊戲的結果有關：一段說：「如果黑猩猩有槍和刀，並會使用它們，牠們就會玩成『人』。」[1] 另一段是愛因斯坦說的：「我不知道第三次世界大戰，人將用什麼武器廝殺。但我知道，若還有第四次，人就只能滾回到用樹棍和石器為武器的原始時代去了。」[2]

可惜，「為什麼要仇恨？」是我當年沒有水平想到的問題。我不懂愛因斯坦對人同類廝殺的擔憂，也不知道世界上還有個窮國家叫印度，人家窮歸窮，還貢獻了一個「甘地的非暴力主義」給人類文明。更不知道人世間的階級並不是必須的，而是人定的，就像動物世界憑力氣和牙齒定地位一樣。

當時人人都在一個怪圈裡：趁了酒勁，用「恨」煽動群眾鬥爭。無名邪火仗著「一群」的勢力，我們就可以說：「橫掃一切牛鬼蛇神！」我們還說：「老鼠過街，人人喊打！」「敵人不投降，就砸爛他的狗頭！」就是到了今天，我們也還能說：「一人超生，全村結紮！」這都是我們說過的話，大紅標語寫在牆上。沒有仇恨，能說出這樣的話？那個滋生「仇恨」的空氣和大地，真不是一個簡單的東西。能在仇恨中玩出平衡，我們尊他為王。江湖上恩怨情仇，讓人心情激盪的不就是這些故事？就連那菜市口斬首，也可以是

---

1 Jane Goodall語錄，轉引自富蘭斯・德・瓦爾（Frans De Waal）2005, *Our Inner Ape: A Leading Primatologist Explains Why We Are Who We Are.* p.127

2 愛因斯坦語錄，轉引自富蘭斯・德・瓦爾（Frans De Waal）2005, *Our Inner Ape: A Leading Primatologist Explains Why We Are Who We Are.* p.127

一道風景。黑猩猩嗜血，是因為食肉動物基因裡殘酷。我們中國人，除了皇帝，不也啥都敢吃?!有皇帝，是因為有需要皇帝的老百姓。這歷史，夠我想的。

我七歲的世界自然管不了太多複雜的情節，七歲的眼睛還是喜歡只揀帶仙氣的東西看。在一個秋天的早晨，我正在對燕吟講：我夢見六隻藍蜻蜓拖著一架金黃色的小馬車從五彩繽紛的樹葉中鑽出來。老陳，陳榆錢跳過來說：「童話不是革命，革命就要上北京。很多中學生都走了。」說完，帶頭爬上桌子，在上面跳：「我們也要上北京，我們要見毛主席。」榆錢一跳，江湖上的小朋友就全都爬上桌子，又叫又跳：「我們也要上北京，我們要見毛主席。」連乖孩子燕吟也爬上來了。老師算什麼，我們有毛主席撐腰。叫著跳著，突然間誰也不敢管我們了。

跳了一小時，榆錢又發現這樣在教室裡叫喊沒有用，誰聽得見呢?榆錢說：「我們應該到市政府去要求。市長同意了，我們就能去北京。」於是，我們一擁而出。居然沒有老師膽敢阻擋我們。我們一群七八歲的娃娃立刻長成「天下的主人」。走了一個小時，找到了市政府。我們又在市政府門口齊聲高喊：「我們也要上北京，我們要見毛主席。」除了我們是小學生，還有許多中學生大學生也在鬧，要見市長。這立馬讓我們感到：鬧對了！我們從早上鬧到下午。喊得滿腔怒火也沒人理睬。

榆錢說：「見不到市長不回家。」

鬧到天快黑了。市政府裡終於出來了一個人，個子挺高，沒有下巴，手裡拿著一疊表，發給我們每人一張。和和氣氣地對我們說：「小朋友們的感情能理解。很好很好。每人把這表填好了，回家等著通知。」我們歡天喜地，抱著那張寶貝表，就像領到出生證，高高興興回家填去了。

填了表，從此沒了下文。我們進京的胃口被吊得高高的，突然接到的指示卻是：長大要當新農民。榆錢說：「那個發表給我們填的高個子，下巴給原子彈的衝擊波打掉了，講話不算話。」而這時，原來教我們的楊老師也被換掉了。

楊老師是個和藹的老頭子，花白的頭髮短短的，臨走前一天，穿了一件硬邦邦的藍卡嘰布大褂子來給我們上最後一堂算術課。我們並不介意他將離開，也沒有留念最後一堂課的意思。那是一個犯上的年代。他一轉身寫黑板，榆錢就跳起來在他後背上用粉筆畫了一個圈。他再一轉身，我也跳起來，在那圓圈裡畫了一個大嘴巴。三番五次，楊老師背後被我們畫出了一個醜臉，還寫上了他的名字。楊老師突然發覺了，看見我們都在怪笑，他氣得直發抖，結結巴巴地說：「你們為什麼要這樣，我明天要走了……」這句話，他說了三遍，一遍比一遍響亮。最後一遍沒說完，突然嘴巴鼓起，臉漲得通紅，腮幫像漱嘴一樣拚命鼓動。楊老師的假牙被我們氣掉下來了。我們不知道他嘴裡發生了什麼，以為他要死了。半天，楊老師才拚命把他的假牙「漱」回去了，含糊不清地把那最後一個「走」字說出來。我們這才老實，那上北京的念頭暫時被發生在楊老師嘴裡的事故取代了。

第二天，楊老師就真走了，被遣送回鄉下去了。他的老婆比他年紀還大，沒有工作，一邊走一邊哭，嘴裡一遍又一遍地說：「為什麼？為什麼？」

代替楊老師的新老師從農村來，是個大姑娘，講話帶鄉下口音，把「綠顏色」說成「六顏色」；把「紫顏色」說成「四顏色」。第一天上課就把「眼簾」念成了「眼吊」。這時候，我們開始想楊老師了。想想我們氣壞了楊老師，北京也去不成，大家心情都不好。榆錢正氣呼呼地趴在桌上睡覺。突然抬起頭來，陰陽怪氣地說：「那個字唸『簾』。」老師說：「你不是睡覺的嗎？」榆錢說：「是打盹。不是睡覺。」新老師也生氣了，說：「『簾』和『吊』都一樣。」榆錢又說：「它們是階級兄弟？」新老師真生氣了，拿著教鞭指著榆錢罵人：「你這個臭識字分子的孫子！」榆錢眼睛一轉，說：「不是『識字分子』，是『知識分子』。」新老師氣得拿教鞭敲桌子，說不出話來。榆錢還接著說：「我爺爺識字，當個識字分子，也沒錯呀？也不臭呀？就算他識字多，成了『知識分子』，也不能罵我呀？」

新老師就哭了。新老師一哭，大家都老實了。在某一點上，七、八歲的同情心還在我們的天性裡。新老師一邊哭一邊說：要罰全班造句。第一個造句要用「董家耕」（知青榜樣），第二個造句要用「水靈靈」（公社的秧苗）。

榆錢看把新老師氣哭了，不知咋樣哄，又想討好，飛快地造了一個二合一：「董家耕一雙水靈靈的大眼睛嗖嗖地冒涼氣。」新老師擦擦眼睛說：「這是反動話。我警告你：你要當心。」榆錢就立刻把句子改成：「董家耕一雙水靈靈的大眼睛嗖嗖地冒熱氣。」老師皺著眉頭，說：「這個句子不算反動。」

我叫起來，說不懂為何一字之差，榆錢就跳過一條「反動」的壕溝。老師說：「一『點』之差，政權都能從一個階級跑到另一個階級手裡。『權』字少一『點』都不行。少了那一小『點』，大印就給敵人奪去了。」

那天，我就會寫了「權」。「權」字的壞處我一點不知道，就知道一點兒不能少。後來我知道了對「權」字的崇拜是從黑猩猩時代開始的。一族一群占下了一片叢林，那是打出來的天下，一「點」也不能少。你少了一點，另一群黑猩猩就殺來了。

為了「權」字一點也不少，我們每人都要畫出一個社會主義新農民董家耕。我們一群江湖上的娃娃們淘是淘，壞歸壞，可誰也沒見過這位偉大的「董家耕」。一時全給新老師鎮住了。我們中間只有燕吟畫畫有點家底，畫出了一個人形兒，其他人畫的都不像人，反像鬼。榆錢的同桌小喇叭畫了個十分可笑的董家耕，是騎在馬上的。於是榆錢就伸過頭來嘲笑她：「董家耕還騎馬呀？這是騎兵哎！不是董家耕。」小喇叭就說：「你不懂！兒歌裡唱的：咯蹬蹬，咯蹬蹬，騎馬到鹽城，鹽城有個董家耕，立志扎根在農村。」

一張「董家耕」一畫，進京的事情忘記了。

我的「丹鳳街江湖」是一個圈兒，「青門里」又是一個圈兒，還有其他的圈兒。幾個圈子把我套住。我按著不同圈子裡的不同規矩玩，就像從小就學兩三種語言，並不是多困難的事。我以為世界就這種樣子。我還以為只有我一個人被不同的圈子套住，後來才知道人人都被套住。等長到像大地那麼老，大概還能知道為什麼圈兒都纏在一起。人性和獸性從來就沒有截然分開過。也許只有「善」，可以和隨便什麼圈兒共存。在青門里陳爺爺的童話裡，「善」就像小孩子喜愛的蠟筆。在小孩子心裡一點一點地畫著方圓，我們心裡的一個小尖尖上，就終被塗上了一個小金圈。童話的力量能有多大，我們再看吧。

繞了一大圈兒，我撿到小孩子的童話再接著講……

幾個不入群的青門里人

「豌豆公主！」

那天，我和小喇叭高聲宣布我們撿到的「童話」。那時的心情大概就跟博諾波惠樂撿了受傷的金絲雀一樣，就想管閒事。

我們把小布包裹往陳爺爺家的餐桌上一放，得意洋洋地等著引出下面的故事。陳爺爺一驚，手裡的報紙掉地下了。他的圓眼睛在眼鏡片後面瞪得很圓，黑白分明，像兩朵大開的蠶豆花。

「真是『豌豆公主』哩！」他說，「真正的公主。頭髮是棕色的。」他又對陳奶奶叫喊：「趕快把我的牛奶煮了，把陳榆錢小時用的奶瓶找出來，『豌豆公主』怕是要吃奶了。」

我和小喇叭大功臣一樣地笑。陳爺爺打開布包裹，四條粉紅的小細棍子伸出來，向上抓呀踢呀。陳爺爺把布包裹抖開，裡裡外外檢查。最後說：「沒有字條。」不過，他發現包裹給「公主」墊尿的幾張廢紙上有藍墨水寫的字兒：安徽無為村供銷社。陳爺爺說：「『豌豆公主』是安徽人。」這個發現讓我們很高興。原來故事裡還該有一條飛毯。「豌豆公主」是坐著飛毯飛來的。

「豌豆公主」怎麼會正好落到口腔醫院門口？這個問題比較複雜。牽涉到人的起源。我們青門里的這一小群七、八歲的「野生動物」，在知道我和小喇叭撿到了「豌豆公主」之後，三三兩兩都去陳爺爺家看了。一時間，我們青門里的小孩子突然對人的起源感興趣起來。在這樣的好奇心驅使下，我們集體作案，從我爸爸的書架上偷了一本書：《猴子是怎樣變成人的》。「山頂洞」就是我在這本書裡看到的。這本書在小夥伴之間傳來傳去。我們對著書裡的圖片，拉下褲子，躲在門堂暗處互相檢查尾骨，希望能發現一點返祖現象以證明和猴子的親緣。並且拚命練習，想把自己的耳朵練得能像猴子耳朵那樣動來動去。

人要是猴子變的，「豌豆公主」的來歷就清楚了。安徽是出猴子的地方。關於這一點，我們很有信心。全中國都是出猴子的地方。我們還有北京猿猴和孫悟空。

「豌豆公主」在陳爺爺家養著。陳爺爺給她起名：「安無為」。陳爺爺陳奶奶和我父母商量：如何把「豌豆公主」送回安徽無為。聽他們說：要麼先養在青門里，要麼送回去。沒有孤兒院送了。孤兒院關門鬧革命了。

那幾天，我的夢想是得一根金箍棒，要長就長，要短就短，幹啥用且待下回分解，先拿來在手裡揮一揮，也鬧他一回革命，叫丹鳳街小學關門（後來，就真關門了）。小喇叭比我乖，童化頭大蘑菇一樣托著小圓臉，她的要求比我低，只想當一根毫毛，吹口仙氣就變成蠅子，鑽進她媽媽的肚皮，進去幹啥，不知道。革命好像只能在肚皮外面才能鬧得起來。小竹子也上丹鳳街小學，比我大一歲，身穿紅裙子，眼睛會說話，人家天生就沒想革命，要當「美人魚」。美人魚和革命者一樣勇敢。打掉一身紅鱗，為了愛情，拚死要當一回人。

小竹子比我有超前意識。當一回「人」這樣的意識，我是到上了大學以後才有的，到那時候，我才感到了「人性」中一定有一些東西是和「動物性」不同的。為了嘗到那點兒好東西，小小的美人魚連性命都可以不顧。當過了一回「人」，再變成泡沫也陽光燦爛。不過，如何才能嘗到「人」的味道呢？這可不是一兩個故事能說清楚的。怕就怕有些倒楣的魚兒，連性命都不顧，也嘗不到當「人」的滋味。

陳榆錢胸前掛著望遠鏡，我們想要當的這些東西，榆錢不感興趣，人家要當加勒比海盜，劫富濟貧。那時候，凡勇士都是農民軍模樣，「加勒比海盜」也要在頭上紮一條陳永貴式的白毛巾，像要下梯田一樣。賀燕吟把一頂紫紅燈芯絨鴨舌帽翻過來放在地下，不聲不響扒垃圾堆，把從垃圾堆裡發現的一些「寶藏」，在衣服上擦擦，臭烘烘地放進帽子。我們可以跟他借「寶藏」玩。看著我們當這當那，他也想當個什麼人。選了半天，最後決定要當青蛙王子。雖然被揄錢嘲笑了一頓，但是我們還是一致同意：燕吟也只能當那個被巫術變成青蛙的倒楣王子。為了能讓他能被一個公主親一口，變回人來，當時，我們就把他和「豌豆公主」的娃娃親給定下了。燕吟皺著眉頭，不喜歡。

在那個年紀，我們並不知道人和動物的區別有多重要，也沒覺得當人就比當動物、海盜、還鄉團光榮多少，更不知道「定親」是件大事，開不得玩笑，也不知道「垃圾」和「王子」是兩個世界的東西。全世界都分了「階級」，一回青門里，我們還處在男女不分階段。我們能在人和動物之間變來變去，今天是睡美人，明天就成了牛魔王，你嫁我，我娶你，眼睛一眨就生出寶寶來。

但是我們個個知道一個大詞：「階級異己分子」。「階級異己分子」家的小孩子叫「可以教育好的子女」，那就是我們。我們在「江湖上」，幹革命沒一點比別人差，但我們對自己的父母不怎麼看好。儘管如此，我們對自己很有信心。「可以教育好」把我們劃進「好人」的行列。這樣，我們雖然不說，心裡很有信心讓我們的父母也當上「好人」，因為他們生了「好人」。

現在，我要來仔細說說青門里了。

我們青門里真是個很特殊的地方，是一個奇怪的小社會。前人用竹籬笆圈出了一個大院子，那院子裡的大人在介紹自己的時候，都有點膽顫心驚，不如他們的孩子痛快。總要加一些解釋。譬如說：我出生是「開明地主」不是「惡霸地主」；我是「摘帽右派」不是「右派」；我是「人民內部矛盾」不是「敵我矛盾」；我是「解放後」回國的，不是「解放前」回國的。那樣細小的差別，讓我們小孩一聽就頭痛。但是青門里住的都是這樣一些父母，我們也沒辦法。

因為青門里的大人在是不是「人民」的問題上不能給出精確定義，我們的世界也就處在一種懸浮狀態。青門里和青門外其實是不通的。雖然也就一圈竹籬笆相隔，院子外面的人家在路口殺雞，青門里的文人都繞著走。小竹子爸爸沈先生搞歷史，他說：「君子遠庖廚。」院子外面的小孩子也不進青門里來跟我們玩，他們給我們青門里的小孩子起了外號，叫「嬌驕二氣」。典型代表是小竹子。我和小竹子一起放學回家，我們倆一起跑，跑到青門里巷子口，兩人一起摔了一跤。小竹子胳膊摔破了。我膝蓋上本來就結了一個傷疤，一摔，又破了，流了很多血。我大嘴一張就哭。小竹子拿一條手絹給我擦，說：「不要哭。一哭我們就是『嬌驕二氣』了。」我那時對「氣」的理解很具體，就是門口小銅匠香菸頭上冒出來的煙圈兒。我和小竹子的腦袋看著就變尖變長，頂上冒著火星，「嬌驕二氣」就轉著圈兒，一縷兒一圈兒從我們頭上冒出來。那是我們倆的標籤。我們不喜歡。

連接裡裡外外的是在青門里做工的幾個保姆們。她們把青門里的男人女人一律稱作「先生」。這是民國的叫法。她們時常顯得比青門里的文人更頑固，就是不放那點兒民國遺風。聽說，就是大躍進那會兒，各家保姆被集中到一起，在青門里辦了個壽命不長的大食堂，一到開飯，那也是一道與別處不同的風景：先生們稱保姆們「呂同志」、「王同志」；保姆們依然堅決地稱先生們「蘇先生」、「王先生」、沈先生。遇到冬瓜湯太燙，粥太熱，「呂同志」「王同志」們就定要「先生」們坐定，由她們親自端過去，一副對「先生」們不放心的表情。

奇怪的是，青門里的保姆們對我們小孩子卻用了紅色語言。把我們叫作「小鬼」，像是在游擊隊。也許，時代就是這樣分出來的。「小鬼」和「野生動物」應該是同一種屬。在保姆眼裡，我們小得很，三歲五歲，且不長。她們把我的小辮子梳得翹上天，在小喇叭胸前別一塊疊成長條形的手帕，給小竹子紅裙子穿，一邊叨嘮一邊把燕吟的垃圾衣服扒下來洗，站在石頭路交叉口大喊：「榆——錢——回來吃飯啦。」可不管我們長得多可愛，也不管我們玩得多骯髒，我們進進出出都被她們叫作「小鬼」。她們要是知道我們互相稱「老」，定是要大呼小叫，失了火一般。

我們在保姆的眼皮底下幹壞事，變戲法，在各類角色中穿梭行走，從這個世界跨到那個世界，由她們替我們打著掩護。在青門里，我們是自由的。我們的自由是來自父母沒有時間把我們當人看。他們得先解決自己的人生位置問題。「小鬼」，這名字雖然並不比

「小猴」好聽，我們也認了。名字的意義得在文化裡解讀，「小鬼」是真正的紅色愛稱。愛，我們是有的。不過，這愛稱只能用中文說。中國話是反著聽的，愛稱，跟罵人差不多。

幾十年後，我在國外試過。我拿這個名字叫科安農的「小油瓶」賽克。那時，我和科安農的人生「第二輪」戀愛進行地正好，賽克經常由我替他看著。賽克小捲毛，紅嘴唇，溫文爾雅，討人喜歡，整天和我家豆子廝混在一起。不是捉蟲就是上樹。我有一次高興，把「小鬼」這愛稱用英文對著他叫了幾遍：「Little Devil, Little Devil（小惡鬼）。」小傢伙不高興，嚴肅認真地對我說：「別這樣叫我，對小孩子你也要稱：賽克先生，豆子先生。」我不甘心，一個讓我一回想起來就有感覺的愛稱，就這麼被人誤解了？回到家，我又堅決地對著自己的豆子叫了幾天，心想豆子是懂中文的。但是，居然也斷然不能被接受。我告訴豆子：在中國，情人不叫「蜜人兒」，那多膩。我們叫「挨千刀的」，有勁兒。兒子也不叫「寶貝兒」，叫「犬子」，多謙遜。總叫小孩子「寶貝兒」，膩味。比較起來，叫「小鬼」是很好的。兒子不懂。問我：「為什麼世界上要有這樣一種遊戲：互相作踐，作踐自己，又作踐小孩子。男孩是『Little Devil小惡鬼』，女孩子是『Duck Head鴨（丫）頭』。」

唉，中國文化的曲徑通幽，一出國就失傳。那些西洋人，把「自我」看得大，也說得很大。他們不懂，我們中國人是把一個叫「大漢」的物種說得極大極大的。所以，凡鑽進這個物種裡的「小我」都得從小作踐。賤說、賤用，說小，說卑微。這才能捨己為家，人丁旺盛，像工蜂和蜂巢的關係。

「什麼東西都不能太老，太老就成了精。一成了精就古怪。」

這話不是我說的，是當年我家保姆呂阿姨說的。她當然不是說「大漢文化」，她是說「老車虎」。「老車虎」是什麼東西？我一輩子也沒搞清楚。或許就是黑猩猩之類也未可知。我們不聽話的時候，呂阿姨就會說：「老車虎來了！」凡你不知所以然的怪物是最有威嚇力的，譬如說，資本主義復辟。凡你知道的東西，再嚇人的名字你也不怕了。譬如說，呂阿姨家老魏，魏能飯。呂阿姨叫她家老魏「我家死鬼」。比「小鬼」更雄壯。我從來不怕老魏。老魏的這個愛稱要是譯成英文來說，就是「The Dead Ghost in My Residence（我宅子裡的死鬼）」，那是斷然和愛情沾不上邊的。好話也要恨恨地說出來。沒有幾千年的文明史，誰能解讀得了？

當年在青門里，因為我們這些「小鬼」的原因，父母就失了本名的。隨了他們孩子的名字，被小孩子叫作：小竹子媽媽，燕吟爸爸，小喇叭媽媽，狗毛爸爸，園園媽媽，萬麗爸爸……。反正青門里的成年人身分本來就含糊。能當一群簡簡單單、無足輕重的草民，是他們的福氣。

四十八家人，除了沒孩子的人家，只有王貝貝和王伽伽的母親不隨小孩子的名字稱呼，她是俄國人，走到哪兒人們都叫她「柳麗娜」，不改姓名。人種不同，只好不隨俗。保姆們有時叫她「外國人」。所以，我們也這麼叫。不過，在我們眼裡，貝貝和伽伽不是「外國人」，是青門里人。他們的絕活是拳擊。在那樣一個好人壞人分明的時代，就是我們小孩子也每個人都身懷絕技，譬如說：上樹、飛車、跳傘、打梭、捉蟲、滾鐵環、爬電線桿子。我們頭對頭商量：我們的絕技要叫作「青門絕活」，密不授人。

「絕活」二字，是從小銅匠嘴裡學來的。小銅匠每星期必來一次，坐在青門里的黑門下，敲敲打打，一邊修鍋換底，一邊哼京戲，嘴角上的半截香菸成了「角兒」一樣神氣。小銅匠一開口說話，地道的京腔。修好一個鍋，補好一個壺，小銅匠都要舉起那個重生了的「家什」對著太陽看一看，說一聲「絕活兒」！那是他對自己的肯定。這話兒也就被我們學去了，一輪到說「武」的，我們都說「絕活兒」，且絕不讓父母知道。他們的神經受不了「武的」。我們不能想像我們文質彬彬的父母們小時候敢爬樹跳牆，就是那位犀利辛辣的大文人魯迅先生，最多不也只能玩玩百草園的蟲子和花草？沒聽他說過爬電線桿子。

王貝貝和王伽伽是青門里的大閒人。在青門里，他們是青門里人；出了青門里，他們就是「雜種」。他們的鼻子比別人大。貝貝是黑頭髮，黑眼睛，像他爸王教授，混在一群人中還能裝一裝「純種」。伽伽是金頭髮，藍眼睛，像柳麗娜，想裝也裝不成。在我們那個時代，人們普遍憎恨大鼻子，就像現在人憎恨大肚子和禿頭一樣。一人恨，大家都跟著恨，好像不恨就是落後分子。再也沒有人想到三十年後，中國的女孩子還會突然要找大鼻子嫁，金頭髮的更好。科安農兒子賽克後來在中國的豔遇，證明：人民對鼻子的挑剔，像換時裝。「恨」在時裝問題上居然如此短命，這是好事。

只可惜貝貝和伽伽沒趕上時代。他們那時的日子不好過。他們是長了大鼻子的中國人，再減肥再鍛鍊也沒用，鼻子不變。柳麗娜隨夫加入了中國籍，他們出生在中國，戶口在青門里。伽伽有一次甚至把「中國人」幾個字用純藍墨水寫在白襯衫上，也依然被人罵作「帝國主義野心狼」。

這事兒，仔細想想，其實很有意思，雖然我們對異族情感複雜，可中國飯一吃，什麼都能成為分等分類的根據。鼻子，戶籍，說話口音，膚色，性別，肚子，年齡，衣服牌子……當然，還有政治立場，樣樣可以排出等級高下來。這個壞習慣能追到孔夫子。從他起，肉不方就不吃。肉方還是不方，吃下肚子都一樣變成屎。可肉「方不方」還真不是他老人家矯情，這是個「級別」問題。要不然，都拉一樣的屎，等級怎麼顯出來？皇帝穿黃，你就不能穿黃；農民擠火車，首長坐飛機。「按級別活」是最最古老的社會規則，過得久了，就成了化石，你往哪個方向看都是梯子，一抬腳步，就得爬。到死為止。甘當下層，那過的就是母黑猩猩塔娜的日子，有得吃就好，還管肉方不方？在等級結構上，我們的社會和黑猩猩的，沒有本質不同。

在貝貝和伽伽過的這個時代，鼻子和政治是劃分人的重要根據。所以，他們被列入「野心狼」或「蘇聯修正主義（蘇修）」類，成了下等。外面世界的紅衛兵鬧翻天，卻沒有他們的份。伽伽反正是哪一夥、哪一幫都加入不了，貝貝只願意隨著伽伽，不願意撇下伽伽到外面去裝「純種」。所以，他倆只能和我們這些青門里小鬼混在一起。和陳爺爺一樣，他們在我們的圈子裡發現了一點自己的價值。「小鬼」也是有圈子的——魔圈、怪圈、武功圈、童話世界……。偶爾在別人提到列寧的時候，貝貝和伽伽微微挺一挺腰，以提醒他們周圍的同學少年：有一些大鼻子例外。

這又是一件奇怪的事，那年頭，人們只認四個大鼻子：馬克斯，恩格斯，列寧，史達林，且跟著他們走，跟他們幹革命；拿他們和我們自己的領袖放一起，當神供。其他一切大鼻子就都不被看好，一律歧視。毛主席教導我們說：「洋為中用」。但沒說能用多少。在鼻子問題上，我們用到「四個」為止。沒人問為什麼？活著不想也是一種文化特色，叫群眾力量。

那年貝貝十五歲，伽伽十八歲，不被革命群眾認同，逍遙在運動之外。只好一人養了一隻長毛兔，按時按點放出來吃青草。長毛兔的眼睛紅得像瑪瑙，含情脈脈。一個叫「蘑菇」，一個叫「雪球」。臥在綠色的草地上，小心謹慎，東看看西看看，生怕侵犯了別人。一點兒小動靜就咕嚕滾進貝貝和伽伽的懷裡，小美人一樣依著。我們小鬼就走過去，把小手伸進兔子的長毛裡輕輕揉。與小鬼和兔子混在一起，貝貝和伽伽覺得自己是人，活得有信心。小鬼，兔子，貝貝，伽伽平等。這是我們青門里的好處。

「豌豆公主」安撫為被我們抱進陳爺爺家之後，貝貝和伽伽天天都來看。特別是伽伽，有時候一坐就坐個把小時，把一隻手指讓安無為捏著。頭彎到安無為睡的小木桶裡，一撮金色的頭髮從前額垂下來，在「豌豆公主」安無為的鼻尖上搖晃。看著「豌豆公主」的小尖臉，一沒人注意，伽伽還會熱淚盈眶。要是現在，我會說：伽伽有一顆惠樂的心。不過，在我當時的知識範圍內，我得出的結論是：伽伽是國王。他找到了自己中了魔法的女兒。小竹子非常肯定地認為：黑頭髮加金頭髮等於棕色頭髮。「豌豆公主」一定有一個黑頭髮媽媽，在救女兒的路上，聽見長著一頭蛇髮的魔鬼梅杜莎用雀子一樣動聽的聲音叫喚，一回頭，看見了梅杜莎的眼睛，變成了石頭。小喇叭指出，在抱回「豌豆公主」的時候，我也回了頭，卻沒有變成石頭。小竹子立刻把安全區邊界劃在青門里巷頭。「一進巷子就進了我們的國土，一進青門里大門就進了我們的城堡。」小竹子補充說。

青門里是我們的城堡，一圈紮了竹籬笆，把我們紮進了一個小小世界。像兒歌裡唱的：「你不帶我玩，我有人玩，我到河邊划小船。」青門里是我們逃離江湖，棲身、遊戲的小世界，很安全。小世界裡有兩個池塘，六幢黃牆小樓，還有一個後山，山頂上有個破龍王廟。池塘一角開著幾株荷花，粉紅色的大姑娘細腰一挺，呼氣，吐氣，天生麗質。我們往塘邊一站，她們沒有脂粉氣的呼息就若有若無地撲到臉上來。我們一個石子扔過去，水珠就在她們的荷葉裙上滾，像小孩子咯咯咯的笑聲，東倒西歪，一個不連一個，卻個個晶瑩透明。黑色帶白點的水牯牛哧溜飛上梧桐樹，樹下是一條石頭路。小得像針鼻兒的紅蟲兒慌慌張張在水邊打轉轉，轉成一團一團小人國的小紅雲。頭一抬，小人國的「小紅雲兒」突然長大成人，從池塘邊一直飄到天邊，西天上已是落霞紅遍，小土山上的蟋蟀和紡織娘又已經開始搭臺唱夜戲了。

青門里兩扇青黑色木門永遠開著，門楣是個扇形的鐵圈，門匾是燕吟爸爸題的字：「有仙則靈」。黑底白字。「仙」就是我們的父母。這群從民國自願留下來的文人，無怨無悔，個個擁護共產黨。青門里的人從那條石頭路上進進出出。門外叫「巷子」，門裡叫「院子」。一進院子，兩排梧桐樹沿石頭路立著，君子賢人一樣手臂一伸，遮住了天，塵埃落定，世界清爽安靜。正是猴子稱霸王的好境地。

青門里的保姆

三天後，一個沒有特別特徵的下午，我家呂阿姨把一根晾衣服的竹竿從二樓的窗口伸出去，搭在梧桐樹杈上。熱火朝天的知了大聯唱戛然而止。停了兩分鐘，又驟然而起。陽光從濃密的綠葉中擠進來，落在才洗過的衣服上，成了一些亮亮的斑兒，像有節奏感的鼓點；陽光也落在知了的夏歌上，知了的叫聲一會兒金色，一會兒銀色。呂阿姨說：「過去還有警察，撿了小孩好交給警察。現在街上警察也看不到了，就是一些紅衛兵。造反造反的。以後油條我去買了。你看你抱回來一個小小鬼，放在陳老先生家怎麼辦？樓下陳老先生託了我和張奶奶打探附近有沒有無為來的女人。那當媽的若能領回去，她當初也不扔了。這可教我們怎麼辦？愁死人了。」

呂阿姨說的「張奶奶」是還俗的尼姑，在小喇叭家做全工，帶小喇叭弟弟「會好」——這名字取自「革命委員會好」。我家呂阿姨是從良妓女，嫁了汽車製造廠的工人老魏。生了一兒一女，大的叫青山，小的叫紅鳥。青山上高中，住校。三天兩頭有學校老師來告狀，不是打破了別人的頭，就是打破教室玻璃窗，要不就是逃學曠課。老魏不護短，當老師面脫下鞋子就打青山。老師拉都拉不住。幾次一打，老師就不來告狀了，青山能不回家就不回家。紅鳥好看，就是瘸腿。初中畢業就不上學了，在青門里巷口開老虎灶，每天到青門里送水，給我們小鬼梳各式各樣的辮子和髮型，說起話來安安靜靜，語調裡有菊花茶那樣的味兒。她說：「小風，你有一根金頭髮，我給你留著，沒拔掉。讓它傳染。人家就會以為你是伽伽的妹妹。」

呂阿姨說：紅鳥長得秀氣，像她；青山粗，像老魏。

在我巴巴地等著聽陳爺爺講童話的同時，我也從呂阿姨那裡把柳如是、李香君、董小宛的故事聽了一遍又一遍。這些女人在我腦子裡和美人魚、灰姑娘、白雪公主混在一起，互換服飾，互換顏面。她們用「性」影響社會，卻又能是非分明、忠貞節烈，比男人還能堅守住一些信念。雖說她們出生低賤，她們是文化人。

時不時的，張奶奶也會在我們的催逼下講一兩個十八羅漢或十八層地獄的故事。張奶奶講的這些故事，是不能和童話同日而語的，甚至也遠不如呂阿姨的故事好聽。張奶奶的故事不是乏味就是嚇人，那種前世害了人，死後就要被煮成醬肉湯的地獄讓我心驚膽顫，立馬就認清了：那就是萬惡的舊社會呀！

呂阿姨不喜歡回家，喜歡待在青門里。她把「回家」叫作：「又要到十八層地獄去還債，前世欠他老魏家的。」這多半是因為青山不省事，老魏和呂阿姨動不動就吵架，一吵架，不管小孩子在不在旁邊，老魏就掀她那些窯子裡的老底，越掀自己就越生氣，說呂阿姨給工人階級戴了綠帽子，對不起他。說著拳頭就揮上揮下。呂阿姨雖說是窮苦人家的女兒，卻因為進窯子早，在窯子裡學了一些琴棋書畫，這就顯得不如工人農民直了，有了一些多愁善感、自憐自惜的性格。想著兒子不懂事，不爭氣，丈夫又是個粗人，老子一見兒子，臉就拉得像麵條，就知道打打打。打得兒子不願回家，和她都不親了。呂阿姨就要唉聲嘆氣。

又因為是從良的女人，屁股後面的歷史總有一些不乾淨。老魏是錘子盡揀不能碰的地方打，解恨。就像蚊子咬了個包，老魏是一定要把它抓破為止，解癢。老魏罵呂阿姨：「公子王孫的淫詞浪語聽多了，瞧不起我們工人階級！」呂阿姨一聽這樣的話，往事就勾上心頭。他家老魏整天看的是汽車卡車的四方臉，哪裡能懂秦淮河上的風流。那杜十娘、李香君、柳如是、陳圓圓、董小宛哪一個不是有格有調的性情中人？呂阿姨當年在秦淮河的「萬花樓」還是妙齡少女，身世卑賤，卻也是敦厚、溫良、明理之人。對鏡梳妝時，也有柳如是那種「我見青山多嫵媚，料青山見我應如是」的心境。若沒一兩個相好，呂阿姨怎麼活？兒子取名「青山」，女兒取名「紅鳥」都是呂阿姨喜歡文藝人的例證。可老魏對「青山」的解釋最多理解到：「留得青山在，不怕沒柴燒」。打死也懂不了柳如是的風情。呂阿姨曾讓一個演「公子王孫」的藝人包了一段時間，那藝人的藝名叫「一翎紅」。呂阿姨到底和「一翎紅」是什麼感情，她從來不提。因為不久就解放了，呂阿姨嫁了老魏。老魏人是粗一點，但模樣長開了。不罵人的時候也會笑，一笑起來一隻嘴角就冒出一個酒窩，老好人模樣。格調是談不上，顧家而已。但「紅鳥」的名字裡，就難說呂阿姨沒有一點舊情懷流露。只是老魏不懂。

老魏不懂，不代表老魏不氣。老魏有小學三年級文化，能讀報，尤其愛讀中央指示，因為重複的字兒多。他對呂阿姨說啦：「中央說了：保姆不搞文化大革命。我們家還是工人階級領導一切。」又說：「我們魏家也是有家規的人家。嫌我粗，前頭還有個魏八爺，你找他過去？看你能算計下一個私房錢？」

日子過久了，架也吵多了，呂阿姨唯一還滿意老魏的地方，就剩下老魏那只酒窩。每回和老魏吵架，都把呂阿姨氣得半死。一頭就鑽進青門里，不回家了。到了晚上，擠在張奶奶的棕繃床上睡。張奶奶就嘆氣，打抱不平說：「尼姑是剝削階級，光吃不做，對不起工人階級，這個我想通了。可妓女是被剝削階級，男人吃她們咬她們，怎麼還對不起他們？難不成你家老魏當年不是在窯子裡認識你的？他不是也對著『萬花樓』的媽媽行了『姑爺禮』？他忘了『萬花樓』的媽媽還給他擺了桌『姑爺酒』，紅燈籠提著帶到你屋裡去的？」呂阿姨就說：「快別提『媽媽』，就為了捨不得一床被子，一槍給斃了。想都不敢想。物我之間就這一聲槍響。我是聽了共產黨的話，想重新做主人，其實，當年一出『萬花樓』就該找個尼姑庵出家。這個世界都是男人有理。」張奶奶就勸呂阿姨：「出家了，這會兒還不是得還俗。那才是狼狽不堪。」

一說到「還俗」，張奶奶也起流起淚來。她說：「作孽呀。菩薩都被破迷信破了。砸菩薩像的人來，把庵裡的菩薩一棍子一個都砸倒了。菩薩有怨氣，庵裡鬧得塵土滿天。砸倒的菩薩塑像缺胳膊少腿，堆在院子裡，他們叫我們尼姑自己拆。我們只好把菩薩像肚裡的稻草抽出來，再用小錘把那些金身塑像砸成小泥巴塊。灰飛煙滅。我們一個老師父有搖頭病，一邊拆一邊流淚一邊搖頭。有人吼她：『不准搖頭。你敢不滿意！』老師父停不下來，就被人狠打了一記耳光。頭停了幾秒鐘，接著又搖得更厲害。」說到這裡，張奶奶把嘴湊到呂阿姨耳邊，小聲說：「這就連還俗都沒還上。坐牢啦。反革命。」呂阿姨趕快說：「阿彌陀佛。」又反過來安慰張奶奶：「金身，也是要歸空的。你也沒得罪菩薩。」張奶奶嘆口氣，說：「得罪啦。來世做定了牛馬。唉——人到這分上就只能看破得失。你我到這會兒還能在青門里幫傭，就是前世修來的好運氣。你看青門里哪家男人打女人？家家知書達理，也沒人給我們氣受。這就是解放了。」呂阿姨點頭同意。她到青門里遠比張奶奶早，從一解放就在青門里做保姆，有時候還同時做兩三家。提哪家的事，她都清楚。

說著話，呂阿姨和張奶奶的心情就都好了。又都能作詩了。第二天，兩個人坐在樓梯口剝毛豆，曬著太陽，你一句，我一句，談平仄對仗，互相贈詩。明擺著那樓梯口就是她倆自己的舊社會，天塌下來與她們無關。秦淮河的水照樣要在黑瓦白牆下流，雞鳴寺的鐘照樣要在楊樹柳枝間敲。人家也有一個自己的圈子。你進不去，就不懂。可人家自得其樂。我就是三十年後讀下了洋博士，也沒有她倆當年的文縐和淡定。文化，這東西，像是水，邊邊角角都能漫過去。帶著泥沙，也帶著金閃閃鱗光。有沒有文化，在舉手投足之間，還真不看你學位高低。與有錢沒錢，甚至與識多少字都沒有直接關係。呂阿姨和張奶奶從不看報，也不關心國家大事，可人家照樣會作詩，作的還是舊體詩。

有一次，貝貝從莫秋湖抄來一首詩給這兩個整天把玩古詩的阿姨看。那詩寫道：「莫愁，莫愁，莫愁哪能不愁。如今天下解放，誰向困難低頭。」呂阿姨說：「貝貝，這是你寫的詩？」張奶奶說：「不像。小銅匠寫的吧。」貝貝笑而不答。「青山寫的？」呂阿姨又問，「青山能寫歪詩了？」貝貝使勁忍了一分鐘，跳起來笑道：「呂阿姨，張奶奶，你倆反動了吧。這是大文豪郭沫若給莫愁姑娘題的詩。」呂阿姨，張奶奶你看看我，我看看你。原來她倆落後了。

呂阿姨不服氣。拿了她自己寫的兩首詩送給我媽改，我媽也說：「呂阿姨呀，再不敢寫舊體詩了。你要寫工農兵呀。」呂阿姨不明白，詩要工整幽怨，「工農兵」放在哪句裡？這比那「困難」「低頭」還不成詩句。我媽說：「你看這幾句多好：『稻堆腳步兒擺得圓，社員堆稻上了天，撕片白雲揩揩汗，湊上太陽吸袋煙』。」呂阿姨說：「膽子也太大了，爬稻穀堆上抽煙呀？定是城裡人寫的，不曉得火燭無情呀。」過後，呂阿姨還是寫她的舊體詩。不過有一天興血來潮，套著那新詩裡的新詞兒和浪漫味，居然也得了幾句帶新味兒的豔詩：「愁似白雲來復去，怨似煙斗滅還生，太陽一嘜櫻桃嘴，稻穀堆裡覓佳人。」自己先是很得意，以為得了原詩的精華。後又撕了，說：浪了，成打油詩了。愁得不夠徹底，情義不敦厚。據呂阿姨說：張奶奶的律詩寫得比她好，空靈。她自己只有詞寫得好，一愁到底。呂阿姨還對我說：「你媽才是真詩人，要她說好的詩才算好詩。到如今，你媽還沒誇過我的詩。不過她也沒誇那大文豪的詩。你媽說：『詩要心裡功夫，不是強說愁，也不能強說不愁。』我的不好，他的也不好。」

那天我對呂阿姨說：「呂阿姨，你別愁呀愁的。有啥好愁的呀？新社會了，安無為的爸爸找到啦。是伽伽。」

呂阿姨眼睛瞪圓：「你就編，編，編。伽伽這輩子都難找上媳婦。誰敢沾蘇修的邊？」看我不以為然，呂阿姨又加進了歷史：「陳老先生給柳麗娜和王先生做的大媒。這事我知道。伽伽小時候還過了幾天人見人愛的日子，那時叫『蘇聯老大哥』。到貝貝生出來，蘇聯就修掉啦。唉，怎麼就修掉了呢？定是錯人發了，過去休掉的媳婦再嫁都沒人敢要……」

呂阿姨也很熱愛毛主席。她不像柳如是、李香君那樣地節烈守舊。舊王朝倒了就倒了，她沒有想到要學柳如是去投河，也沒有決心像李香君那樣去出家。呂阿姨的生命沒有那樣轟轟烈烈，也沒有那樣政治。她從良了，就是老魏家的倒楣媳婦。老魏是被毛主席解放的勞苦大眾，呂阿姨當然也是。當「大眾」並不壞，「大眾」是一個模子，什麼樣的人裝進去，出來都得成一個樣。安全。老百姓圖什麼，不就是平平安安過一生？什麼不能忍？人的忍耐力比他自己想像的要大得多。像填土托磚一樣，多出來的得削掉，少出來的得補上。委屈是委屈一點，不然，燒不出「大眾」來。把各色不一樣的人燒成一個模子托出來的，個個都是一塊磚，大家都放心了，離了樓盤，誰也玩不轉，一文錢不值。這文化，可是有了不起的本事，要功夫的。

呂阿姨走在馬路上，很大眾。和張奶奶往樓梯口一坐，就看出她這塊磚是老磚窯裡的模子托的。她那「大眾」原來還有著上個時代的「大眾味」。「大眾」的模樣是一個時代一個模樣。非要等時代換得久遠些了，才能換口號，換心思，然後「大眾」才一起換服飾，換興趣，換日常用語，換價值觀，慢慢來。呂阿姨在新時代，只到了換服飾階段，其他還沒換。所以，她在我眼裡很落後。她服飾為藍：藍粗布褂子，藍頭巾，褲子膝頭上縫著藍補丁。是「勞苦」的特色。她以前從秦淮河「萬花樓」裡帶出來的一雙尖頭紅繡鞋兒，不藍，合不進「勞苦大眾」的模子，她從來不穿。不穿，過去就不存在。心裡的「過去」與穿不穿尖頭鞋無關。它要存在誰也沒法子。呂阿姨的詩依然工整幽怨，以「愁」和「怨」還有「人生苦短」為主題。呂阿姨是「勞苦」出身，卻又游離在「工農兵」之外。

應該算作城市平民。她的想法和判斷和大多市民一致。該熱愛的熱愛，該不懂的不懂，該尊敬的尊敬，該吃飯照吃。有閒情逸致就玩點雅興。

青門里的革命時代

在我的故事裡，伽伽雖然是「國王」，卻也無限熱愛毛主席，「伽伽的媳婦」——那個子虛烏有的黑頭髮灰姑娘——也熱愛毛主席。她丟了女兒，又變成了石頭，心，還是一顆紅亮的心。只要天上有紅太陽，魔術和奇跡隨時都會從天上掉下來，然後他們一家三口就「從此過著幸福的生活」。這樣的結果符合我的故事情節。

我撇下呂阿姨，跑到樓下，想去陳爺爺家看「安無為」。我看見榆錢一個人撅著屁股在門堂裡拍洋畫，洋畫火柴盒大，四邊微微翹著，榆錢一拍，洋畫一跳，青蛙一樣落下來。榆錢又一拍，洋畫又一跳，烏龜一樣翻了個身。榆錢收起洋畫，說：「贏了。沒意思，不玩了。」他站起來說：「我帶你去看一樣東西。」

榆錢拉著我的手，鑽進榆錢爺爺的書房。書房迎門的白牆上掛了一張條幅：「聖人皆孩之」。據榆錢說，那也是燕吟爸爸寫的，給他爺爺六十八歲的賀禮，他爺爺是「聖人」。他自己是「孩子」。「聖人」下班，接「孩子」回家。條幅的意思是「聖人接孩子」。我認識上面的幾個字兒。尤其喜歡「人」字。那字兒胖胖的，頭大腿細，腳挑起，像陳爺爺正要跨上「毛驢」去上班。沿白牆是幾個紫紅色的矮書架，也是胖胖的，肚裡塞滿書，站著的架式和陳爺爺很像。陳爺爺就喜歡在書架前走來走去，隨手打開一本書，就是一個月光如雪的童話世界。這些書架，在我眼裡不是書架，是一眼泉水，不停地吐著一個又一個快樂的水泡，引著我把手伸下去捉拿。水泡在我手心炸了，讓我的小心臟跟著一抖。太陽從海裡昇起，溫暖地照在我的泡沫上，無數個晶瑩透明的天的女兒在泡沫上飛翔。她們說：「做三百年善事，你就可以得到一個不滅的靈魂……」

這天，我的泡沫一炸，卻看見書架腳下多了一個高帽子，白紙糊的。這是榆錢要我看的東西。我們倆坐在地上，帽子跟我們一樣高。我們轉著高帽子看，高帽子尖頂，糊得很仔細，嚴絲合縫，上面有幾個大黑字，漿糊的酸臭味還是新的。榆錢說：「我爺爺演戲用的。」我說：「是哩。你爺爺故事裡那個女巫，長鼻子老太婆就戴這種帽子。」這樣說的時候我心裡的感覺像是又走進了一個故事，故事裡有一片森林，黑暗處有個女巫，鼻子拖到地，眼睛到處轉，想用毒蘋果從我們嘴裡換到「豌豆公主」的下落。

榆錢的心思還在帽子上，他說：「你拿起來戴在我頭上試試。」

「那你趴下，頭伸過來。」我用力舉起高帽子，戴到他頭上。

陳爺爺進來了，看見高帽子戴在榆錢頭上，圓臉上的表情很滑稽，眼睛鼻子嘴巴錯位。當小孩子幹壞事，或者當陳爺爺講故事講到小孩子幹壞事的時候，他的圓臉上就露出這種表情。「榆錢兒，」他說，「不要把爺爺做的帽子弄壞了，爺爺明天要戴呢。」

陳爺爺又說：「別在爺爺書房玩，到奶奶那邊跟安無為玩去。安無為要走了。安徽來信了，無為村的一個女人生了個雙胞胎，那個地方太窮，女人養不活兩個，揀了一個長得小的扔了。紅衛兵說：扔小孩子是舊社會的事，現在扔，是給社會主義抹黑。明天就有安徽紅衛兵來抱安無為，把她送回去給她媽。」

這個故事插進我的童話裡來，有點接不上。國王沒有了，公主沒有了，孫猴子也沒有了，連飛毯都沒有了。突然冒出個雙胞胎。那另一個和安無為長得一樣的小姑娘只是因為個子大一點就把安無為從生命線上擠掉了。「太窮」立刻在我的想像中取了「惡魔」的臉，它是住在無為山裡的妖怪，是鑽進無為人肚裡的蠅子。這個惡魔，明明是一蓬亂髮裡生出來的跳蚤；上下一跳，又成了人們幹壞事或幹不成事的藉口。當然，「金猴奮起千鈞棒」，打死「貧窮」，讓全世界人民都過上幸福的生活，這樣的好日子是不遠了。

但是，不管怎麼說，伽伽應該趕快來和女兒告別。小喇叭、小竹子也得趕快來和我們的「豌豆公主」告別。我轉身就跑，雞毛信必須立刻送出去。後山上小龍王廟門前有棵「消息樹」，是根大拖把，伽伽和貝貝插在那裡的。有緊急情況就要推倒它。小孩子看不見大拖把頭上花花綠綠的破布條子在後山上飄，就會立刻到前塘坡上的小草坪上集合。

我把大拖把推倒了，只來了伽伽和貝貝。其他小孩子玩昏了頭，不往後山上看。我把安無為要回老家的消息告訴伽伽和貝貝，他倆就到陳爺爺家去了。我看著伽伽的背影，真想替他哭。他那麼喜歡安無為。

我又衝到小喇叭家，小喇叭在看張奶奶給她家「會好」餵菜飯：一勺先餵到張奶奶自己嘴裡，嚼一嚼，吐出來，再餵到「會好」嘴裡。看著「會好」張大嘴，一臉幸福地等著，小鳥待哺一樣。我大嘴一張就哭了。結結巴巴把安無為的身世命運說了，還沒說完，小喇叭也大嘴一張哭了。張奶奶嚇得趕快放下菜飯碗，一隻手摟著小喇叭，一隻手摟著我，在我們後背上拍：「這兩個姑娘好心腸呀，好心腸。」從那天以後，張奶奶棕繃床上的臭蟲就傳到我家來了。

接著，我又去通知小竹子。小竹子比我大，所以比我勇敢，比我冷靜。她看著我淚流滿面的小髒臉，鎮定地問：「這麼說，伽伽不是『豌豆公主』的爸爸了？」我說：「還是。」小竹子想了想，說：「那就還是吧。不過我們得送『豌豆公主』一個禮物，這樣她就不會忘記自己的爸爸了。」小竹子會畫畫。她畫美人魚。畫過很多張，張張漂亮。她從畫夾子裡抽出一張，說：「這張怎麼樣？我們來給她上顏色。」我們倆就頭對頭，坐在小桌子上給美人魚上色。小竹子說：「紅。」我就在一把彩色蠟筆中找「紅」。小竹子說：「金黃。」我就在那把彩色蠟筆中找「金黃」。美人魚塗上了顏色，金紅的魚鱗，通紅的小嘴，藍眼睛。尾巴半捲，身體半抬，一手撐著岩石，一手撐著下巴，天藍藍，海藍藍，滿紙都是小竹子的天分和我的真誠。這張傑作完成了，從此，張奶奶棕繃床上的臭蟲也傳到了小竹子家。

最後被我想起來的是燕吟。娃娃親給他定過了，他非得去和「童養媳」告別不可。燕吟在吃飯，不緊不慢地喝湯。小孩子是不喝湯的，連飯最好也別吃。玩第一，聽故事第一，小孩子自己的事第一。也就是燕吟有青蛙王子氣，湯要喝，飯也要吃。我說：「燕吟，走走走，喝什麼湯，『豌豆公主』要走了。」燕吟不理，說：他要吃完飯再去陳爺爺家。我著急了，說：「不行不行，現在就走，那是我們給你定的娃娃親。」燕吟說：「不要，我要娶你。」我立刻說：「好好好，不要告訴榆錢就行。現在你跟我走走走……。」燕吟爸爸站在一邊笑，大手一伸，變出一個粉紅色頭髮夾，送給我。還說：「我家燕吟愛玩垃圾，答應的婚事別後悔。」

到了第二天下午，安徽無為並沒有人來接安無為。陳爺爺家倒來了一群當地的紅衛兵，領頭的是個苗條的姑娘，我從我家窗口只看到她一個背影，腰上紮著皮帶，指揮著其他人把陳爺爺的書全部裝上卡車拖走。陳爺爺的書架上大概只能留下一些驅不散的童話味兒了，願那些書架永遠有故事餘音繞梁，童心不古。我趴在窗口看著那堆得像一座山一樣的「童話」就要被拖走了，很是心疼。只盼著那個身材苗條的女紅衛兵能抽出一本童話看看，就知道那卡車上裝的都是讓人著迷的仙境和歷險記呀。想著，只見那苗條的女紅衛兵就真的隨手從車上抽了一本書，翻看起來。她那結著皮帶的小細腰，在我眼裡看著就變軟了，我希望她手裡突然就冒出來一根仙棒，銀星閃閃，一點，那一車亂七八糟的書就全自動安安全全跑回陳爺爺的紫紅書架上去了。結果，卻看到這個女紅衛兵，把書快快地翻著，拿到陳爺爺跟前，突然一撕兩半，扔了一半，另一半頂著陳爺爺的鼻子，吼道：「說：這是什麼書?!」陳爺爺往後退了一點，推推眼鏡和氣地說：「德文書，一本二戰歷史書。」「你還膽敢讀德文！」苗條的女紅衛兵叫得很響亮，指著一句叫道：「老實交代，這是什麼反動話?!」陳爺爺依然和和氣氣，看了一眼書上的句子，翻譯道：「……德國的宣傳機器鼓動說：『新人們，我們一齊狠狠地揍他們，打他們。徹底地打，滿懷信仰地打。把德國打掃乾淨。新自由新秩序新世界是我們新人的。沒有殘疾人，沒有猶太──』」女紅衛兵不等聽完，把半本書往卡車上一扔：「新世界是他們的?白日做夢。是我們的！」

……

紅衛兵和陳爺爺談話的時候，榆錢被大人趕到外面來玩。榆錢在我家樓下不耐煩地叫我：「去不去跳傘?不去我走了。」

跳傘是榆錢的絕活兒，他每天都要苦練十幾回。我拖了一把油布傘，趕緊跑下樓，榆錢已經跑到了前塘邊，嘴裡嘰嘰咕咕說著話，拈起一片碎瓦，偏過身子，彎起一條腿一跳，打了一個水漂。池塘上跳出一溜水圈圈，一串透明的冰糖葫蘆。青門里還是甜的。世界可以有許多個，同時存在。做小孩子的好處是：想跳進哪個就跳進哪個，好的、壞的、真的、假的、童話的、現實的。小孩們總有地方躲。又因為我們有那麼多世界要去，我們真的沒有時間為大人操心。

我們倆爬上一幢小黃樓的門簷，門簷有兩米長，一米寬，正好夠兩個人坐在上面。我們運氣，計劃誰第一跳，誰第二跳。這時陳爺爺戴著那頂高帽子從對面那幢小黃樓裡出來了。頭勾著，大圓眼鏡在陽光下一閃，人越發顯得矮胖。榆錢說：「慢。我爺爺演戲去了。別讓他看見我們。」

跳傘這樣的絕活是要背著大人玩的。以大人笨重的身體是不能體會小孩子拽住雨傘，在空中飛行的快樂的。他們只會大驚小怪地叫喊：「危險。」榆錢爺爺走在前面，身後跟著幾個帶紅袖章的學生。榆錢就吹牛說：「我爺爺這回演戲是演好人。」

我說：「那是當然的，小孩子才是壞人。小孩子是壞蛋蟲，整天闖禍，給大人添麻煩，還鬧吃，還打架……。」

就在我們這樣小聲數落自己罪狀，互相交流自己幹的壞事的時候，又看見好幾個孩子的父母從另外幾個小黃樓裡陸續出來，頭上也都戴著高帽子。

「這麼多人去演戲？」我說：「那我們要跟去看看。」說著，我撐起油布傘就要往下跳。卻看見貝貝和伽伽一人抱著一隻長毛兔往這邊門簷走來，嘴裡喊著：「不准跳，呂阿姨已經看見你們啦。」呂阿姨上午在我家，下午在陳爺爺家。我和榆錢都屬她管。

我拽著雨傘，叫了聲：「飛」，小心臟在空中鼓滿了，鳥兒的自由和緊張在我的頭髮上、衣服裡、腳底下，風一樣地竄，在這樣的好感覺裡，我理解的生命就是風。風，風，風。我叫蘇北風。我剛落地，榆錢也跳下來了。榆錢落地的時候，雨傘翻了，榆錢的屁股摔在地上。呂阿姨大呼小叫，從遠到近，由小變大，短頭髮上一個桔黃色的塑料髮夾滑到耳朵邊，兩隻眼睛裡是天崩地裂的神色，跳到我們跟前，一把拉起榆錢，又順手奪下我的雨傘：「你們小命不想要啦！」

我們的小命毫髮無損，但那天晚上，青門里的「革命」卻大普及了。青門里的父母們「努力」放下了架子，他們戴高帽子，從此不叫「演戲」，直稱「批鬥會」。「批鬥會」以前有過沒有過，我們不知道，但從那天開始，這樣的事不再瞞著小孩子了。我們這些七八歲的小孩子也被叫去參加批鬥會。叫「革命不分先後，造反不分大小」，「允許可以教育好的子女幹革命」。

看這樣的「批鬥會」，我有點緊張，卻也非常好奇。因為差不多每個小朋友的父親或母親都在那一隊「高帽子」之列，我媽也在裡面。家家有一份，誰也不丟人。難為情的感覺我是沒有的。事實上，那群大人倒是比我們小孩子要難為情多了。他們以為小孩子跟他們一樣愛面子。其實，我們只是愛熱鬧而已。雖然心裡也知道「批鬥會」不是什麼好戲，但和「好戲」的差別在哪裡，我也搞不大清。「鬥人」的遊戲我們在江湖上也玩過。

不過，那一天的故事有一個奇怪的結尾：有人把一瓶子墨汁從陳爺爺頭頂上倒下去。陳爺爺的半邊臉突然黑了，黃襯衫也緊接著從前胸一路黑到白褲子。這讓我非常吃驚：人，也可以這樣對另一個人？

就在這時候，呂阿姨把我一把從人群中拖出來，直往家拽。口裡小聲說：「真不是人，真不是人。」呂阿姨罵的是那個倒墨汁的人。我知道呂阿姨是氣憤之極了，她把我的胳膊捏得生痛。一絲秦淮八豔的絕烈之氣從呂阿姨的手指上傳到我的胳膊上，粗細不均。呂阿姨說：那個周丕良人長得像茄子，窩著，就靠一副大眼鏡撐出個「文人樣」。呂阿姨又說：她原來以為周丕良就是一個老實巴交的調幹生，家裡養了三個孩子，生活困難。沒想到，平常也是個受人欺負的人。一眨眼，倒跳起來欺負人了。呂阿姨最氣不過的是：幾天前陳老先生還把他從圖書館帶回家來吃飯，叫呂阿姨做了米粉蒸肉。呂阿姨說：「那是過年的菜。這才吃過，就革人家的命，哪朝哪代的王法也說不通。陳老先生怎麼招他惹他啦？」

這之後，那天的「批鬥會」上又發生了什麼，我就不知道了。不過這個周丕良倒墨汁的片段，我總也不忘。長大以後，讀到魯迅的《阿Q正傳》，想出來眾多阿Q的模樣，個個都戴著大眼鏡，腰彎著走路，像個大茄子，窩著，口裡叫著：「革命啦！」

青門里的蔡家和陳家

那天夜裡，青門里出了兩件大事：

第一件，住在第一幢小樓的蔡萬麗爸爸，蔡教授自殺未遂。

萬麗爸爸是青門里的怪人，不理人，不愛說話，要說也多是說一些不得體的話。有一天，他在青門里門口碰見陳爺爺，不知腦袋裡想著什麼算式，突然非常吃驚地說：「陳先生，你怎麼還活著？我聽說你死了呀。」這也幸虧是陳爺爺，豁達幽默，還能沉著鎮靜地回答：「我怎麼會死了呢？你聽錯了吧？」這要換成其他老先生，定是要把人家氣得半死的。

萬麗爸爸蔡教授整蔡萬麗也是有名的。他家萬麗成績好，是他雞毛撣和站牆角整出來的。蔡萬麗家牆角上有密密的幾排小黑點，那是萬麗小時候寫的乘法口訣表。字小得只剩黑點，她爸近視看不見。萬麗背不出口訣表，挨了打，站到牆角沒飯吃，這些小黑點就跳出來救她。那些小黑點，我們每個小孩子都看過。成了我們害怕萬麗爸爸的原因。

蔡教授還仇恨雞。陳奶奶養的雞被他用自製的皮彈弓一隻一隻打死了。打死了也不說為什麼。陳奶奶不像陳爺爺那麼寬容，提著三隻死雞去萬麗家問個為什麼。蔡教授不解釋，也不出房門，第二天，賠了陳奶奶三把椅子。後來榆錢從蔡萬麗嘴裡知道，雞吵了她爸爸的午覺。

據呂阿姨說：蔡先生是神童，神童的神經自然就奇怪，不屑於人間俗事，容不得人間俗物。人家十六歲上了清華數學系，二十一歲破譯了日本人偷襲珍珠港的密碼。只是青門里的先生們人人都在不同領域「神童」過，也沒有人把他的功績掛嘴上說。蔡先生的與眾不同在於他在萬麗媽媽去世一年後，娶了個法國女人。從戀愛到結婚，在四個月完成。

那時蔡先生做為鳳毛麟角的兩個傑出數學家到法國去短期講學，因為他早年留過美，也留過法，英語、法語都說得溜。他在法國，說不清道不白，突然就和一個法國女數學家愛上了。並且一愛就不可收拾，熱情以立方值上升，不結婚不能活了。於是兩人就到教堂以數學的最簡式結了婚。蔡先生再也沒想到這就違反了中國的公式。正確的公式是：先向組織申請。

蔡教授不懂：他不僅是數學家，且代表中國。怎麼就能擅自結婚了？他老婆死了才一年，他就另起爐灶，這也太不像話了。等蔡教授擅自結完婚，向組織報喜的時候，組織給了他個處分。等他到了回國日期，組織同意他回國，卻不准他把這個沒得組織批准的法國老婆帶回國。蔡先生正在熱戀之中，頭腦不清楚，脾氣尤其壞，在法國就說了威脅組織的話：不讓他老婆跟他回去，他就從此罷教。而那個頭腦簡單的法國女數學家，卻認為這只是暫時的分離，沒幾天，她自己就可以飛到中國去和丈夫團聚，用不著什麼黨組織管。

這樣，蔡先生就回了國，一回國就造出了一臺「機器人」。那「機器人」在我們放學回家的時候，突然被蔡教授放了出來，從大學門口搖搖擺擺走出來，一個勁兒地點頭，揮著一隻粗手，翁聲翁氣地向我們問好：「小朋友們好！」它的頭和身體一樣大，都是方形，兩條腿又細又短，實在不對稱。才走兩步，就兩邊搖晃，站不穩的樣子。蔡教授和工作人員只好站在兩邊扶著它。然後，它就開始犯錯誤，把老頭老太也叫做「小朋友們」。就這麼一個方頭方腦的機器人，在當時，是很轟動的新聞。

蔡先生就以機器人為成果，跟組織講條件，為老婆入境的事上下奔走，直奔到老婆在法國，一個人生下了他蔡家的二女兒，組織也沒有批准他老婆來中國定居。與王教授娶柳麗娜比，蔡先生沒趕上娶洋老婆的好時代。蔡先生只看到一張二女兒的照片，這個婚姻就被組織掛起來了。掛起來的意思就是：不進不退，不死不活，組織不管了，誰也別想管。

蔡先生這下脾氣上來了，就真罷教了。機器人躺在實驗室的過道口，誰也不能把它弄站起來。不當心，按到什麼鍵上，方頭方腦的機器人就對著天花板，左一聲，右一聲說：「小朋友們好。」停不下來。而蔡先生則居然在家門口堆了一個雪人，精緻無比，把給他老婆買的黑紅相間的方圍巾給雪人圍上，逼著萬麗認了那雪人為二媽媽。世界上沒有比萬麗更懂事、更孝敬的女兒，居然也對那雪人愛戴有加。雪人化了，還陪著她爸一起哭。萬麗很想見那個洋娃娃妹妹。

突然間，就文革了。蔡先生想復教也沒地方復了。他那「機器人」換了名字叫「白專道路的典型」。在批鬥會上，有紅衛兵指著蔡先生的鼻子責問：在國民黨統治時期，誰能接觸到絕密的電文密碼？又有紅衛兵要他老實交代他的外國老婆給了他什麼潛伏任務。還有紅衛兵質問：機器人裡是不是藏了發報機？蔡教授立馬就有了國民黨特務或者西方間諜的嫌疑。一夜間，過去那些見了他畢恭畢敬的學生突然就成了餓狼。一但把蔡教授劃到「階級敵人」之列，這些吃革命飯、喝鬥爭奶長大的新人們，就立刻仇恨在胸，以一當十整起古怪嚴厲、不懂人情世故的蔡教授來。我們青門里這位神童蔡先生也反應快，立刻看到自己死路一條。於是決定自殺。

蔡先生搞數碼編程是不能白搞的，在自殺的問題上他過於聰明了。他先吃了幾粒安眠藥，又點了兩根香。他把電線繞在大拇指上，從大拇指再通到轀在頭上的銅線圈兒上。據他計算：當兩根香燒完，線路自動通電，那時，他應該已經睡著了，電流通過大腦，直接把他電死在睡眠中。無痛苦死亡。

誰知道他對「人的恐懼感」計算錯誤，兩根香燒完了，因為害怕，他還沒睡著。「無痛」看著不可能了，蔡教授大叫。蔡萬麗十五歲，破門而入，沉著鎮靜，切斷電源。然後鉸斷纏在她爸爸頭上的電線，再鉸斷纏在手指上的銅絲。每一步都符合科學。蔡教授這場自殺的後果是：十個手指燒掉了兩個，人昏睡了個把小時。關於這場女兒救父親的英勇事蹟，蔡萬麗隻字不跟人提，好像根本沒有這回事一樣。在那個時代，自殺等於背叛。蔡萬麗不說，這事就沒發生。蔡萬麗對我們這些好奇、一切變故的小孩子說：她爸換煤球把手指燒掉了。我回家告訴呂阿姨，說：「我不相信。」呂阿姨說：「你這話打死不能到青門外說。人為了活命才撒謊。」

很多年後，我想到呂阿姨的這句善良的名言，很是不平。一個文化為啥逼著人把「活命」和「誠實」對立起來？為了活命，人並不是非得撒謊的。

第二件，那天半夜，陳奶奶抱著安無為，送我家來了。

陳爺爺被帶走了，陳家訂的牛奶從此不准再有。想到陳爺爺不知何時能回來，從此也沒奶餵安無為了，陳奶奶就把安無為送我們家來了。好在榆錢沒吵沒鬧，一句話也沒說，站在一旁看陳奶奶給安無為打包裹，眼睛黑沉沉的。陳奶奶就對他說：「安無為是小風撿到的。送到小風家，你想看就上樓看，還不就和在這裡一樣。」榆錢還是不說話，過了半天說了一句：「我爺爺是好人。」

安無為來到我們家，我爸對我說：「是你撿來的，我們只好養。給你當幾天妹妹，等無為的人來了，就還人家。」

安無為換了地方，不睡覺，鬧到天亮，新牛奶吃下肚才睡。剛睡安穩，紅衛兵突然從天而降，因為他們中間有一個突然覺得「變天帳」有可能藏在鏡框後面，所以，發動突然襲擊，搜查鏡框。

我爸虔誠地把大大小小的鏡框取下來，交出去，臉上帶著一副誇張的坦然，退到一邊。一個紅衛兵在我的照片後面發現了我媽寫的一首詩，拿到亮處去讀。想那是一首叫我去接革命班的新詩，沒「反動」可挑。紅衛兵讀完了，點了一下頭。這讓我覺得，他們要是一個一個來，也就是一個大哥哥或大姊姊。聚到一起，成了群，就成「紅衛兵」了。那種把人裹挾到一起的力量，我後來在黑猩猩有計劃的群體襲擊和群體廝殺中也見到過。奇怪的是這種群體性行為在每個紅衛兵臉上都寫上了「事業」或者「使命」，就像遷徙動物別無選擇那樣。誰要不在這個「事業」中，誰就得痛苦，就是異類。這是人的本事，這種宗教式的革命狂熱像上癮，成了一代人的生命意義，讓一些荒唐的暴力行為都強制性地看此一舉。

「合理化」了。當年，就連我那有頭有腦的父母也半推半就地承認了這種年輕狂熱的歷史位置。這狂熱，是從一種活法到另一種活法的遷徙過程中的原始力量。共產主義成不成，

第二天一早，又有幾個女紅衛兵來敲陳爺爺家的門，敲得震天價響。那時，我還不認識「皮旦」。只知道那個領頭的長得挺好看，還能感到她就是第一次到陳家抄書時，我從樓上窗口看到的那個苗條的女指揮。不過這次，我看到了她的臉。但我當時並不知道她的名字。知道她名字叫「皮旦」，並把她仔細看清楚了，是後來因為伽伽的關係。

幾個女紅衛兵造出了很大的聲音，把樓上樓下的人全部吵醒了。陳奶奶一邊扣著對襟褂子，一邊來開門。「皮旦」說：「陳儀銓是死老虎，死啦。你去領人。」陳奶奶一聽，腿看著就軟了，嘴還硬著：「不可能。什麼人死，我都不相信我家老頭子會死。」「皮旦」說：「你去不去領人？陳儀銓自殺啦。」陳奶奶哪裡還走得動。只是嘴裡還硬：「我家人，我知道。所有的人都自殺，他也不會自殺。」我爸我媽都下來了，推著我和榆錢：「快，別說了，扶著陳奶奶去領人。」

我和榆錢一邊一個，拉著、拖著陳奶奶走。陳奶奶心急如焚，跌跌衝衝，卻走不快，好歹被我們拉著拖著走到大學的圖書館。「皮旦」一邊走還一邊和另一個女紅衛兵談論時政，沒心沒肺的樣子：「我們中學紅衛兵和大學紅衛兵互相支持，就能讓天下大亂。形勢

越來越好。敵我戰線越來越分明，革命戰線越拉越長……」等走到圖書館資料室，裡面的大學紅衛兵把資料室門上的小門簾一撩，我們看見陳爺爺躺在一張辦公桌上，臉上蓋了一張黃草紙。旁邊坐著個人，是周丕良。

資料室外邊，「皮旦」拿過來一張紙對陳奶奶說：「這是離婚證，簽了字，算你劃清了界線，讓你領人。」

陳奶奶這下不要我們扶了，她用四川話大叫：「七十多歲的人哩，我離啥子婚喲！我只要看人！」榆錢也大叫起來：「我爺爺是好人，我爺爺教我不撒謊！」我也跟著叫：「陳爺爺！」

突然，裡面陳爺爺高聲說話了：「周丕良，把我放下來，我家裡人在外面。」於是，「皮旦」叫裡面的人開了資料室的門，忍住笑，故作嚴肅地說：「陳儀銓，你不是會用童話毒害人嗎？今天就讓你嘗嘗我們編的革命童話是什麼味道。算你老婆配合，救了你一條狗命。趕快滾。」

原來陳爺爺是被他們綁在桌子上的。

比較起我們來時的緊張心情，我們在回去的路上，居然是高興的。陳爺爺對陳奶奶苦笑笑：「我們是金婚。」陳奶奶先笑後氣，一路不停地說：「作孽，作孽，作孽。」

我和榆錢高高興興頭裡跑，陳奶奶由陳爺爺攙著了。等我們倆跑回青門里，正碰見一隊紅衛兵把我家的書裝上卡車，全部抄走了。呂阿姨剛巧這時候買了菜回來，在混亂中隨手從書堆裡救了一本，藏在安無為的尿布堆裡。可惜這本「漏網之魚」不是她喜歡的唐詩，叫：《天演論》，也是講猴子變成人的。不僅如此，那裡面的猴子還凶狠得很，人家的口號是：物競天擇，適者生存。

以後多少年，我都以為這是真理，拚命學著這樣做。直到三十年後才發現，這是野獸的真理，不是人的。

這天傍晚，呂阿姨和張奶奶把好幾家人的棕綳床搬到院子裡，用開水燙，臭蟲從棕綳眼裡慌慌張張逃出來。呂阿姨一邊用腳踩，一邊說：「禍根就是棕綳床，就是棕綳床。」

陳爺爺出來散步，走過來看滅臭蟲。他問我：「安無為怎麼樣？」我已經忘記了「批鬥會」和批鬥會後發生的荒唐事兒，只想著要陳爺爺講故事。陳爺爺在石板凳上坐下，把我放在膝蓋上，看著傍晚的星空和一個薄荷瓣一樣的白月牙講道：從前有個魔鬼，他製造了一面魔鏡，從魔鏡裡看世界，所有美的東西都變成醜的，所有醜的東西變成美的。有兩個小魔鬼把魔鏡偷了出來，往天上跑，魔鏡越來越重，他們拿不動了，手一鬆，魔鏡摔成了無數個小碎片。碎片落進誰的眼睛裡，誰看美，就成了醜；看醜，就成了美。這些人幹壞事，不單單是這些人的錯，那是魔鏡的碎片在他們眼睛裡作怪。

這個故事我長大以後才懂，且是在讀了很多二戰後的人性反思才懂的。一個壞的信仰就是讓人從各個方面相信：我不是我自己。通過一個壞的信仰去看世界，就像通過魔鏡的碎片看世界一樣，一切正好和世界應該是的樣子相反。人變成了壞信仰手裡的工具。「壞信仰」可以是一個理論，也可以是一個被神化的人，還可以是其他別的東西。

問題是：正常的人們對「壞信仰」的容忍和退讓到底到哪裡為止？

滅臭蟲那天，小竹子也來了，跟在陳爺爺屁股後面，要陳爺爺把講給我聽的故事再講一遍。一直跟到陳爺爺家。在陳爺爺家廚房的臺階上跳上跳下。陳爺爺家的廚房電燈只有十五瓦，陳爺爺工資停發了，要省電。在昏暗的燈光下，陳爺爺拿了一件舊汗衫，把一只大羊皮箱子蓋起來，想不讓小竹子看。箱子上有用黑墨寫的兩個大字：「反動」。小竹子已經看到了。陳爺爺轉過身，圓臉上露出尷尬的笑，把小竹子抱上餐桌坐著，對她說：

「小竹子，任何時候都不要失去希望。」

第三章：暴動

×年×月×日：

早上四點，值夜班的動物園飼養員打來緊急電話，昆奇的爸爸，雄壯的首領黑猩猩路易特遭到了一次謀殺性襲擊。時間是在半夜，地點是在雄黑猩猩的夜間居所。等我們趕到現場，路易特頭靠著居所裡的一棵假樹，下巴垂到胸前，一隻手中指沒了，很虛弱地倚著假樹，坐在一大灘血泊中。路易特曾經是這一支黑猩猩族的首領，應該說牠是一個好首領。牠年輕的時候，打起架來由著性子。誰跟牠好，誰跟牠親，牠就幫誰。但在牠當了首領之後，牠不再把打贏誰看作是目的了。對牠來說，平息部落裡的糾紛成了大事。如有兩個雄性打起來，路易特就會跳到鬥毆者之間，一家打一拳。哪一方還鬧，路易特就把牠一直打到樹上去。並且，牠還時常會幫助弱者。這使得路易特總會得到上層雌性的支持。牠的統治朝代按說是可以比較長的。

一個月前，一個十七歲的楞頭青開始不停地向牠挑戰。路易特並沒拿這個年輕的野心家當回事，也沒有失控喪權的跡象。因為，當一個頭號雄性首領，不是光有力氣就能奪得天下。還要有制控能力。路易特已經老練到將自己的制控方針定為「依靠群眾」。如部落裡出現戰事，牠是不會一個人去對付肇事者的，牠總是帶領「群眾」去整肇事者。對這個愣頭青，路易特還沒有重視到要「發動群眾」來整他。

路易特毛皮油亮烏黑，不僅是昆奇奶奶最喜歡的兒子，而且，深得部族裡幾個上層母黑猩猩的喜愛。在牠們眼裡，路易特是帝王。路易特對人一直保持距離，這是強壯黑猩猩的態度。牠不滿意人對牠的限制，也不喜歡聽人擺布，若是平常，牠甚至都不讓人接近他。有一次，昆奇跟我們廝混，想是帶著我們的氣味回到群體中，路易特一下就把小昆奇掀進小沙河。這樣的事，發生了好幾次，使得昆奇終於明白，路易特一來，牠就要明顯地表現出和我們疏遠。

但這次，路易特明白牠是需要我們的幫助了。

路易特被抬到醫院。獸醫給牠縫了一百多處大小傷口。我們驚訝地發現路易特的睪丸不見了。從生殖器裡被咬掉了。這真是一場血腥的權力之戰。到了下午路易特還是死了。

在牠被抬出去的這個早晨，黑猩猩們非常安靜，安靜地連早飯都不吃。等牠們的夜間居室門開了之後，兩隻上層的母黑猩猩，直衝向那個十七歲的新頭領，把牠一直逼到樹頂。這個不聰明的愣頭青，身上也帶了好幾處傷。這傢伙就是奪權派的兇手。但就憑牠那樣子，怎麼也不可能是路易特的對手。昨天夜裡，在牠們的居室裡，一定是發生了以眾對一的惡戰。

塔娜背著昆奇出來了。如果用人的語詞「智商」來描述塔娜的話，應該說她的智商水平達到「聽話」。塔娜對路易特上次對牠的惡訓沒敢忘記，不知是否也該跟著上層母黑猩猩撕咬未來的新頭領。牠選擇了旁觀，舊首領突然沒有了之後，牠要搞清楚下面該聽誰的話了。昆奇卻突然從牠媽背上跳下來，直衝向另一個坐在草地上吃果子的老傢伙，在牠面前齜牙咧嘴地吼叫，見老傢伙不理不睬，昆奇居然跳起來，用還沒長硬的小牙，在老傢伙的大腳趾上咬了一口。這個老傢伙是四年前被路易特推下寶座的老首領尤金。牠是奪權派的同黨。牠一直在玩陰謀詭計，與十七歲的楞頭青結盟，利用那雙年輕的拳頭報了仇。從此牠將是這個部族的太上皇。

同類記載參見富蘭斯．德．瓦爾×年×月至×年×月在日本動物園，及×年×月至×年×月在荷蘭阿恩汗姆動物園的紀錄。德．瓦爾稱之為「二對一遊戲」。據德．瓦爾教授記載，在阿恩汗姆動物園，狡猾的老雄性黑猩猩耶奧恩（Yeroen）在失權之後，先是利用年輕力壯的耐克（Nikkie）奪回了寶座，當了幾年太上皇，和耐克平分雌性。在耐克江山坐穩，不再拿牠當回事之後，牠又花了好幾年工夫，培訓了另一個更年輕的雄性，丹地（Dandy）。最後利用丹地挑戰耐克，致使有勇無謀的耐克發瘋，想跳到河心島逃避，淹死在河裡。當地報紙報導了此次奇怪的「自殺」。德．瓦爾博士稱之為「謀殺」。他說：「想到兩條生命斷送在老傢伙耶奧恩手裡，我實在不能不把牠稱作『謀殺犯』。」

我們在德・瓦爾博士書裡讀到過的黑猩猩的惡戰，如今親眼看到了，且讓我們不得不聯想到人的政治。

摘自《科安農——蘇邨風觀察日誌》

小鬼造反

「批鬥會」後來又開過幾次，次次「對家屬開放」。每次都有一兩個重點批鬥對象，一大群爸爸媽媽陪鬥；每次都是在燕吟家樓下的空房間裡開；每次，都有紅衛兵先說一段激烈憤怒的話。

紅衛兵的革命氣概撞進我的童話世界，我的各色童話就像氣球，一鬆手，追隨而上，我知道了世界上除了當國王、當士兵、當農民、當麵包師，還有一個好事可幹：當革命家。「革命家」說起話來氣吞山河：「說我們狂妄，我們就是狂妄。我們既然要造反，就由不得你們了！你們敢不老實，我們就立即鎮壓！我們不但要打倒青門里的牛鬼蛇神，還要打倒全世界的反動派。」我吃驚地發現：話原來是可以這麼說的。說得痛快，聽得痛快。聽了一遍又一遍，這些紅色話語就像小圖釘，一個字一個字釘進我的小腦，成了我的唐詩三百首。懂不懂另當別論，小時候背下的，長到再老也忘不掉：

你們這些剝削階級，槍桿子被繳械了，印把子也被人民奪過來了，但是，你們頭腦裡的反動思想還在。你們人還在，心不死。我們革命、造反，在你們看來叫「犯上作亂」，在我們看來叫「奪權」。敢造反是無產階級革命家的品質。革命者以天下為己任，這就是我們的「狂妄」，我們旗幟鮮明……

有幾次，「皮旦」帶一群女紅衛兵請來一個農民老大媽做憶苦思甜。老大媽說著鄉下的土話，把「可憐」說成「苦憐」。說很多很多「苦憐」。「苦憐」很多東西。「苦憐」冬天冷，「苦憐」吃不飽，「苦憐」地主家的女兒用鞋底抽她臉，「苦憐」地主婆的錐子，「苦憐」地主沒得錢……。我們的父母非常虔誠地聽。那個禽獸窩一樣的地主之家，為富不仁，集人性之萬惡於一身。這些「苦憐」是從另外一個世界發出來的抱怨。因為他們離那個世界很遠，自己的好生活和那裡的「苦憐」一比，就讓他們產生了負罪感，覺得那些抱怨全是衝著他們的，他們憑什麼在青門里過「有仙則靈」的生活？他們對「苦憐」的窮人有罪惡感，然後他們就檢討自己。交代自己浪費過糧食，或者拿魚餵過貓，拿米餵過雞。能一直追究到自己小時候的剝削階級生活。紅衛兵就說：「人類歷史上空前的這一場文化大革命，敲響了你們這些中國土地上殘存的資本主義勢力的喪鐘。」時不時地，還有很凶的紅衛兵，把他們推來搡去，說他們避重就輕，不老實。他們也很溫順地忍耐著。

一排，低著頭。蔡教授頭抬著，傻呼呼地東張西望，「皮旦」走過去，把一塊沉重的小黑板掛他脖子上了，說：「你最不老實。」

我們小鬼或擠在門口看，或坐在窗臺上。有時候裡面亂哄哄的，到底說些什麼，誰也聽不清。我們那些文化父母腦袋裡想什麼？痛苦不痛苦？羞愧不羞愧？根本不是那時人想的問題。「想」是一種能力，是人走出叢林的本事。在那個特殊時期，成了奢侈。就像大人吃完飯，能靜下心來喝杯茶一樣。我們小鬼，沒到「人」的水平，感興趣的卻只是「吃」的過程。現在回想起來，就是那一屋子裡的紅衛兵們，看他們當時滿臉通紅的樣子，興奮點其實也是在「吃」的過程中，不在「想」。

只喜歡「吃」，不喜歡「想」的動物是有的；只喜歡「忘記」，不喜歡「想」的動物也是有的；沒有「忘記」，卻不敢「想」的動物更多。荒唐，是在狂熱的情緒和整個世界不理智的沉默中誕生的。

後來，在一次批鬥會上，我突然開竅，明白了：青門里四十八家原來是一窩牛鬼蛇神。這「牛鬼蛇神」就是青門里的標誌。這裡的人家都是民國舊大學殘留下來的文人，他們聚集在國民黨舊都，在青門里進進出出。這群牛鬼蛇神拒絕了國民黨，選擇了留下來跟共產黨幹革命，就算他們和工人農民在一條路上走過，可革命成功卻不是靠他們。他們人數太少，且生活在「有仙則靈」的青門里。他們只會「說說話」，不會「打仗」。革命成功是靠工人農民。他們以為工人農民想要的東西跟他們想要的一樣，結果，卻大不一樣。工農要「吃飯」，他們卻還要「說話」、「說話」，說個不停。所以，他們不是出生反動，就是自己反動。現在，我們要把這群牛鬼蛇神改造成老農民。工人，他們是不配當的。

在看懂了這一點之後，我決定：草頭王揭竿而起，我也要革命了。我把革命計劃對那群七、八歲的小同黨一說，個個都叫好。破壞是最容易見成效的事。為什麼不幹？

我們各自看好自己父母站立認罪的位置，像盯準了一些靶子。然後全都跑到樓上燕吟家，口裡叫著：「進入陣地！」

我跑回家，拖來一大箱工程式大積木，塊塊都是「革命的武裝力量」。榆錢幫著我一起吭哧吭哧抬到燕吟家。每個小孩子發一塊，大家坐在地板上，對準位置。長方形，三角形，半圓形，各自在自己父母頭頂上敲。嘴裡叫著：「打倒！打倒！」

一時間，震天動地，樓上樓下，戰場一般。「皮旦」和兩個女紅衛兵衝上來，看見我們一群野孩子敲鑼打鼓的架式，反倒笑得停不住。問是誰出的點子？小孩子個個邀功，倒把我的本事抹殺了。只是在拖積木回家的時候，碰見貝貝和伽伽在院子裡逗兔子，我才得到機會把剛才的革命業績講了給他們聽。貝貝聽了笑，伽伽卻抱起兔子說：「我想去看安無為。」

安無為，依然是我的童話。她的小圓臉是一朵粉紅色的指甲花，開在另一個世界。她的笑，是另一個世界裡的語言。提到安無為，我就只好再一次人格分裂。放下革命，拿起童話。一隻腳才被黑猩猩韁住，撕鬥了一回；另一隻又邁進了博諾波猿的樂土，再愛牠一回。我們這代人的多面性從小就被時勢雕刻來雕刻去。

安無為住在我家，沒有戶口，但在她沒走之前，她是我家人。呂阿姨把她和我弟弟並排放在床上，一個小，一個大。呂阿姨又給我一粒水果糖，叫我給他倆甜甜心，再自己吃。我把水果糖放在我弟弟嘴邊，讓他吸兩下，又放到安無為嘴裡，讓她也吸兩下，然後再送進自己嘴裡。伽伽放下兔子，從兜裡掏出幾顆奶油糖，叫我慢慢餵。好看的糖紙也歸我。偷錢集洋畫，我集糖紙。積多了，叫「發財」。

安無為一笑，我弟弟也笑。張奶奶在這個時候，也抱著會好過來了，三個小紅嘴一齊笑，世界上就全是快樂。這樣的小時刻，像青門里石頭路的縫隙中突然開出了一朵小黃花，挺著黑眼睛一樣的蕊兒，衝著你吹一隻快活的口哨。很好，很自然。不像「革命」，是要擴大了放在歷史舞臺上看的暴動戲。

我媽從批鬥會陪鬥回來，看我們圍在一起樂，也走過來，站在一邊看我們逗那三個小紅嘴，看著，自己也伸了手指來摸他們的小臉，學著他們「喔、喔、喔」的小聲音，冒出兩句詩來：「鵝、鵝、鵝，曲項向天歌。」然後囑咐呂阿姨：「安無為要盡快送走呀。小孩子不能帶長，帶長了就送不走了。既然已經找到她媽了，為什麼還不送回去？」

在那些有批鬥會的日子，青門里有些事情發生了變化，有些事情一點沒變。

我們變成小禽獸

批鬥會開創了一種新的氛圍和語境，聽多了，我們的語言發生了變化。小喇叭玩了一頭臭汗，跑回家吃飯。她爸爸一開門，小喇叭就對她爸爸說：「抄你媽！」小喇叭爸爸頓時變了臉，舉起巴掌就要打小喇叭的屁股，小喇叭轉著圈子藏自己的屁股。張奶奶趕緊把小喇叭抱起來往外跑，求饒說：「別打，別打，小孩子不懂是啥意思。」小喇叭爸爸跟著追，說：「不打，長成小禽獸。」

我也挨了打，因為我開口閉口說「槍斃」。那時候，我對金箍棒的渴望變成了對「手槍」的渴望。我腰裡紮一根紅帶子，左邊別一把紙槍，右邊別一把紙槍。見了人就拔出來，雙雙抵住人家的胸口，說：「槍斃你！」我決定要當「雙槍老太婆」了。那時候，江湖上有一大批女孩兒都想當「雙槍老太婆」。那個腰紮皮帶，滿面風霜的華雲山游擊隊老太太就是我心中的大美人，她每條皺紋裡都夾著冷峻，左手一抬，槍斃一個國民黨；右手一抬，槍斃一個大叛徒。殺人，叫「蹦豆子」。

「槍斃！我槍斃你！」我說。

我媽警告我：「蘇北風你要再說『槍斃』，我就揍你屁股。」我媽剛走，呂阿姨說：「行了，這下看你還敢說『槍斃』。再說，你媽就揍你了。」我說：「她還揍我呢！我馬上槍斃她。」話音剛落，呂阿姨給我一記耳光。

我氣哼哼地對呂阿姨唱：「你打我，我不怕，我到北京找我爸，我爸有個機關槍，照你身上打三槍。」呂阿姨不理我，蹬在地下撿韮菜。我就又唱：「你打我，我不怕，我到北京找我爸，我爸有個大喇叭，吹你一身稀巴巴。」呂阿姨說：「我是下人，你就吹我一身稀巴巴好了。你媽是詩人，是你的上人，你不能對她不敬。」

我不唱了。

那年頭，人人舞槍弄棍。毛主席說了：要武。就連燕吟也玩起了武的，手裡提著個皮彈弓，兜裡裝著牛皮紙子彈，口頭禪成了：「媽的頭！」他爸也沒饒過他。他說一句「媽的頭」，碗裡的紅燒肉就被他爸拿走一塊，餵他家小狗吃。浪費也得這樣。肉，餵到連貓狗都不如的小孩子肚裡更浪費。等燕吟家的花狗吃圓了肚子，燕吟的口頭禪換成了「這個……這個……」紅燒肉就沒再被拿走。

我們聰明的小腦袋很快認清了界線。我們青門里的牛鬼蛇神父母，膽敢冒天下之大不韙，大筆一揮，在青門里給我們劃下了一道金圈：小鬼：你們的革命我們容忍了，革翻了天，我們也還是喜歡你們。但是，卻不准罵人。人只能吃人飯，說人話。青門里的文人只接受人的語言。這條界線，我們的父母再不是人，也要堅守著，像是把守著一條最後的戰壕，儘管他們前面陣地已經全部淪陷，後面的山頭也完全失守。他們守著的那一條細長的戰壕，卻依然是他們的生死線，「小鬼」別想逾越雷池一步。在語言問題上，我們的文人父母集體較真，是我們沒想到的。在使不使用「惡性語言」的問題上，我們「小鬼」堅持了一陣，自動撤退，另闢戰場，不跟我們這些「之乎者也」的父母較量了。除此之外，青門里的父母對我們充滿愧疚。他們放手讓我們在青門里胡鬧，只要不出青門里，弄髒了衣服，撕破了褲子也不挨罵。我們小鬼的革命行動就在一個界線內日益擴大。

我們口裡喊著：「暴動，暴動，革命是暴動！」站在青門里大門口，手裡拿著小棍子。誰家父母進門，都要被我們用小棍子在肚皮上戳一下，叫「挖肚臍」。我們對父母的肚臍極感興趣。父母的肚子是一塊我們不能知道的地方。我們被告知：那是我們的來處。我們如何進去，又如何出來，卻沒有人告訴我們了。我們人到底是怎麼回事？得靠我們自己來探討。我當時堅定地認為：人是從父母肚臍裡冒出來的。「人」到底是什麼，後來讓我想了一輩子。

青門里的父母基本上是配合我們的革命行動的。我長大之後，才知道青門里文化的精髓是「寬容」。這點好東西可能是他們通過五四從西洋民主概念中舶來的；也可能是從他們對我們的愧疚感中產生的；也可能是三〇年代民國的文化遺風；也可能是他們倒楣的政治地位取消了他們管小孩的權力。反正，我們是這「寬容」的得益者，長得野，長得開，不戴眼鏡。

革命就是造反，毛澤東思想的靈魂就是造反。毛主席說：「糞土當年萬戶侯。」人家的孩子暴動了，把青門里的文人、大師「糞土」化了，青門里的孩子當然也可以暴動，把自己的父母「糞土」一回。「暴動」的意思就是孫悟空大鬧天宮。王母娘娘的蟠桃吃得，太上老君的仙丹偷得，爹媽的「肚臍」被小鬼攻擊，也就生氣不得了。

有一天，陳爺爺從外面回來，沒戴禮帽了，手裡拿來了一個吸馬桶的水吸子，前面頂著個紅皮頭。看見我們衝過來，就拿那水吸子當擋箭牌一樣左推右擋，對付「小鬼」的小棍子。這戰事，讓我們非常興奮。第二天，好幾個老先生也效法起來，手杖不帶了，帶水吸子。這樣，「挖肚臍」就有了一定的困難，得偷襲，或者智取。若哪一次襲擊成功，小鬼們就會歡呼雀躍，裝出大嚼大咬的樣子，把那「肚臍」給吃了。陳爺爺的肚臍，被我們至少智取到五次，偷襲到一次。對八、九歲的「小鬼」，革命的期望值也就只能這麼高。這件事，不是罵人，父母並不制止。倒是呂阿姨和張奶奶會罵我們：「作，作，你們父母前世欠你們的。」

呂阿姨和張奶奶這樣說的時候，坐在大門口補鍋的小銅匠就抬起頭，莫名其妙地說了一句：「掙錢多，挨鬥多。你給我一百塊錢，每天鬥我一回，我就當是為革命而上班。一家老小就吃我這幾個補鍋錢。我不叫勞動人民叫什麼。」呂阿姨叫道：「小銅匠，你這補的是什麼鍋呀，鍋底還能見著亮，你在我家鍋蓋上補一個大結疤幹什麼？」小銅匠說：「鍋蓋也姓鍋，鍋鏟也姓鍋，誰也逃不掉。」張奶奶說：「小銅匠，你怎麼越老越油嘴滑舌！」小銅匠就嘿嘿笑：「父母前世欠你們的，一結疤就都給你結清了。」

有一次，我聽見我爸和幾個父母，還有陳爺爺討論我們小鬼「挖肚臍」的事。那天，我正站在一棵梧桐樹杈上黏知了，被我爸拖下來，扛在肩膀上。我爸抓住我的兩隻腳腕，和幾個大人站在那棵梧桐樹下談這件事。樹下有一陣一陣的小風吹過，像冰鎮綠豆茶上吹起的輕痕。周圍除了他們沒有別人，樹蔭在他們身上晃悠，讓他們的臉色比平時鬆軟，少了些緊張，多了些幽默，讓我弄不清他們是生氣還是不生氣。我爸爸說：「我們的孩子也應該可以革命……」小喇叭爸爸打斷我爸：「你叫他們怎麼革？他們一出青門里，考驗就等在外面。」燕吟爸爸則用開玩笑的語調說：「他們可以革我們的命呀，近水樓臺嘛。我們幾個，你、你，誰不是從《家》、《春》、《秋》裡走過來的？」大家都不說話了。

其實，我們小鬼就是這麼幹的嘛。凡大人說不能的事，我們立馬就想去試一把，要是父母再能網開一面，肚臍隨我們挖，我們青門里就天大地大了。這樣的日子多有勁！我在我爸的肩頭踢腳，想讓燕吟爸爸的倡議立刻被通過。可我爸依然把我的腳使勁捉在手裡。

過了一會兒，一直沒說話的小竹子爸爸猶猶豫豫地說：「這……恐怕不行，我們是知識分子，就怕這一折騰，文明沒了，家規也亂了。不能想像我們的孩子成了一群烏合之眾呀。」

陳爺爺一向開通，且是「小鬼」隊伍裡的人，他說：「沈先生說到『烏合之眾』，這我就得插幾句了。我年輕的時候也容不得烏合之眾。苦，我可以受，窮，我可以受，病痛，我可以受，可我為什麼要忍受烏合之眾？現在，我想法不同了，我們年輕時還真不了解這個以『眾』為單位的國家。不了解啊。人民革命也不是他們這代才鬧起來的，都鬧了大半個世紀了。我們這代文人，年輕時，哪個沒想過『文死諫』呀。為儒『不可不弘毅』嘛。可現在還站在這裡的，又有哪個還有進諫的能力？我們這幾個人，誰當年不曾是拿革命當作『補瀉兼備之良藥』看待的呀？都希望革出條快路。等革到自己了，才發現，一次次革命都是因為一次次沒路可走。我看，讓小鬼們鬧鬧就鬧鬧唄，路讓他們自己找。我們並沒有什麼好經驗給他們。世界上本來就沒有多少路。就是孔孟當年周遊四方，也是在找路嘛。要沒點尋找精神，哪能『為王者師』？小鬼們鬧，或者變成烏合之眾，或者鬧出一條自己的路，那是他們的命。我們不嚇我們自己的孩子。從小給嚇怕了，將來不敢為王者師。」

小竹子爸爸就謙和地笑了：「從五四到如今，多少孔廟都砸了。怎麼您這留洋反孔的老人家現在又惦記起『為往聖繼絕學』了呀？」燕吟爸爸則大笑出聲，嘲笑陳爺爺說：「您抓回來一把西藥，想治我們的病，可您那點兒洋糖，入水就化了。這才失敗，就向老祖宗靠攏？偏巧，您又趕上了破四舊的年代。」

陳爺爺不理他們，只管自己說：「砸孔廟的事你我這兩輩文人都幹過。筆走偏鋒的檄文我們也寫過不少。這事兒幹得好壞參半。自古文人就有君子儒和小人儒。君子儒砸孔廟，砸的是小人儒的孔廟；小人儒砸孔廟，砸的是君子儒的孔廟。孔廟挨砸，不足為奇。就是哪天又有人重建孔廟了，還得看看建的是不是小人儒孔廟。不過，『君子弘毅』卻是我們文人自己的選擇。是君子還得想著『為生民立命，為天下計』。」

這下，燕吟爸爸笑得更快樂了：「您老人家寫童話把自己也寫進去了吧？啥時候了，咱還要『為生民立命』？大話吧？咱自己小命能不能立住都是問題。您老人家才詐死過一回，還不覺醒？」

小竹子爸爸倒是一副轉入正題的神態：「陳先生，我搞中國歷史，沒出過國。您是走過歐美的人，這事兒我倒要請教您了：德先生我們不是請進來了嗎，是今天這個樣子？大鳴、大放、大字報，我們這民主也是真大發呀。」陳爺爺不說話了，停了一會兒，看小竹子爸爸一臉等待的神情，就說：「沈先生，請個客人來，要有位子給他坐，最好再給他蓋間屋子，他才能待下來。不是光拿下他的名字，掖在我家門牌上就成了的。雖說大家造反，個個寫大字報，叫作『大民主』，可和德先生長得還是不像的。德先生不是權力交易，你剎我的價，我殺你的價。你一派不容我一派，我一派不容你一派。德先生家的屋子應該容得下各色人等。……」

他們從小鬼「挖肚臍」的事扯遠了。扯到我根本聽不懂的事情上去了。我開始把注意力轉到他們各自戴著的眼鏡上去：有黑邊的，一戴，人就顯得嘴巴扁，小竹子爸爸就是。有黃花邊的，一戴，人就顯得駝背，像燕吟爸爸。有絳紅邊的，一戴，人就像個烈士，小喇叭爸爸就是。陳爺爺的眼鏡不帶邊，天圓圓，地圓圓，臉圓圓，什麼都清楚，卻又什麼都在一個無可奈何的圓圈之中。陳爺爺還是我們小鬼的最愛。這些人就是我的父輩……

至於青門里的小鬼到底可不可以幹「挖肚臍」這件事，在父輩們這次討論之後，被不明不白地懸置起來。這讓我認識到：青門里的父母是天底下最寬容的父母。小鬼們又挖了兩個星期，自己玩乏味了，換了別的玩法。

那時的日子其實過得也很激盪。一天一個新世界。這才張口說：「同志，買碗陽春麵」。你就落後了一大截。「陽春麵」已經改了名字，叫「向陽條」。萬事都以革命的名義往大裡說。吃個燒餅叫作「可上九天攬月」；吃碗水餃叫作「可下五洋捉鱉」。就像天天都有廟會。人擠人，群體遷徙，往集上去。每人都是大江裡的一滴水，每個人都小得看不見。可眼睛一睜，看見的卻是一條滾滾長江，人的長江，集體的長江。「長江」等著指示，指示一到，方向就明瞭。排山倒海，洪流滾滾，我們的隊伍向太陽。有一種宗教情懷在人們的心裡生長，像兒童追隨父親，把什麼都交出去，換一種不費腦筋也不負責任的安全感。我們是一個以家為範式的民族，包括我們的父母，他們對「家長」的懷疑也經常就到「忠心報國」為止。

有一天，傳指示的人來了，傳指示的人是居民委員會的老太太。因為「指示」和「神諭」差不多，且有了那麼一個組織把「神諭」一級一級傳下來，不識幾個大字的老太太和青門里的教授說話，也就成了「指示」。指示說：要把黃樓塗成紅樓，天下一片紅。青門里四十八家老老小小立刻全部出動，爬高上低，一眨眼，六幢小洋樓就成了六個紅彤彤的鄉下大姑娘。小銅匠說：「太平天國的失敗，是漆了個一片黃；我們的勝利，是漆了個全國一片紅。」

過了幾天，傳指示的人又來了，說：要種蓖麻。青門里四十八家老老小小就又全部出動，砍桃樹，砍柳樹。牆根，坡地，河邊，花壇到處都種上了蓖麻，大頭大臉大綠葉子，刺蝟一樣的小果實裡，藏龍臥虎，趴著幾顆工業油。

又過了幾天，傳指示的人又來了，說：要挖戰壕打地道戰。青門里四十八家老老小小又全部出動，面盆鐵鍬連夜作戰，把地上的石頭路給廢了，轉入地下，六幢小樓在地底下通了一條地道，耗子洞一樣的入口，任他哪國的敵機也別想發現我們。

地道從你家門口通到我家門口，然後分兩路，一路直通後山的大防空洞，另一路直通到池塘邊的戰壕，給我們小鬼的生活增添了無窮的樂趣。挖洞掏溝，本是我們小鬼幹的勾當，現在，我們溫文爾雅的父母也和我們一起玩兒。我們每天要從戰壕上跳來跳去。就想跟在父母後面爬進地道，看看挖了多深。這個項目工程浩大，從構思到完工，花了三、四年。早期，我們的父親腰間紮一根草繩，從地道裡爬進爬出，臉黑得只剩一張嘴。報進度的時候，羞澀一笑，露幾個白牙。進度像蝸牛爬，不過他們得了精神，叫「愚公移山」。他們年紀大的，眼睛不好的，幹地面活，年紀輕的，身體壯的幹地下活。一天三班輪流，跟「敵人」搶時間。中後期，「人民防空」接管了他們的工程，地道是軍事設施，不可靠的階級不能知道縱深。有附近工廠的工人們大隊人馬進來，神神祕祕地把工程完成了，小孩子就不准進入了。這情節叫「感動了上帝」。「上帝」就是人民群眾。七〇年代初，這個地道成了馬桶廠的倉庫，依然在人民手裡。

每一項節目都有一些宗教儀式的味道，結果如何，不重要。反正世界要在我們手裡變個樣。為什麼非要這樣做，也不重要。重要的是儀式過程。等這些儀式一一做完，青門里也變了樣。紅牆下伸著大綠葉子，地底下藏著盤絲洞。「有仙則靈」的扇形門匾被換了下來，燕吟爸爸在一塊白漆木板上重寫了一塊：「怡紅快綠，地心雕龍」。掛了一天又被紅衛兵逼著拿下來，一劈兩半，燒了。燕吟爸爸只好按紅衛兵的意思重寫，青門里大門口從此掛了兩塊對聯，白底紅字：「金猴奮起千鈞棒，玉宇澄清萬裡埃」。橫批是「橫掃一切牛鬼蛇神」。一條政治槓，把青門里的人都定了等級，叫：烏龜王八蛋，隨時等著「打鬼」的來橫掃一回。不聽話的，是負隅頑抗，聰敏的，叫老奸巨滑，再聽話人，也是一隻裝老實的「害人蟲」。

青門里的大人們進進出出看到這樣的對聯，心裡不是滋味，又讓燕吟爸爸在緊挨著大門的那幢紅樓上用白字寫了兩行最高指示：「打倒閻王，解放小鬼。」把小孩子從「蛇神」類裡劃分出去了。

這下青門里真是小鬼的天堂了。上九天，下五洋，齊天大聖當道。跳傘，上樹，下池塘捉魚全部合法化。而到了這時候，小孩子也都清楚地認識到：這是一個新世界。新世界的秩序是：人人都站在一級政治臺階上。青門里一窩四十八家站在最下層。不過走進青門里，青門里的人自己又修了兩級臺階。一級叫「好人」，一級叫「壞人」。小孩子是「好人」，大人是「壞人」。「好人」可以欺負「壞人」。「好人」可以革「壞人」的命。「革命」是我們的通行證。哪個父母也阻止不了我們「上革命樹」、「爬革命牆」、「打革命架」。就是不能說粗話——這點我們認了。青門里的革命也就這一點和外面不同。我們的父母堅持要餵我們一點兒「人食」，在青門里和青門外劃一條底線。

集體返祖

前塘裡的荷葉熱得捲了邊，殘荷落得只剩兩三片花瓣，狗舌頭一樣垂著，依然粉紅。細細的水紋托住一個正午的太陽，晃晃悠悠，池塘有點不堪重負的樣子，呼吸沉悶。小喇叭穿著一件淺綠色的小褂子一聲不響趴在最後一棵桃樹幹上採樹膠。琥珀色的桃樹膠從銀灰色的樹幹裡擠出來，像剛會說話的娃娃憋了半天蹦出來的兩個小字，珠兒一樣討人喜。我對採樹膠這樣的細活不感興趣。在小喇叭身邊轉了一圈，就去找小竹子玩。

我爬上「革命樹」，從小竹子家窗戶往裡看。小竹子穿了一條藍裙子，頭上結了一朵柳葉形的藍髮夾，埋著頭，手裡捧了一本書，人卻躲在廁所裡。我扔了一顆梧桐果，打在她家廁所的紗窗上。小竹子一驚，把書藏到背後，抬頭一看，是我，就走到紗窗口，向我擺擺手。意思是不能出來玩。她把書拿出來，在我眼前一晃：「我媽只准我在廁所裡看。」

小竹子看的是什麼書，我不知道。三十五年後，她才告訴我：她那膽小怕事的父母，在紅衛兵沒來抄書之前，就乖乖地把家裡的書都交上去了，卻斗膽藏下了一本《希臘神話》。這就是她當年躲在廁所看的書。

那一天，因為兩個女孩子都不跟我玩。我就去找我的老搭檔，陳榆錢。榆錢說，因為我是女孩，他可以和我玩「結婚」遊戲。這樣的遊戲我們隔一陣就要玩一回。榆錢說：「我有房子。結婚得有房子住，不然生下小傢伙來怎麼辦？」

榆錢說的房子就是他爺爺的六個紫紅書架。榆錢爺爺的書全給紅衛兵拖走後。六個空書架兩個兩個對起來在角落裡放著。榆錢爺爺的書架很胖，抽掉中間的隔板，小孩子鑽進去，就成了三個紫紅色的「小樓房」。我和榆錢鑽進去睡一間，敲敲牆，那邊是隔壁鄰居。一間留給小喇叭和燕吟。小竹子還可以獨占另一間。

這樣的遊戲小時候玩了一次又一次，現在長大一點了，革命了，再玩，其實也沒太大意思。不過實在沒玩的時候，我也願意鑽進書架睡覺。因為裡面是一個與外面無關的世界，四處冒著童話故事的味道，格林童話中的六隻像天空一樣藍的蜻蜓，拖著小篷車，突然就能停在我面前，帶我去看世界。所有的小門都在黑暗中打開，我一個人在這些小門之間閒逛，走在各種各樣的故事之間：讓公主愛上馬夫；玫瑰花嫁給狗尾草；麵包圈滾滾而來，跑進窮孩子的藍布包裹；七色花瓣治好了瘸腿男孩；神筆馬良畫只龍船，淹死皇帝的官兵；周扒皮學雞叫，吃了一嘴雞屎；許一個願，從此人們過著幸福的生活……

榆錢睡了三分鐘，說太熱，鑽出去了。過一會兒跑來看我一回，塞進一片青蘿蔔，說：「做個蘿蔔湯。我要上班啦。」

榆錢走了，榆錢爺爺回來了。後面跟著伽伽。陳爺爺一路跟伽伽道歉，他讓伽伽坐在他書桌對面，自己手裡拿起一個玻璃鎮紙轉來轉去。桌上也沒什麼紙可鎮，只有一本糧油證。陳爺爺把鎮紙放在那本糧油證上，鎮紙把太陽光反射過來，白牆上就有了些交錯的光環在搖晃，牆成了水做的，一塊小石頭掉進水裡，一張紙捅破了。陳爺爺說：「伽伽你不要灰心。要有灰心的事，也是爺爺這輩人的事。你的路還長。爺爺過去的路要是走錯了，現在改正也來不及了。」

伽伽依然一臉垂頭喪氣的樣子：「我說了我媽媽在蘇聯的家庭是工人階級，他們說工人也沒用，都成修正主義了。」陳爺爺不說話了。過了一會兒嘆了口氣，說：「唉，爺爺年輕時是心急了一點，想那大同世界立馬實現。要不，也不會那麼認真地促成你爸媽的婚事，當他們的證婚人。」伽伽說：「我沒怪我爸媽。他們可以戀愛結婚。我只怪他們為何想也不想就生下我們。我和貝貝在這個世界上算什麼東西。『雪球』和『蘑菇』還能叫『兔子』，我們叫『雜種』。」

陳爺爺說：「伽伽，不要太責怪你父母。什麼事都有時代的印子，人只能做時代讓他做的事。爺爺給你說句老話，你能懂就懂，不懂以後慢慢想。爺爺說的這個人，若能活到現在也一定是個反動派，所以你要會聽。爺爺這輩文化人是信了他的話的。這個反動派叫康有為。他說大同世界要『去級界平民族』，『去種界同人類』。他說：全世界銀色人種橫絕，金色人種居多。金銀通婚，合同而化，去級界，同人類，那是最好不過的事。爺爺那時以為共產主義就是實現大同，又加上共產黨跟蘇聯交好，還有什麼比金銀通婚更好的事？做了一個大媒，就有了你們。沒想到你們生下來不但沒證明人可以大同，反證明了我們如何地容不得小異。凡我們大漢文化走過的地方，大家都得一樣。這就委屈了你們倆。」

我從書櫥後伸出頭來，叫了一聲：「打倒康有為！」我的意思是要替伽伽打抱不平。伽伽依然是我們的國王，康有為算什麼東西？陳爺爺和伽伽都被我嚇了一跳。然後立刻攆我出去玩。

貝貝站在外面等伽伽，腳下有「雪球」和「蘑菇」小心翼翼地互相嗅著。肉紅色的小豁嘴動來動去，念經一般。榆錢蹬在地下逗兔子玩，想把一隻手指塞進兔子的豁嘴裡。兔子不咬人，躲著榆錢的手指跳開去。貝貝說：伽伽喜歡上一個外號叫「皮旦」的女生。人家本來喜歡俄語，和伽伽是一個學習小組很多年。突然革命了，人家不要他了。伽伽單相思，心情不好。這讓我想到剛才聽陳爺爺說的「金銀大同」，原來，那個康有為的「金銀大同」，等到真「同」在伽伽和貝貝身上了，醒來一看，卻是南柯一夢。貝貝說：人家女生留給伽伽的話是：「親不親，階級分。」嫌伽伽階級不對，配不上。

貝貝雙手抱在胸前，一隻腳在地下踢踏，抱怨伽伽因為一個「皮旦」連他都不理了，兔子也不逗了。貝貝說：「你們一會兒過來聽聽，他一回家就關起門來拉手風琴，沒完沒了，把那『英特耐雄耐爾』拉了一百遍啦。」榆錢說：「我揍『皮旦』去！」貝貝就笑：「你個小毛孩，開口就敢動武？『皮旦』揍你還差不多，人家是軍隊大院裡的閨女。你以為打人是本事呀？」貝貝又說：伽伽沒出息，他只貝將來情願娶兔子也不娶女人。女人軟能有兔子軟？女人溫柔能有兔子溫柔？

聽了貝貝的話，我掉頭又跑回陳爺爺家，把陳爺爺拉到廚房，踮起腳步，把「親不親，階級分」這句話當作情報，小聲小氣地在陳爺爺耳邊學說了一遍。我只當伽伽想要的就是我和榆錢玩的那種「結婚」遊戲。我想叫陳爺爺幫伽伽一把，把「皮旦」說給伽伽。既然陳爺爺讓柳麗娜和王教授結了婚，伽伽結婚的事他也是可以管的。那童話裡一次又一次美好的婚事，都是從陳爺爺嘴裡聽到的。

陳爺爺瞪大眼睛聽完我的「情報」，在我頭上拍了一下，說：「唉，一有『階級』，不平等就合法化了，誰也沒辦法。玩你的去吧。你這個小人精兒，居然也想給大人拖郎配。」說完又折回去繼續和伽伽談話。他倆又在屋裡談了很久。

我垂頭喪氣走出來，坐在草地上逗兔子，越想，對這個「皮旦」越是憤怒。當場決定把「皮旦」改名字為「皮蟲」。皮蟲很醜陋，裹在枯樹葉裡，兩頭尖尖，吐著一根細絲從樹上吊下來，是害蟲。我們青門里的「國王」求親，居然還被人嫌「階級」不對！伽伽多帥？「皮蟲」哪能配得上？

沒想到，第二天，我就見到了這個「皮旦」，並把她的名字和前幾次見過的那個整陳爺爺和其他青門里父母的女紅衛兵對上了。因為是伽伽喜歡的人，我這次見到「皮旦」的時候，把她仔仔細細看清楚了。這「皮旦」還偏偏真是一個美人。小細腰，小黑臉。尖下巴，單眼皮。嘴唇是紫薇花的顏色，立體的。衣服是綠軍裝，自己加了一個腰身，很合身。不說話、行為舉止不張狂的時候，像從後院子爬到前院子來的絲瓜藤子。聽貝貝說，她爸是個團長，但她爺爺是個小業主，在老城開了一個雜貨店。祖上的成分不太好，也不太壞。我不知道「小業主」是什麼東西，聽成了「小葉主」。看到「皮旦」，懂了。她就是一副「小葉主」的孫女兒樣，小小的，碧碧的。以綠為主，兼開一兩朵小花。按說，要是伽伽喜歡，也是能配的。

和「皮旦」一起來的還有一群男女，沒一個是青門里附近的人，不少人穿著舊軍裝，腰上紮著皮帶。他們舉著牌子，扛著紅旗。牌子上寫著：「消滅一切害人蟲」。他們直奔貝貝伽伽家而去，在伽伽家樓下大呼小叫，唱了一首節拍性很強的歌：「老子革命兒好漢，老子反動兒混蛋。要革命你就站出來，不革命的滾，滾，滾，滾他媽的蛋！」這歌，是開批鬥會的序。那時候，似乎誰都可以在青門里招呼「批鬥會」。然後，這群男女就推人去跟伽伽要兔子。這次「皮旦」有點猶猶豫豫，沒有衝在前面。很多人就使勁叫：「反修防修。」「修」，就是蘇聯修正主義，就是伽伽貝貝。這時，「皮旦」就站出來，上樓了。

我們幾個小孩子都在伽伽家玩兔子。伽伽去開門，一看是「皮旦」，臉一下子就紅了，快樂和驚喜在藍眼睛裡無聲地大爆炸。他手足無措地招呼「皮旦」進來。「皮旦」不進來，低著頭，咬著牙。然後，用誇張的凶狠和堅決的聲調說：「王伽伽，把你的兔子交出來！」伽伽一楞，不知作何回答。他腦子裡想的大概還是：用柳麗娜剛烤好的小蛋糕招待「皮旦」。

「皮旦」看伽伽發楞，又提高嗓子大聲說：「我們是『紅色造反兵團』打狗隊。雞要殺，狗要殺，牛鬼蛇神要殺。你們家的修正主義兔子是逃不掉的！」

燕吟聽到這話兒，頭一低，從「皮旦」大腿邊衝出去，他家有一隻小狗。雖然分吃過他的紅燒肉，但還是他的小弟弟。燕吟的逃跑，讓我也想跑回家。我家有安無為。但一抬腳，又停住。我手裡正抱著「雪球」。眼睛一眨，「雪球」已經不在我手裡了。「皮旦」後面一個小夥子，提著「雪球」的長耳朵，從我手裡奪走了「雪球」，下樓去了。當然，「蘑菇」也沒有逃掉。

兩隻雪白的兔子被扔在石頭路上，二十幾個打狗隊的男男女女對著牠們叫：「打倒蘇聯修正主義！」「打倒剝削階級！」兩隻兔子哪見過這樣的陣式，嚇得魂飛魄散，向東跑兩步，全是喊打的人腿，向西跑兩步，也全是喊打的人腿。伽伽，牠們找不到了；貝貝，牠們也看不到了。最後，兩個小東西擠在一起，縮成一團，瑟瑟發抖。四隻瑪瑙一樣的紅眼睛裡是碎了的、水一樣的無助，就像在原始森林裡，兔子被食肉類動物圍剿一樣。

沒有人知道為什麼要批鬥兔子，也沒有人知道這兩個土生土長的中國兔子怎麼就成了蘇修的代表？貝貝，伽伽，柳麗娜，王教授，還有我們幾個小鬼，都站在二樓的窗口看。懷著一種卑微的僥倖：開完批鬥會，兔子還能生還。

批鬥修正主義的兔子，批了半小時。有人給了「皮旦」一把菜刀，推著「皮旦」去殺兔子，這次「皮旦」堅決不幹，只往後縮。就有人說她信仰不堅定，不能當紅造兵團副團長。還有人高喊：「革命不是請客吃飯！殺殺殺。」「忠不忠，看行動！」一股野獸的力量就在這種群體的叫喊中聚集起來，就像我們的祖先在追捕獵物一樣，讓人覺得「皮旦」不敢動手是無恥的膽小鬼或大叛徒。有人拎著兔子的耳朵伸到「皮旦」跟前：「見不得血，不是軍人的後代；見不得血，別說為毛主席獻身！」

「皮旦」漸漸地被振奮起來，青枝綠葉的小尖臉上泛出了一絲食肉動物的表情。小尖臉開始變方，立體的小嘴向兩邊倒塌。兩顆小白牙也齜出來，成了一隻母黑猩猩。原來，「群體」有讓人變態的挾持力。在一片吵鬧、戲謔聲中，她突然一閉眼，揮起刀橫砍過去，一刀砍在「雪球」的脖子上。刀掉在地下。貝貝叫了一聲：「那是我家的小孩子呀！」就衝下樓去。伽伽一把遮住我的眼睛，又伸手把小竹子拉下窗臺，不讓我們再看。

貝貝從樓下回來的時候，鼻青臉腫。聽貝貝說：「皮旦」開了殺戒以後，樓下一片歡騰。刀從這個人手裡轉到那個人手裡，誰不去捅一刀子，似乎就不齒於為那個群體裡的一員。

我後來在研究動物社會時，讀到一個概念：「群體容納性」。說的是：在黑猩猩和猿猴社會，個體相信為了被認可為社會中一成員，你必得做其他成員都做的事情。當我讀到這個概念時，我腦袋裡想到的圖畫就是殺「雪球」和「蘑菇」那天，誰要不捅一刀子，誰就不齒於為那個紅衛兵群體裡的一員。

兩隻兔子在一片吵鬧聲中，一不聲響地被凌遲至死了，死得連雞都不如。雞臨死還要叫兩聲屈呢。伽伽哭了。一邊哭，一邊拉手風琴。我想，他從此是不會再喜歡「皮旦」了。他是為兔子和「皮旦」在哭。我們幾個小孩子也跟著哭。我們為伽伽和兔子哭。那天，我是擔心的。擔心有一天一群人會把我家安無為也給殺了。本來我也沒有把安無為和「雪球」「蘑菇」分成兩類。

第二天，貝貝就出了青門里，參加了和「皮旦」那群「紅造兵」對立的「思想兵」。他用一付拳擊手套和「思想兵」的司令換了一頂舊軍帽，整天戴在頭上，跟在司令左右。那個司令居然就是青山，呂阿姨家的魏青山。青山從小常到青門里來，跟貝貝伽伽都玩過。他還記得三年自然災害的時候，貝貝給過他兩塊非同尋常的山芋乾，那山芋乾上抹了一點兒黃油。那點黃油是柳麗娜的親戚從蘇聯寄來的。那是青山吃過的最好吃的東西。貝貝不記得這件事了，青山卻終生不忘。兩塊山芋乾他吃了一塊，另一塊和「燒餅炊子」家的兒子「二炊」打賭。「二炊」時不時能帶一褲兜燒餅屑子到學校來，跟同學換香菸紙或借小人書看。在沒有吃過貝貝的山芋乾之前，青山及其他同學都認為燒餅屑是天底下最好吃的食物，香。就是摻了糠的燒餅屑也香。當青山說自己的山芋乾好吃時，「二炊」聳聳肩，根本不相信。大口一開，就和青山賭下了一褲兜兒燒餅屑。當然，青山贏了。

如今，青山當了司令，他用階級的眼光把貝貝打量了足有五分鐘，然後，嘴一鬆，讓貝貝填了一張表，對貝貝說：「拳擊的功夫沒丟吧？」貝貝使勁點頭。青山說：「王貝貝，從此你要立場堅定，生為毛主席生，死為毛主席死。」於是，貝貝就戴著大口罩，以純種的身分，跟著大溜兒，鬥人去了。貝貝回來，在青門里說：「歷史賦予我們這一代的使命就是改造人。這場革命要觸及每個人的靈魂。『皮旦』那一撥『打狗隊』別以為出身好，他們已經不是無產階級了，他們的父母是走資派，也被揪出來了。出生再好也趕不上我們這一派，我們這派是真革命，工人階級。」

伽伽不以為然，兩手抱在胸前不說話。我們這些小鬼聽得一楞一楞。不僅我們的父母要改造，「皮旦」他們的也要改造？這個歷史真是多事之秋呀。貝貝說：「考驗我們的時候到了。十月革命我們沒趕上，解放戰爭我們沒趕上，抗美援朝我們也沒趕上。這場革命我們趕上了，我們全市就是一個沒有硝煙的戰場。我們打擊敵人不能手軟。」呂阿姨碰巧走過來，聽了這些話，用手指在貝貝頭上戳了一下：「好好的人兒，跟青山去混？牽著不走，拉著倒退，『打』？打誰去?! 傷天害理的事幹一件，雷公公立刻劈了你。」貝貝說：

「『蘑菇』和『雪球』我忘不掉。」呂阿姨說：「你白長了一副白皮嫩肉，我叫你少跟著那個不上臺盤的青山鬼混。」貝貝不聽。

多少年後，貝貝回憶起這件事，自我解嘲地說：「我們中國那些發明『雷公公』的老先人們，若見了當時的我們瘋狂，恐怕個個驚惶失措。定定神，卻發現：世界的最後審判，居然能跑到一個人手裡去了。」

在那個時代，兔子被殺，簡直是再小不過的一件事了，可一群成人在這種殺戮中表現出來的快樂和征服欲，讓我害怕。應該說，我也忘不掉。兔子的死給我留下了一個長久不得其解的問題：那個貌似柔弱、膽小的「皮旦」，最後，也能去凶狠地殺一對比她更弱的兔子，臉上的表情像小母黑猩猩一樣。人和野獸原來相差就這麼近？一陣吶喊，一雙細手就衝著刀槍伸過去了。也許，人雖然生得好好的，可一不小心滑了一跤，就返祖了。也許，返祖不一定都是屁股或耳朵出問題，跑回原始動物的模樣去。人心也會返祖。

這一擔心，在我長大之後，深入研究了黑猩猩的進攻性行為之後，更加堅定。我看過昆奇家族的祖輩在原始深林裡群體襲擊幾隻小猴子的錄像，黑猩猩群體發出尖嘯聲，然後舞著長胳膊魚貫而出，跳過矮樹叢，游擊隊員直衝上樹，把一隻小猴子撕碎。這片斷讓我立馬想起那場殺兔子的情景。當我看到一個勝利者坐在樹杈上吃著血淋淋的小猴頭，並把一塊骨頭分給了一個向他討要的黑猩猩時，我不得不想到：我們人也是吃肉動物。能管住我們身上獸性的那點兒「理性」，要非常當心才行。一不小心，人的神經不知在哪裡就能一下子分了岔，說返祖就返祖。一返就是一群。只要別人說好，蘸著血的饅頭也吃得。「群」的壓力如此之大、如此之盲目。人，是怎樣一種動物呀？當我們還活在「群」裡，我們還沒活出「人」。要是看到人原本就是食肉動物，光這一點，就能弄得我們很尷尬。在吃食上，我們和狼和黑猩猩是沒有多少區別的。難怪從猿猴進化成人要三十五億年。

批鬥兔子、處決兔子之後，紅衛兵在王家門口貼了一張大宣傳畫：兩根像柱子一樣的胳膊，兩個像石獅子一樣的拳頭，從天上砸下來，拳頭下掙扎著兩個螞蚱一樣的小人，一個小人的光頭上寫著「赫魯雪夫」，另一小人的屁股上寫著「布列茲涅夫」。還有一些大大的火星從石獅子一樣的拳頭下飛濺起來。

王家發生的事，青門里的人立刻都知道了。乘涼的時候，好幾家人就在一起分析殺兔子這事兒。那時候，「分析」這種本事很重要，要從「社論」中分析出方向來，還要從「事件」中分析出動態來。你自己什麼都不是，能否確保自身安全，就看你懂不懂話中之話的意思。我爸說：「兔子恐怕是替死鬼。」兔子替誰死的，他沒說。後來，他就約了小喇叭爸爸一起去發電報。三天後，就有電報從內蒙古發回到青門里：內蒙古大草原的貧下中牧緊急需要「點水王」到內蒙去找地下水。「點水王」就是伽伽爸爸王教授。王教授手指一點，說：「挖！」那地方挖下去就一定能挖出一口井。就像針灸點穴位一樣。人生病，緊急招呼醫生；牧民招呼王教授，就像緊急招呼醫生。幾經周折，伽伽爸爸走了，一走就是兩年。用青門里的術語說：「接受貧下中牧再教育去了。」用王教授自己的話說：

「被保護了兩年。」

聖旨到，奴才我也造反啦！

在這兩年裡，青門里發生了許多事，大大小小，讓人不知從哪兒說起。最大的一件事是：青門外的世界打死了人。

偏巧，被打死的那個人是老魏他們汽車製造廠的水電工。而打人的那群紅衛兵是我媽的學生。那時，我媽出了一點事兒，她在抄毛主席語錄：「生的偉大，死的光榮」時，寫成了「生得偉大，死得光榮」，紅衛兵說她反動，竄改最高指示。我媽教了一輩子國文，在錯別字的問題認死理，居然爭辯說：毛主席的意思是說：英雄劉胡蘭生得偉大，死得光榮。語法上應該是「得」。「的」不用在動詞後面，說「生的人」偉大，「死的人」光榮可以。但毛主席不是那個意思。紅衛兵說：你還敢改毛主席的語法！反革命！於是，為了一個「得」字，我媽就成了反革命，頭髮被學生剃掉一半，被招到學校接受批鬥。

我媽一身詩人氣，堅信「一字師」是中國人的美德。她說：「你們知道『推敲』的典故？『僧敲月下門』比『僧推月下門』好。這一字之差，味道就不同了。『得』在這個句子裡是對的，你們多讀幾遍就體會到了。」這一堅持，就罪加一等了，武的也上來了。這下，我媽的詩人氣突然上升到「屈原」高度，以「舉世皆濁我獨清」的姿態把頭抬起來了，在批鬥會上居然說了：「我不怕。」

這下戰爭升級，矛頭全衝她來了。我媽自以為自己講話寫字一向嚴謹，一上課也都是教學生革命道理，學生抓不到多少空子。可一鬥，完全不是語法之爭，是階級鬥爭了。有人揭發她在上國文的時候講過清朝某酸秀才以詩為武器，戲謔惡人。那秀才的老婆是個惡人，秀才不敢明抗，就作詩發怨，道：「這個婆娘不是人，」老婆一聽，怒火萬丈，剛要發作，秀才又加了一句：「九天仙女下凡神。」老婆便轉怒為喜，原來秀才丈夫是奉承她。秀才立刻又說：「子孫兒女都是賊，」老婆又怒，剛要發作，秀才又加了一句：「偷摘蟠桃獻母親。」老婆只得又轉怒為喜。這本是一則笑話，可紅衛兵偏偏調查出那「老婆」是貧農。於是我媽就有了第二條罪狀：攻擊貧農。

我媽脖子上掛了一個牌子，上面寫著：「這個婆娘不是人」，被幾個紅衛兵組織搶來搶去，挨鬥。正好那幾天打死了人，死人跟壞人一類，她又被逼著去抬死人的屍體，還要日夜看著，抬到東，抬到西，不讓家屬來查詢。

結果，那個被打死的人不僅是老魏他們汽車製造廠的水電工，而且，他的弟弟也是鋼鐵廠的正宗工人。死人的弟弟一氣之下，帶著一隊鋼鐵工人和一隊汽車製造廠的工人，把學校包圍了，見了學生就打。學生把大門緊閉躲在學校裡不敢出來，派出一個代表解釋：是誤傷，本以為打死的是一個牛鬼蛇神。鋼鐵工人和汽車製造廠的工人不理這一套，吆喝著：「打人償命！交出兇手！」只要以牙還牙。

我媽被圍在學校裡，三天沒有音訊。我爸帶著我和呂阿姨去找老魏。老魏在家喝酒，並不是一個參與事的人。呂阿姨一進門就罵他：「你就會對我狠。出事了你就當縮頭烏。那裡面是一群小禽獸，能打死一個，不能打死第二個？小風媽媽還在裡面呀！」老魏動動嘴，筷子掉了一根，急忙請我爸爸：「坐坐坐。」又吩咐呂阿姨：「蘇先生難得來，趕快泡茶，再給小風沖一碗白糖炒米花。」

老魏不是不幫忙，是幫不了忙。老魏實在也就是一個群眾，連個小組長都不是。除了讀報紙、讀文件的時候人家聽他的，平時說話沒人聽。不過老魏說：那個鋼鐵廠的工人兄弟從小就喜歡個字畫，尤其喜歡「猴」字和「虎」字，動不動就去動物園觀猴畫虎。

這一句話，指點迷徑。我爸帶著我和呂阿姨直奔燕吟家。燕吟爸爸在五天內寫了六張行書，畫了四張猴虎圖，張張是豪言壯語，革命詩詞，「猴」、「虎」二字更是昭然若揭，藏於畫間，躍於紙上。燕吟爸爸安慰我爸說：「已經出過事了，他們不敢再打啦。」又說：「我這字兒是越來越不值錢。能救一回人，也就值錢了。」

燕吟爸爸說這話的時候不知道，三十多年後，他這十幅行書字畫還又救過一回人。到了九〇年代國營企業說不行就不行了，那個愛字畫的鋼鐵工人下崗失業，用這十幅行書和字畫換了一個帶門面的臨街房子。做了自己的小生意，有飯吃，有房住，安度晚年。據說，要不是內容都是些「金猴」、「虎居」、「砸爛」、「狗頭」、「就是好」、「好個屁」之類，那十幅行書和字畫，就賣燕吟爸爸的名兒，也能換兩個門面房。燕吟爸爸的字畫終是值錢的。只是燕吟爸爸後來對自己寫過許多造反書法一直愧疚。他說：「褻瀆呀，褻瀆。那時候，人咋這麼窩囊？古人阮籍還能醉臥東平、拒絕皇帝招婚，我怎能就把藝術給賤賣了？」那時燕吟已是某能源公司的副總經理，安慰他爸，說：「時代不同，政治氣候不一樣。那時候，連語法都堅持不得，您不堅持也沒人怪您。不要和古人比，不是您的錯。」燕吟爸爸說：「魏晉雖不是什麼好代，好歹還存活了竹林七賢，亦醉亦詩……」燕吟打斷他爸，說：「叫您別比，別比。您那個時代，誰也甭想醉，革命群眾兜頭一瓢冷水就把你澆醒了。」

「革命群眾……」燕吟爸爸嘆口氣道：「文革的最大悲劇就在群眾整群眾！自己本來就是很可憐的人，還要去整跟自己一樣的可憐人。群眾是暴力的行使者，也是暴力的受害者。」

當燕吟通過國際長途把他和他爸的這段對話學給我聽的時候，我正好在跟科安農討論人腦和智商。我們的書上有這樣一段話：「古人和今人的大腦都差不太多……並不是僅有聰明的大腦就能成就，一個優良的文化環境必定要與能人同時並存。如果適當的文化要素缺失了，再聰明的大腦也是白長的。」[1] 燕吟爸爸的遺憾當然不是對一代大腦的遺憾，他們都是聰明人。他明顯是對文化缺失的遺憾。據燕吟說，他爸對自己這輩子的最高評價是：「一個書畫商而已」。

1 Leslie White (1973) *The Science of Culture: A Study of Man and Civilization*. p.294

那次，燕吟爸爸的書法買賣，換了我媽的一條命。

我媽是作為證人，被工人們要了出來。「這個婆娘不是人」的牌子到了家門口才敢拿下來。好歹人是放了回家。頭上戴著某女工借給她的藍工作帽子，把難看古怪的髮型給遮住。眼鏡斷了，用紅線綁著。身上青一塊紫一塊，顯然也被打得不輕。我媽一遍又一遍地說：那個死去的工人是她的替死鬼。而這些送她回家的工人階級是毛主席派來的，是毛主席給了她第二條生命。感激之情發自內心，如同屈原被神明召回。

我當時就想給她點破了：是燕吟爸爸的書畫給了她第二條生命！但突然想到陳爺爺講的童話《皇帝的新裝》，就沒說。我決定不做那個點破「皇帝其實什麼衣服也沒穿」的小男孩。人，要的是好感覺。我媽自願自己騙自己。毛主席給了她第二條生命。毛主席接受了她的「得」。

到了晚上，青門里的鄰居三三兩兩來看望。呂阿姨口口聲聲謝這個謝那個，謝完了還不停地囑咐我：「要記別人的好。」

我是記住了別人的好，不過，我長大以後，一想到呂阿姨站在門口謝這個謝那個的時刻，也會同時記起青門里的鄰居們，一張張博學的臉上都一式顯露著一副無能為力的尷尬神情。

這種無能為力的尷尬神情說著一個乏味而慘痛的老寓言：善是種子，不會死絕；但，是一粒一粒的。惡是烏雲，只有一團。善可以撒得到處都是，惡依然可以風聚雲湧，主宰命運。惡的特質就是聚團成群，像一種瘋狂的磁場，又是一種看不見形狀的腐蝕。

這個寓言在我後來研究人類學的過程中，時常被我聯想起來。看黑猩猩要行凶，都是一群一群地往上衝；看博諾波猿要做愛，也就是一對一對地親熱。我會感嘆：幸虧地球上還有幾處深深的原始森林讓不擅雄武的博諾波猿藏身。也會想到：若這一暴一愛兩種相反對立的品性都混合在人的稟性裡，而善又是沒有手段和能力對付惡的，那「善」該如何存身呢？如果，當今的人類還沒有能力消滅邪惡，那就只能想法子制約它。限制它結團為群黨。任何人都不能例外，因為任何人都有這一暴一善的稟性。「善」也是一定要有保護自己的森林的。也許，理性、正義、制度和法就是保護它的森林吧。要是「善」沒有保護，就是到處都是好人，也整不過惡。

那天半夜裡，燕吟爸爸和陳爺爺結伴來了。燕吟爸爸把我從床上拖起來，在被子上墊了張報紙，給我一包炒米花，叫我吃了，說是燕吟送給我的，是對我家苦難的安慰。我睡得稀裡糊塗，就把炒米花吃了。這種事，本來第二天一玩昏頭就該忘了，結果，從此沒忘。那天，燕吟爸爸對我爸媽說：「我們燕吟說了，長大誰也不要，就要娶你們家蘇北風。」

我媽剛挨過打，並不關心我的婚事，她說：「青門里的孩子頭腦簡單，陳先生，賀先生找個機會一定告訴伽伽，那個叫『皮旦』的女孩子，不是他一類人。就是這個『皮旦』，拿著一條帶血的鋼絲鞭，指著死人，凶狠狠地對我說：『你不老實，這就是你的下場！』」我媽說：皮旦還對她說：「今天我胳膊瘦了，便宜你一回。明天再要你好看。」我媽不停地感嘆：「還是女學生呀，還是女學生呀。她們難道以後不後悔？」陳爺爺和燕吟爸爸也感嘆不已，說：女孩子，怎麼一眨眼，就和野獸相差無幾了？

我媽說這話的時候，距批鬥兔子，也就幾個月工夫。如果，幾個月的工夫，「皮旦」就會打人了，那個保護她心裡的「善」的森林怕是全被「革命烈火」燒掉了。這一切就是從鬥兔子開始。殺兔子的時候，她至少有一半是裝凶狠，這次是真凶還是裝凶？我就不知道了。裝著裝著就能成真，也是未可知的。

革命到底是一種什麼樣的雄性激素？怎麼就能讓同類有勇氣去弄死同類？皮旦打人的時候，心裡是怎麼想的？她為什麼要這樣？這些是後來，在我懂事之後困擾我多年的問題。我一直想：有一天，我要問問她。並不是要去和她論長短，我只想知道「女孩子」和「野獸」的界限是在哪裡劃下來的。這樣的機會我還真有了好幾次，但「皮旦」選擇了忘記。忘記也許是一種解脫。等有勇氣打人的人，也有勇氣反省了，才是民族的覺悟。被打的人，沒參與的人反思來反思去都不夠。

那天，燕吟爸爸跟我媽提到我的婚事，是半開玩笑，但也不是無緣無故。因為「皮旦」也帶著幾個人到他家去過了，命令他給「紅造兵」女紅衛兵戰士畫「不愛紅裝愛武裝」的宣傳畫。燕吟爸爸不會畫宣傳畫，但又不敢說不畫。真到要畫了，燕吟老爸說：「最難畫的就是臉。定是不能畫醜了的，畫醜了，我也活不成。」但是燕吟老爸確實有困難。他一輩子都在畫仕女圖，一下筆，就是哪種吊眼稍，櫻桃嘴，長臉細腰的美人兒。那樣的臉兒，也定是不能當紅衛兵的。就連畫那仕女圖用的筆墨也是和畫宣傳畫的油彩大不一樣的。燕吟爸爸很是犯愁。他對燕吟媽媽說：「畫水粉畫，我還畫過，換成油彩，我大概只能將就著把油彩塗勻了。可我這雙畫國畫的手未必聽我的，怎麼就能在幾天之內學會畫宣傳畫呢？」

燕吟媽媽從「變天帳」一案起，就不再關心政治。出獄後就在家裡研究烹調，運動能躲則躲。她對燕吟爸爸說：「又不是畫舉世名作，這種東西你還想留傳子孫？找個人家宣傳畫上的人形兒，照著畫一個就得。」燕吟爸爸說：「不行。畫什麼東西由不得我，畫風是我的，不能壞。」這樣，他就想到了我的樂童臉。他那天對我媽說：「我早就說過小風長了一張樂童臉。樂童，是勞動人民。窮人家的孩子，我就想借你家小風去畫幾天。大家過關。」

我媽當然同意，只是有點遺憾地說：「這話兒，你以前就說過，怎麼到畫宣傳畫的時候才來借？」燕吟爸爸說：「我看小風，就像看自家女兒一樣，原來是想等她再長大一些再畫她，沒想到，她長大一點了，卻不能畫樂童了，得畫紅衛兵了。好在你家小風長了一張快活臉，要不然，這宣傳畫我還畫不下去呢。」

於是，第二天一早，我媽就叫呂阿姨用香肥皂把我的臉洗得乾乾淨淨，送賀家去了。路上，呂阿姨說：「賀先生的書畫救了你媽的命。你好好聽賀先生的話，讓他早早畫完，好過關。」

燕吟爸爸把我放在一塊大白幕布前，給我一根棒棒糖，說：「這是麥克風，放到嘴邊，不要吃。唱。」我就唱了一個〈紅梅花兒開〉。燕吟爸爸頭歪到左，又歪到右，全神貫注看我的臉。然後在紙上畫草圖。畫得認認真真。畫完了，我就要看，燕吟爸爸給我看了。我覺得：在那草圖上，我就像一個棒棒糖，圓頭圓腦，嘴巴噘著，一臉傻樣。燕吟爸爸說：「你這孩子就是甜。天生的小樂童。」說完，就把這張畫藏進畫夾，又轉過臉，小聲對我說：「這是我們倆的祕密。你看見我藏哪兒。這張我留著，說不定以後還能用你這張臉當樂童的。」

這張畫完，燕吟爸爸很高興，說：「停了不少時候沒畫了。今天我們歪打正著。又畫上了。以後，該畫的時候就得畫，不能錯過。你再長大了，臉上的這神情就沒了。來，再畫一張。」燕吟爸爸又給了我一個手電筒，說：「這是手榴彈，高高舉過頭頂。」我不但舉過了頭頂，還學著電影裡的女英雄高呼：「同志們，衝呀！」燕吟就把門衝開進來了。

我很喜歡讓燕吟爸爸畫我。大多數時候，我並不要做什麼動作。燕吟爸爸讓我坐著不動，他把燈光調到東調到西，左一張右一張，把我畫下來。我坐得時間長了，不耐煩了，我們倆就聊天。燕吟爸爸說：「棒棒糖那張，以後可以畫個樂童吹簫，手榴彈那張，以後可以畫個反彈琵琶。」我就說：「那你也得給我畫一張腰裡插槍的。」燕吟爸爸說：「你腰裡插槍就可惜了。」我說：「宣傳畫上的人兒不是我嗎？」燕吟爸爸說：「是你。是你的形兒。你的神兒，我給你收著。」

有一天，「皮旦」突然破門而入，斥問：「你到底在幹什麼？宣傳畫怎麼一張也沒畫完?!」燕吟爸爸就趕緊堆著笑臉說：「你們革命小將忙去吧，我這才找了個女孩子給我當模特兒。有模特兒，就畫得快啦。再過兩天，畫一定出來了。」「皮旦」對我們這樣叫喊的時候，樣子很凶，跟她的小尖臉很不相配。

「皮旦」為什麼要這麼凶，我並不能理解。就在和燕吟爸爸聊天的時候，把這個迷惑說出來了。我說：「她殺了『蘑菇』和『雪球』。那麼好看的兔子，她為什麼要殺？」燕吟爸爸想了一想說：「小風，你長大以後去讀歷史吧。從前，我們國家有個將軍，叫孫武，為證明什麼人到他手裡都能被訓練成士兵，還殺了兩個美人呢。有太多的時候人身不由己。為了一些目的，往一個位置一站，就有太多的東西從四面八方逼過來，讓人變形兒。」

後來，我就真讀了歷史，並且一直讀到猿猴階段。我終於從讀史中認識到：

要是有一種東西能逼著人去玩凶狠，而一群人就真的蜂擁而去了。無論頂著多麼冠冕堂皇的理由或藉口，這都說明，我們的歷史實在還沒有進化好。一碰就「返祖」了。我們

「心」的某個地方喜歡用殘酷來證明我們的存在。並把其他人當作證明工具。我們的舉止很「野獸」，和猿猴群體為了爭奪地盤或食物而廝殺沒有本質區別。我們把江山當作「蟠桃」，你被我打下樹去，樹就是我這一群猢猻占的。我們說：「有了政權就有了一切，沒有政權就喪失一切。」把「政權」這樣一個為民行事的機構，推到極致，壓在所有人頭頂上。當子孫的還要繼續革命，直打進大家的天靈蓋，到意識形態鬧革命，紅旗一定要插到五湖四海，爭領土一樣。我們把一幫人整另一幫人叫作「歷史賦予的使命」，卻不知我們其實是在經歷一次人類文明史上的大返祖。

如果一個民族集體返祖，那一定是這個文化的某些基因出了毛病。在我會讀歷史之後，我證實了玩「殘酷」還真是我們歷史特有的。我們的文化很老很長很不講理。允許暴力，對「不同」卻不寬容。容不得不同意見、不同信仰、不同主張、不同鼻子、不同生活方式。一個仇，過十年也要報。三十年河東，三十年河西。我們強行把女人腳折斷裹起來的時間比放開讓它自由長的時間長二十倍。我們對「暴力」的反思止於能否給我們帶來利益，如能，我們就無端仇視所謂「敵人」——那些妨礙了我們的同類。青門里的那一點兒經歷，不過才讓我看到冰山一角。在我們的歷史中，只要能無端地造出一些仇恨，我們就可以將對手五馬分屍，沉潭餵鱉，千刀萬剮。用點兒什麼宮刑，劓刑，刖刑，剮刑，墨刑根本就跟開玩笑似的，用完了刑，你該寫史書的還得寫史書，該做木匠的還得做木匠，該當孝子的還得當孝子。該是貓的還得是貓，該是狗的還得是狗。你該幹什麼還得幹什麼，該感謝聖恩浩蕩還得感謝聖恩浩蕩。總之，沒哪個國家的極刑、惡刑有我們的花樣多。就是殺人也並不算什麼大不了的事，一座座古城的武門雄風就是靠這些大刑撐著的。

那個大刑具是我們自己造的，專門用來對付我們自己。我們高高興興地當著這個機器上的「螺絲釘」。「皮旦」那樣的紅衛兵碰巧被時代擰在了一個帶刀刃的位置上，他們不肯懺悔，是因為當時，時代沒有給他們選擇的權力。當「螺絲釘」的悲劇是不會懷疑自己的位置。作為「螺絲釘」，他們對集體返祖可以不承擔責任，但作為「人」他們要承擔責任。在當「人」的問題上他們是有選擇餘地的。至少，他們可以選擇不把手舉向同類。當人是比當猿猴困難的，因為你得直立行走。

當年，小小年紀的我，在抱怨「皮旦」野蠻之後沒多久，卻出乎預料地在我自己和我的小夥伴身上看到了那條「人」和「野獸」的界限。我自已和「皮旦」的區別，不過就是年齡上的那幾年。「小鬼」是還沒製作好的「螺絲釘」，待用。在我的「待用期」，我就已經不是好東西了。

我媽的頭髮讓我很難為情。我媽說：「事情弄錯了。你想想：你媽怎麼會是壞人？我教你唱的第一首歌是不是〈東方紅〉？」這個證據很有力。但凡有人提到我媽，我就把這個證據拿出來。

青門里外面五十米有個小雜貨店，沒有名字。大家都叫它「門口小店」。青門里小鬼兜裡的一點小錢兒，最後都是跑進了「門口小店」，換成了話梅、糖果或油球。有一天我去打醬油，又稍帶給自己買了一塊麥芽糖。「門口小店」的胡媽，一臉細碎的皺紋，面孔像塊洗舊了的府綢。她在把麥芽糖遞給我的時候，臉湊近過來，那塊「府綢」在眉心處揪起了一個疙瘩，扁圓鼻子呈蝸牛狀，以一種管閒事的姿態臥在疙瘩下。她拉著我的手，以一種同情加幸災樂禍的調子說：「你媽也給剃了陰陽頭吧？大熱天還得捂個帽子。遭罪。」

我立刻就把我的「證據」說了出來。但胡媽還不讓我走。我就用腳踢櫃臺，想把手抽回來。胡媽說：「你別走，我還有話要問你：你媽每月拿多少錢？扣了吧？」

胡媽問了又一個讓我不高興的問題。

緊挨著「門口小店」，是呂阿姨的女兒紅鳥的老虎灶。「紅鳥，紅鳥。」我叫喊起來。紅鳥是我的好朋友。我經常把聽過的童話在灶堂前講給她聽，好的童話都應該存在老虎灶的火焰裡。紅鳥自己不會講故事，但喜歡聽故事。她戴條藍圍裙，上面繡了一隻大紅鳥，笨笨的，不會飛的樣子。那天紅鳥圖涼快，正坐在老虎灶外面的臺階上補襪子，頭頂上用粗粗的紅毛線紮了一撮辮子，雞冠花一樣歪在頭上。她也聽見了胡媽的話，正抬起頭往這邊看。聽見我叫她，立刻跑進「門口小店」，推了胡媽一把，拿過醬油瓶塞到我手裡，說：「小風妹妹快回家。」紅鳥從臉到屁股都很好看，就是腿瘸。她穿長圍裙，可以把瘸腿遮一遮。一跑還是能看出來。

胡媽讓我很生氣。醬油瓶往家裡一放，轉身出來就想幹壞事。我也到了一個身不由己的位置上。「好」和「壞」這樣的道德概念沒有情感，但人卻是一身的情感。把情感放到故事裡，人成了活的歷史，卻又是一團亂麻的是非曲直。反正青門里一片牛鬼蛇神，跟哪一個搗蛋都可以釋放壞情緒。只是沒想到，那一日我和我的小同夥們幹的壞事，其實和「皮旦」幹的一樣性質。開始，我還為自己爭辯：那天都是因為胡媽。但是，後來，我發現：人要是不願意承擔責任，幹什麼壞事都是可以找到理由的。不敢為自己的行為負責任，人，還是一隻叢林中的野生動物。我幹的這件事，就該讓我悔恨終生，無論啥時候想起，都要罵自己「不是人」。

生活在一個「惡」沒有限制的「返祖」時代，我們小小的聰明才智變得比大大的笨蛋還要危險。我們在青門里一露頭，「教訓」就是蓋到我們頭上的歷史烙印。雖然年紀小，我們對社會的罪惡也脫不了干係。

在這個不玩「革命」，就無處撒氣的日子裡，我帶著小喇叭在榆錢爺爺家門口挖洞。榆錢站在門口看。他知道我們要幹什麼，這樣的勾當小鬼們一起幹過幾次，還都是榆錢領頭，點子也是他想出來的。不參與的只有小竹子，小竹子情願坐在桃樹上吹口琴。有些時候，小竹子喜歡獨往獨行，不紮堆兒。這一次挖洞是在榆錢自己家門口，榆錢就不便領導了，正好，我邪勁十足，我就領了頭。我們挖了一個一尺深的坑兒，男孩子往裡面撒尿，女孩子往裡面倒陰溝泥。榆錢也跟著樂，把他家床底下一木盒石灰也倒進來了。然後，我們在坑上蓋上樹枝樹葉，灑上細土。外表也看不出什麼。我們這樣幹的時候，快樂無比，就像孫悟空進了蟠桃園，又吃又糟。也許，紅衛兵的抄家，也創造這樣的快感。

壞事幹完，大家又去玩別的。我們挖的那個陷人坑很快被我忘了。到了傍晚，陳爺爺手裡捧著一包熱毛栗子回來了，看見我和小喇叭在瘋跑，叫住我們，往我倆手裡塞了幾個，笑咪咪地不說話，看著我們吃了一粒才往回走。剛走到門口，一腳踩進了陷人坑，臭尿爛泥濺了一身。白褲子臭了一條腿，毛栗子也撒了。我第二粒毛栗子剛送進嘴裡，就這麼張著嘴，停在一種想笑，又笑不出來的位置上。到了晚上，我覺得，要是不找點事幹，就老想到陳爺爺一白褲子臭尿的狼狽形象，不舒服。於是就跑到貝貝和伽伽那裡去呆坐了半天，沒告訴貝貝伽伽陷人坑的事，故意談一些我對安無為的好和安無為如何可愛、滑稽。以此肯定自己依然還是「好人」。

到了半夜，突然聽見榆錢鬼哭狼嚎地叫饒命。我跑下樓去趴在他家門上看。陳爺爺怒火萬丈，揮著大棍子打榆錢的屁股，一下接一下。榆錢奶奶抱著一個木頭盒子坐在地下哭。我從來沒見過陳爺爺打人。我爸以前打我，陳爺爺還來救，把我抱他家去和榆錢一起吃飯，讓我切身感受「聖人接孩子」的好處。這夜，卻不知為了什麼事要這樣狠揍榆錢。後來，我爸去救了榆錢。

第二天，我從大人的談話中知道：榆錢倒進臭尿爛泥裡的一木盒「石灰」是他父親的骨灰。榆錢的父親是右派，很早自殺了。母親在父親死後，也成了右派。下放回山東老家，在鄉下又嫁了人，榆錢從小就跟爺爺奶奶過日子。只不過我們都知道，榆錢有一個我們都沒有的家庭作業：定期給他媽媽寫信。他媽也定期給他回信。他不知道媽媽長得什麼樣，但信寫多了，榆錢認的字就比我們多，造句，眼睛一轉就是一個。榆錢有一個死了的爸爸和一個抽象的媽媽。因為榆錢的父親是右派，骨灰只敢藏在床底下，也沒告訴榆錢，怕他有負擔。誰也沒想到，榆錢這個渾球，就這樣把他父親扔進「革命」中，從肉體到精神都消滅了。

革命不是好東西。那是走投無路時玩的最後一招，叫：「老子拚了」。我們卻好，拿來當「班」上，小的天天有，大的七、八年來一次。從孫中山起，玩了一百多年。好像不玩這個，就不知路在何方。從來沒有想過，很多糟糕的情形，其實就是革命造成的結果。當年文革的暴力，是繼續革命的結果。當今社會的腐敗，也是那場「繼續革命」的結果。國民黨殺了共產黨；共產黨又殺國民黨。烈士陵園裡的那些生得偉大，死得光榮的烈士，許許多多不都是死在中國人手裡？我們一直在玩「黑猩猩的遊戲」，還玩出了一本《孫子兵法》。在「暴」字上又玩出了「詐」。

這些「革命」的結果，或遲或早都影響到了我們的生活。當時我還不知道那付被扔進革命烈火裡的骨殖是我後來的老公公，也不知道我們的「革命」正是我後來婚姻失敗的起點。但是，這次革命體驗使我隱約起了一個懷疑：我們人恐怕不是孫悟空變的，是「老車虎」變的。要不怎麼我們吃肉，孫悟空不吃肉呢？如果孫猴子從前吃果子就高興，後來變到非得殺雞、殺牛、殺地主才高興，這叫什麼「進化」？

打完榆錢，陳爺爺又後悔。第二天，把我們幾個小鬼都招到他家去，對我們說：「你們都長大了。陳爺爺再給你們講最後一個童話，從此就不再給你們講童話了。」對陳爺爺給我們的這個懲罰，我是很痛心的。但是知道我們這次錯大發，就低著頭不說話。陳爺爺的最後一個故事並不好聽。太簡單，沒有情節。好像很容易懂，其實，我們都是似懂非懂。但是，在我後來的生活中，這個故事一次又一次冒出來，讓我心裡一驚又一驚。

陳爺爺的故事是：古希臘人說，人的靈魂有三部分組成：兩匹馬，一個馭手。一匹好馬，白色，毛色光亮，器宇軒昂，追求真理、人格和光榮，不需要鞭策。另一匹壞馬，黑色，眼睛不好，耳不好，脾氣壞，力氣大，上竄下跳，滿身獸性，要不停地鞭打，才能跟著白馬拉著車子向前跑。所以，馭手只能是理性。駕馭好馬，管住壞馬。

「這就是我們人，」爺爺說。「如果許多聲音在叫喊：把黑馬放出來，把黑馬放出來，你也不能放。」

我小聲對榆錢說：「我們當白馬吧。」榆錢故意不看陳爺爺，說：「我就當黑馬。誰叫他打我的。你們看看，你們看看，我屁股成什麼樣子了？坐都不能坐了。他自己就是一匹老黑馬。」

陳爺爺一楞，嘟囔道：「我成老黑馬了，我怎麼成了老黑馬？我也行了暴。可悲呀。可悲呀。」

榆錢有幾天沒出來玩。再出來的時候，無端就打架。他在家幾天，用竹蔑和筷子做了把弓箭，開門一箭就射到小喇叭臉上，那根筷子箭居然黏在小喇叭臉上，晃了兩下才掉下來，嚇得小喇叭嚎啕大哭。

小喇叭大哭的時候，補鍋補壺的小銅匠來了，工匠挑子沒帶，舉了一個破銅鑼，銅槌沒有，一身爛泥，一邊走，一邊喊：「聖旨到！奴才——我也——造反啦！」

原來，小銅匠的爺爺是宮廷裡的銀匠。被查出來之後，小銅匠就入了遣送回鄉的地主富農壞分子類。也沒鬥他，也沒整他，小銅匠就突然嚇瘋了。一說話就把革命和效忠混一塊。也許，「聽話」和「效忠」是他意識最深處的「安全區」。他走到小喇叭身邊，拍拍小喇叭說：「聽話就沒事，社稷為大。」又把幾天沒刷牙的臭嘴貼到我的耳朵邊，詭祕地說：「遷豪了吧。舊人能不遷？」小喇叭倒是不哭了，我倆瞪著他。他就解釋道：「聖旨說『造反有理』，哪個奴才也不敢落後。」又換成表決心的調子提高嗓門說：「日本人進城的時候，人人都以為『聽話』就沒事了，結果一群一群被殺死了。我盼這『造反』的聖旨盼了二十八年。毛主席萬歲萬歲萬萬歲！」

小銅匠的這段瘋瘋癲癲的表忠心和陳爺爺最後的關於白馬黑馬和理性的童話，在我長大回憶往事的時候，總是同時出現。到我和科安農研究黑猩猩和博諾波猿的時候，我把

「黑馬」翻譯成「黑猩猩」；把「白馬」翻譯成「博諾波猿」。那個讓我們成為「人」的馭手——「理性」，在我們文化的馭手座上空著。我們的馭手座上，或坐著一個情感充沛的「忠臣」，或坐著一個情感充沛的「奴才」。

第四章：剪子巷

×年×月×日：

昆奇整天跟在塔娜後面，察言觀色地活在一個大家族裡。牠和別的小母黑猩猩玩，明明是在討好人家，要給人家梳毛，人家的母親卻把牠的頭按到地下，抬起來的時候，一頭一臉的沙。因為母親低下，昆奇是受人欺負的命。牠爬起來，繼續牠的討好戰略。被小母猿屁股一撅，狠狠地頂下了矮樹。昆奇坐在地上幾分鐘，突然跳起來，衝向博諾波猿的領地。那邊，惠樂正在萬分溫存地幹著好事，太陽底下，惠樂的傢伙細而長（與人類的相比，略細，但更長），指揮棒一樣地有節奏，一首長長的愛情進行曲，天塌下來也打不斷。

惠樂幹「好事」，是為娛樂和政治，並非以繁殖後代為目的，且是臉對臉性交。博諾波猿在性行為上，和人類的表現相似。臉對臉娛樂性性交曾被不少人誤認為是人類獨有的能力。除了娛樂，性交是博諾波社會解決爭端的方法。「只言愛，不打仗」是博諾波猿的社會準則。這次，惠樂正在「解決社會爭端」。

我們把一罐蜂蜜和一堆甜薑葉子放在博諾波猿的草地上，蜜罐子上留了一個小洞。這兩樣東西都是博諾波猿喜愛的食物。首領母猿先走過去（和黑猩猩不同，牠們是母系制），把一堆甜薑葉子全抱在自己懷裡，然後，讓惠樂和其他博諾波猿從牠手上吃甜薑葉子。分享好食物，使首領母猿能「無為而治」。這時候，惠樂發現了蜂蜜。牠高興地上竄下跳，但並不去動那蜂蜜。一號二號上層母猿同時走過去，繞著蜜罐子轉，也不動那蜜罐子。牠們先和惠樂輪流做愛，然後，坐下來，捲起甜薑葉子，伸進小洞，三個人輪流釣蜜吃。後來有新加入的，都一一輪到。只有一個小母博諾波猿不過來。不是牠不想吃蜜，是牠和惠樂剛吵過架。牠三次把惠樂拉下水塘，不知是否是想把「愛」做出一些水中浪漫來。惠樂不喜歡水，第三次上岸後，狠狠把小母猿推到爛泥裡。小母猿非常生氣。

當昆奇對著博諾波猿領地吼叫的時候，惠樂正在走過去和這小母猿做愛，想把牠引來和大家一起吃蜜。這是惠樂的第三輪。大家族攪在一起一定矛盾重重，但也一定其樂融融。若按群體活，活到博諾波的水平，一吵架就做愛，也算是最高境界了。

在我們猿猴祖先偉大的總基因「潘」上，一定有兩種基因：一種為自己；一種為種族。黑猩猩得了那種「為自己」的；博諾波猿得了那種「為種族的」。我們人，大概都得了。這種多一點，那種少一點；或那種多一點，這種少一點。

昆奇被地下電網擋住，衝了兩次，被擋回來，憤怒萬分。屁股撅著，對著惠樂凶狠地叫喊。一副欺軟怕硬的架勢。誰也不能想像再過五年十年，昆奇會是什麼德性。從牠的體形看，他能長成又一個路易特。昆奇的老祖母走過來，昆奇跳到牠的後背上，被祖母帶走了。昆奇騎在老祖母的後背上，立刻雄壯起來，一路噢噢叫，像是凱旋歸來。牠打擊外族的企圖，提高了自己的地位，贏得了老祖母的關注。老祖母在失去愛子路易特後，對膝下這個庶出的小孫子特別好。

好基因和壞基因可以同時長在一個生命體上。求個體生存和繁衍後代的雙重使命不可能只由著自私的壞基因去殺伐，還得有好基因去愛護後代。前者是獸性，後者也是獸性。只不過，後一種是人性起源的希望。

摘自《科安農—蘇邛風觀察日誌》

我媽的壯舉

安無為終於走了。不是安徽的紅衛兵來人接的，是我爸給了呂阿姨一些錢，呂阿姨派女兒紅鳥送走的。伽伽自告奮勇和紅鳥一起去。紅鳥腿不好，安無為由伽伽抱著出了青門里，紅鳥提著安無為的小包裹，最裡面藏了一張「美人魚」。那天，天是藍的，白雲呈生氣狀，胡亂在天上塗了幾刷子，像沒寫好的毛筆字，最後一筆散成馬鬃狀。風倒是吹得樹葉兒飛起來，亂糟糟的聲音在窗戶上響。小竹子、小喇叭、燕吟、榆錢等一群小鬼跟在後面，在安無為的小臉和小手上你摸一下，我摸一下；往她的小兜裡塞糖，在她的小耳朵上插野花。一直送到青門里巷頭的油條店。在一定意義上說，安無為屬我們「小鬼」一族所有。

我沒去送。安無為是我撿來的，安無為一走，「豌豆公主」童話結束，所有的童話都結束了。這個結果很灰暗，讓我覺得小孩子的江山失守了。我坐在家門口又哭又鬧，在我爸爸進進出出來回走的時候，腿一伸，把我爸爸絆了一跤。是他讓紅鳥把安無為送走的。我爸爸爬起來把我打了一頓，說我不懂事。

安無為是非走不可的了。因為我媽突然失蹤。要說失蹤也不完全對。我爸知道她到哪裡去了。我爸送她上的火車。我媽到北京告狀去了。她用詩人的大腦做了一個邏輯推斷：北京的領袖們並不知道我們這裡語法全無，無端就能打死人。她留下了一封信給我。在她走後三天，由我爸爸當遺書一樣交到我手上。那「遺書」描述了她一甩手，離家出走的心境，叫：「本為聖明除弊事，肯將衰朽惜殘年？」那「遺書」還囑咐我：要是媽媽爸爸都死了，兩歲的弟弟就交給我了。

幸虧那時我並不知道這個任務的重量，當時就一口答應了。我並沒有把事態看得有我媽說的那麼嚴重。不過玩的時候，心裡略帶了一點分量，似乎一列火車氣哼哼地從我身邊駛過，豬鼻子一樣的大車頭，突然煙斗一舉，吐我一頭一臉的黑煤煙，教我不快活。這就叫「分量」。不過，那分量三天後又化光了。青門里依然有蟋蟀鳴叫，有樹影斑斕。該爬牆的時候，我還爬牆；該上樹的時候，我還上樹。一翻石頭，兩隻紅頭蟋蟀蹦出來，小細牙一齜，四根鬚兒直抖，我一手捉一個，左手裡的叫「賽鳳」，右手裡的叫「賽凰」。有「賽鳳」、「賽凰」在手，我除了齜著小牙笑，還有什麼「分量」抖不掉？

我媽走後第三天，我在青門里玩得一臉泥，正把手心裡捏著的一隻沒出殼的知了蛹，拿了給我弟弟看。那蟲兒在硬殼裡，後背捲著，泥土顏色，一溜兒小腿，身腰肥胖，眼睛像個蝦。我說：「地主就這樣子。」我弟弟點點頭：「……這丫子。」這時，「皮旦」和另一個男紅衛兵來了。「皮旦」黑著小尖臉，沒說話，腰裡結了一根皮帶。那個男的蹬下來，抓住我弟的大圍兜，搖來搖去：「你媽呢，你媽呢？」我弟弟剛會走路，話也不會說幾句，看見人，都是親人，一個勁對著他倆傻笑。我把沒出殼的知了往兜裡一裝，走過去，把我弟弟牽了就走。那次，我並沒覺得他們倆有多可怕。那種群體的威懾不在，他們不過是在幹他們的公差。這公差也叫「革命」。不過，這件事過後，我爸爸立刻決定把安無為送走了。安無為一走，我才感到家裡的日子出了問題。我媽並沒有把安無為託付給我，這就說明安無為是必須送走的。

安無為在的時候，我也並不時刻記掛她，在外面野玩了一天，回來在她臉上摸一把。抱她哄她餵她的都是呂阿姨，夜裡起來給她換尿布的是我爸。可等她走了，我才痛覺損失。燕吟把他的小狗抱來給我玩，反倒又讓我想起「雪球」和「蘑菇」。我為安無為傷心的時間遠比讀了我媽那「遺囑」後傷心的時間長。說實話，等我再一次想起那封生離死別的信時，已是十六年後，我弟都上大學了。我是用開玩笑的口氣和我弟弟說到這件事的，同時提到安無為若在城裡，一兩年後，也得上大學了。

等我再次讀到我媽那封信時，又過了十幾年，是在我媽死後，整理遺物的時候，它冒出來了。那時，我才弄懂了我媽在那個非常時期寫下的這些文字的真正意思：她是要當一句金光閃閃詩句，那詩句和其他的一些環環圈圈纏在一起，也呈「螺絲釘」狀，實心實意地站在那裡，以維護聖事為天職。情願為聖明著急，卻不願意懷疑聖旨的合理性。哪國的文人也沒有我們這國的文人投入呀。有這樣的文人，是中國的福氣，也是中國的悲劇。要是一個制度拿它的人民當犧牲品，而那個當了犧牲的人民還對它感恩戴德，為它獻身盡忠，這個制度何以了得！沒有三千年的工夫，成不了。

當年，我媽因為這樣的行為，得了青門里人的一個評價：「有種」。能忠心耿耿，置生死於度外，這就是中國文人的「人格」了。「獨立」是談不上的，中國文人的「格」在堅守王道，不在獨立。

我媽「失蹤」後，陳爺爺又上我們家來了一次，他坐在一把籐椅上，我就爬到他膝上，我爸在他對面的另一把籐椅上坐著，唉聲嘆氣。窗外的梧桐樹大聲說著樹的語言，深綠的影子，重音一樣一下一下在我們的紗窗上晃。陳爺爺摟著我，用過去講童話的調子安慰我爸說：「沉默是最糟糕的。荒誕，是從世界不理智的沉默中產生的。要是所有的真理都沉默了，那真理就染上了毒素。」

這句話，我是聽不懂的，只覺得很「童話」。我爸卻直點頭。還在陳爺爺走後，把這句話寫在我媽的一張照片後面，那張照片是在烈士陵園照的，我媽呈秋瑾狀。

二十多年後，我在我媽照片背後又看到了這句話，那時我已經知道了這句話的出處。陳爺爺在德國留學的時候研究過尼采。而我，那時也對尼采有過一些喜愛，我到了想說出一些驚世駭俗的思想的年齡。尼采尖銳，一眼就看穿：道德有主子的道德和奴才的道德。中國民眾千年實習的道德是奴才的道德。忠、孝、義，都是奴才道德裡的好品質。別以為當奴才就是當貧農，受苦到死。奴才什麼人都能當，跟學歷和財產無關。別以為當奴才就是只有痛苦。痛苦，是不想當奴才的人的感覺。奴才有奴才的幸福，主子給張笑臉，奴才就幸福得不行。毛主席接見紅衛兵，紅衛兵多幸福呀。奴才能為主子死，死也是奴才的幸福。

陳爺爺在那樣的時候說這句話，潛臺詞怕依然是在矛盾重重地期冀著聖明撥亂反正。他們那批三〇年代的文人，見過儒，見過俠；信過康梁，玩過共和，對人和真理的關係，君主和民主的問題，民族心理和民族進化的可能性比誰都敏感。我猜測：老頭子對當時的國事，心裡應是清楚明亮的。他是在珍惜青門里的那一點還能稱作「舉世皆濁我獨清」的「人格」。可在同一個文化磁場裡，那「清」與「濁」的區別，不過是「好奴才」和「壞奴才」的區別。中國文人最好的人格也就是止於「文諫死」吧。

當年，陳爺爺佩服我媽「進京上告」之舉的情緒，都在他引用尼采的這句話裡了。只是，當我二十多年後審視這句話的時候，卻又懷了另一種樣子的情緒。看著我媽那張秋瑾臉，我想到的卻是：我媽當年進京謀求進見的目的：為聖明除弊。於是，心裡便發出了一聲戲謔的笑。她老人家要幹的，正好和秋瑾相反。秋瑾是要去行刺的。

奇怪的是兩人幹的事兒還都叫「革命」。在「革命」這條路我們走得太長了。鬧了快一百來年了，總以為是條快路、近路。卻沒想到歷史走的是舞步，進一步退兩步。一百年前的女俠要粉碎權力，一百年後的女俠要維護權力。這就是我說的：文革，誰都脫不了干係。挨打受害的，也脫不了干係。中國的老話說：「水能載舟，亦能覆舟」。「舟」是我們自己托起來的。不是給我們坐的。當人依然在追逐和崇拜權力時，他們依然是動物；當人們開始懂得必須限制權力、容納不同的時候，他們才成為人。人民終是不能只當「水」的。要當舵，當眼睛。

可問題是當慣水的「人民」，從來沒當過別的。少來一些能幹人指使他們這樣那樣，能活出博諾波的水平，也就不錯了。比窮折騰好。當慣水的人民有當慣水的人民的過法。

進入市民社會

我媽離家出走後，我的生活起了一些變化，還真認識了不少「人民」。都是真正的

「人民」。這些經歷，在我長大之後，每次思考中國問題的時候，總會覺得一池當了三千年水的「人民」，真不是用幾個概念能定義的。

我和我弟弟被呂阿姨帶到剪子巷老魏家裡住了。我爸說：家裡危險。但他自己不走，他說：他在青門里多待一天，別人就以為我媽並沒走遠，這樣，我媽就更安全一點。他們以為我會不肯到老魏家去，可我一口就答應了。我這小小的一輩子還沒出過青門里，到哪兒都是我的新世界。老魏家我去過幾次，明朝的老房子，呂阿姨叫它十八層地獄，我每次去都只是短短幾分鐘，多少祕密藏在那裡我還不知道呢。

呂阿姨在北門橋上把我和我弟交到老魏手上，自己就回青門里了。到老魏家先要過北門橋。北門橋是一座沒有橋墩的拱橋，橋下有一條青團顏色的小河，叫護城河。河水皺得很緊，一紋推一紋，像一軸白裡泛青的宣紙，一節一節展開，記錄了多少從橋上走過的腳步聲。橋的一頭是個汽車站，橋的另一頭是醬菜園子。醃蘿蔔的醬油味兒脆生生地飄在空氣中。老魏說：那就是人味兒。他就喜歡嗅。我不怎麼喜歡嗅，但因為老魏這句話，把那醬菜園使勁看了兩眼：一個個大醬缸，口小肚子大，狗熊一樣蹲在園子裡。把老魏說的那種「人味兒」從肚子裡慢慢擠出來。那些醬缸大概蹲在那園子裡有一千年，一條街都是很粗暴的醬菜味。老魏說：「嗅嗅都下飯。」說完，使勁嗅了兩下鼻子，又加了一句：「味道正宗。這批醬瓜好。」

說著，老魏牽著我，抱著我弟弟走到「紅星醬菜園」門口，對一個頂著中午的大日頭，蹬在大門口洗醬缸子的中年男人說：「老馬，悠著點幹，天太熱。」又把我推到前面，說：「這裡沒人，叫馬姑爺。」我叫了。馬姑爺就對我笑，一嘴白牙，一頭臭汗，揮揮手說：「快走，快走，這些老醬缸子臭。」我們就走了。老魏走了又回頭，鬼里鬼氣在馬姑爺耳邊小聲說：「天高皇帝遠，悠著點幹。」老馬苦笑：「我自願。我是要改造的人嘛。」

老魏說：「人分高下。我們北門橋、剪子巷人是下等人，不比你們青門里。要不是毛主席讓窮人翻了身，我還不知道我是領導階級。」又說：「下等人中有好壞，上等人中也有好壞。你們青門里的先生不錯，一說話兒就是講理兒，但先生堆裡也能出打人的人。把墨汁倒陳老先生頭上的也是個先生。馬姑爺在我們這下等人的居處，可真是好人。要不是當過幾天國民黨的小連長，年年都該評上勞模。你看他每天六點就來上班，什麼苦活都他幹，一句抱怨沒聽他說過。再說他是階級敵人，我也不信。他『敵』誰去啦？」

過了橋有一條長長的死胡同，這就是「剪子巷」。老魏說：「你馬姑爺不住剪子巷，名譽上也不算我們魏家人。不過，按班輩，他是你的姑爺。」我說：「是哩。」老魏又說：「除了馬姑爺，我們剪子巷魏家這一支，還有好幾家都在醬菜園子上班，嫩醬瓜、醃蘿蔔有你們倆吃的。好吃呀。」我的心思不在醬菜上，在胡同兩邊的老牆和一些木窗雕上。我問：「『剪子巷』為啥叫『剪子巷』？」老魏說：「我們老老老太爺是打剪子的。勞動人民。」

剪子巷一路是老白牆和木窗子，隔十來個木窗子有一個青磚門，一律黑瓦門簷，每個青磚門兩邊都有對聯，有的字跡給雨水打糊了，有的還很新。走到胡同底那個青磚門，門口的對聯是：「四季平安五代福，百年孝友一家春」，都是簡單字，紅紙黑字。老魏說：「進去，家到了。」進去，是一家又一家晾在天井上空的衣服。天井一個穿通另一個，小小的，似乎有一大片，差不多家家都姓魏。老魏又說：「我們全帶親，一條剪子巷數下來，快一百家了。」

我的第一個發現是：這些沾親帶故的人們幾家合用一個立在天井裡的水龍頭。不僅如此，有兩個天井裡的水龍頭上還鎖了一個木盒子。牆上有紅字寫著：「嚴禁偷水」。「偷水」，是「剪子巷」一片人家最常見的犯罪活動。賊也不是外人，就在鄰里之間。你偷用了我家的水，趁你不在家，我也得偷你家一回。就像昆奇偷人家甘蔗，人家再把牠的偷回來一樣。

我們剛過了第一個天井，就有一個女人拉著老魏評理，說：「老魏，你說：偷，是不是哪朝王法也容不下?上了鎖的水龍頭四姑娘也能偷到水。」老魏就當好人，說：「八嬸子，先別急，到處都是社會主義了，雞毛都上了天，日子一天比一天好，不至於，不至於。」八嬸子並不聽勸，一隻腳踏在兩個天井之間的高門檻上，故意把說話調子提到最高，威脅道：「誰要下次再偷水，我就摳下她眼珠子來付水費。」

見沒人搭理，八嬸子就把這句話一遍又一遍說了八遍。老魏就勸：「不至於，不至於。人家的眼珠子還是不能摳的。」終於，第一個天井裡有一個「四姑娘」把頭從門洞裡伸出來。我趕緊從老魏背後伸出頭去，想看看誰是「四姑娘」。一眼沒看清，只看見一個細腰一閃，一盆洗碗水狠狠潑在天井裡。「四姑娘」沒了影子，老魏剛想脫身，又被八嬸子一把拖住，用指桑罵槐的調子說：「老魏，你去問問魏家老太爺，你們魏家什麼時候能把那個沒人要的『髒水』潑出去呀？」

這時小天井裡突然冒出了一個穿制服的警察，個子不高，臉倒長得像個粉團，紅唇白齒。老魏和八嬸子同時轉過身子去迎，口裡叫著，「張戶籍長，忙呢？」老魏還把我推到「張戶籍長」跟前，說：「這是青門里的孩子，來我家過幾天，給您說一聲。」張戶籍長手一揮，心事不在我身上，轉向八嬸子，直聲直調地說：「鎖住水可算什麼本事？有本事把偷淘米水的小毛賊捉下。你家八爺好歹也是古籍書店的會計，大幹部不算，小幹部總算得上一個，可家裡養出小賊來，壞了八爺好名聲。」

於是我突然有了第二個發現：剪子巷的第二種普遍犯罪行為是「偷淘米水」。家家天井的水龍頭下面都放一個大瓦缽子，接各家的淘米水賣錢。這個天井的人可以趁那個天井裡的人不注意，就把那瓦缽子裡的淘米水倒一半到自家天井的瓦缽子裡來。也有小孩子私自把淘米水賣了，換糖吃。

規矩呀規矩。我這才知道剪子巷的規矩管到「水」和「淘米水」。那是多麼細密的規矩呀，像織麻布，沒有上千年，也織不到那樣的小角落去。那天，我們還沒走進第二個天井，就看見八爺一把把他家丫頭拖到天井裡，當著張戶籍長的面，狠狠地打，嘴裡罵道：「家賊！家賊！」八嬸子就故意大聲說：「我們是規矩人家。我們不護短。小孩子我們打了，下作的人看著。看誰下次還有臉偷水！」這也是讓我目瞪口呆的做法，規矩，落實在小孩子身上，就是疼痛，那疼痛可以給大人長臉，也可以警示「壞人」，叫「壞人」沒有臉。似乎小孩子一痛一哭，「壞人」身體裡的某個地方也就跟著痛。剪子巷所有的神經都是連著的。

我到老魏家剛第一天，一共穿過了三個天井，兩類犯罪行為都看到了。我不懂為什麼這麼小的兩件事，在剪子巷能鬧出這麼大的氣候，似乎比革命還重要？那時候，我知道一個成語，叫「雞毛蒜皮」。在我印象中，這個成語說的就是花花綠綠的雞毛和臭烘烘的大蒜皮。到了老魏家第一天，我突然開竅：那「偷水」就叫「雞毛」，那「偷淘米水」就叫「蒜皮」。

規矩管到「雞毛蒜皮」，犯罪也犯到「雞毛蒜皮」。剪子巷的日子就在「雞毛蒜皮」的水平上津津有味地過著。到了傍晚，家家都坐在天井裡吃飯。家家天井裡都沒什麼高樹，熱氣從青磚縫裡冒上來，地底下像是躺了一個大胖子，渾身冒熱氣，呼哧，呼哧喘。於是就有人把洗菜水、洗碗水、洗腳水直接潑在天井裡，天井裡的夾竹桃或者石榴樹因此都長得很好。老魏家天井裡也有一棵夾竹桃。晚上呂阿姨回來，在夾竹桃旁邊放了張小桌子，彎彎的枝上，一串鮮紅的朵兒在我頭上點，給老魏收音機裡唱的一段「阿慶嫂智鬥刁德一」打著節拍。我們四個人坐在天井裡喝粥，頭上一小塊天空，正好有片帶點粉色的雲亮亮地停在那裡，像半邊粉腮。從天上到地下都有滋有味。

正喝著，那個細腰「四姑娘」進來了。借著頭頂上一方小天光，我這才看清「四姑娘」的臉。說她是「姑娘」是很不對的，她應該比呂阿姨小不了多少，只是長得好看，眉眼簡單，人像竹子，不是粉嫩的，但形狀卻怎麼看都好。清爽。

呂阿姨請她坐，給她盛了一碗冬瓜湯。「四姑娘」並不說話，過了半天沒頭沒腦地說了一句：「我真不如跟了我們媽媽去了，一槍就了了。」老魏就插話了：「四姑娘，你也是有污點的人，還是好好改造，重新做人的好。」

四姑娘說：「我冤呀。我這是什麼命呀。就等著死在這個天井裡了。」

呂阿姨說：「你也別抱怨，十七年前，我叫你跟我一起到青門里去幫傭，你放不下你那有名無實的官太太身分。現在，除了待在這個天井裡，我看你也真沒路了。」

四姑娘說：「馬家的上人都是老封建、老反動，害了一圈子人……」

老魏帶著一點兒怪里怪氣的笑容打斷四姑娘：「張戶籍……能不能下決心？」

四姑娘一身不自在：「別胡扯。我是成過家的，萬不能拿人家年輕人開玩笑。他小我七歲……」

正說著，八嬸子手裡拿著一大塊發糕，進來了。於是大家立馬閉嘴。

兩個吵過架的女人也不互相打招呼，好像不認識，還記著仇。呂阿姨又招呼八嬸子坐下喝口粥。八嬸子說：「吃了，吃了。」然後指著我說：「這娃兒，雪白粉嫩。」呂阿姨就說：「白是白，就是皮呀。你不知她有多皮。」四姑娘很討好地插進來，好像是附和呂阿姨又好像是附和八嬸子：「真是雪白粉嫩。」呂阿姨把頭又轉向四姑娘，重複說：「白是白，就是皮呀。你不知她有多皮。」到這時，白天吵架的兩個女人就互相說話了：「八嬸子，你這發糕怎麼蒸得這麼白呀？」「四姑娘，你手裡那碗冬瓜湯熬得才是白哩。」「不是我熬的，我哪能熬這麼好的湯？呂姊姊熬的。」八嬸子就用誇張的調子說：「難怪哩。來來來，都來，揪點發糕蘸湯吃才香呢。」說著，把短頭髮一甩，一股清涼油的味道。剪子巷的婦女喜歡把清涼油塗在太陽穴上。不僅如此，為了準確標明位置，八嬸子的太陽穴上還一邊貼了一片黃瓜皮。

熱氣降下來了。

於是，小天井裡好像什麼事都沒發生。這裡的人就有這個本事：只活在現在這一分鐘。這真是一種好德性。「四姑娘」揪了「八嬸子」一塊發糕，挨近過去，小聲說：「八嬸子，跟你說實話，我還真沒動你家那水……」八嬸子就揮揮手：「不談不談。」她的手掌就在四姑娘鼻子尖前晃，四姑娘眼睛直眨巴，嘴也歪歪地咧出一個笑。

這裡的人還有這個本事：只要不談過去，下面就是形勢大好。這也是一種好德性，不知多少代修出來的。看四姑娘笑了，八嬸子就鬼里鬼氣地招呼四姑娘：「吃了就來啊，三缺一啦。八爺桌子都擺好了。」這裡的人結盟的方式很靈活，因時因地因需因利而成。

用食物來聯絡情感，解決糾紛，比永遠打下去聰明。我後來看到母博諾波猿把分送食物作為潤滑劑，用在社會關係和結盟友上時，常常會心一笑，心裡非常理解。就是因為想到了剪子巷的雞毛蒜皮。

那天晚上，老魏家隔壁稀哩嘩啦的洗牌聲一直響到大半夜。我從老魏的嘴裡學到了一個新詞，叫「麻將」。老魏把頭搖得像個撥浪鼓：「八爺，叫他當個奴才都不是好奴才。他媽的違法的事也幹。中央文件說了：不准賭博！他們膽子賊大。這些猴子，知道今天是張戶籍長當班。」

我對剪子巷的最初印象是：規矩大。屁大的一點小事都要吵成世界大戰。一覺睡過來，又倒過去了：屁大的小事依然容不下，違法的事卻能容得下。

住到老魏家就算是出了青門里了。這裡從空氣到語言到德性都自成一體，嚴嚴地包裹著一些小天井，裡邊的細密針腳走著自己的紋理，教我猜不透。說它不寬容，雞毛蒜皮也容不下；說它能容忍，違法的事都能容得下。回頭往青門里一看，才知道青門里是多麼小，那麼簡單明白，那麼輕，那麼包容。青門里，小得像一盒五顏六色的蠟筆，輕得像一片荷葉上的水珠。那裡面護著、載著一些不被世俗看好的精緻瓷器，還有一些從西洋船來的儀器。拿不出青門里，好好放在那裡都還能被砸了。青門里自己就是一個童話，飄在天上，藍天白雲。只代表夢想，不能代表生活，更不能代表中國。

這剪子巷才是世界。是腳踏實地的世俗世界，一個一個小天井，光姓魏的這一支就有一百家。還有那邊姓劉的一片，住在東邊的三條巷；還有一片雜姓的住在西邊的花紅園。光北門橋這一帶就不知住了多少家為雞毛蒜皮活著的人。革命，於他們並不比淘米水重要。硬說重要，那是「強姦民意」。只不過這裡的小民從明朝搬進剪子巷起，就習慣了過這種被政治強姦的日子，人人過出了本事，洪流滾滾之下，還有一片小天井靜如止水。這讓我大開眼界。小天井很小，大家擠在一個小天井裡，都不是重要人物，是是非非多多多，卻沾不上路線問題。相對青門里，這裡就有了一點奇奇怪怪的輕鬆。追到魏家的老祖宗——明朝打剪子的，人家還是中國最早的萌芽工人階級哩。

「出去，要小心謹慎，開會不要發言，人家怎麼表態，我們怎麼表態。我們不惹那些大事。回來剪子巷，我們還玩我們的。剪子巷老魏家世系數十代，尊卑長幼秩序不紊，多少風雨都經過了，日子還是這樣過。」

這是那天夜裡隔著牆，我聽見隔壁八爺送客時說的話。老魏家的屋梁和八爺家屋梁相通。在他家說話就跟在我跟前說話差不多。接下來，人走了。八嬸子說：「四姑娘老了。越老越乾巴。」八爺說：「唉，守活寡。」八嬸子說：「你當心。」八爺說：「我當心？我生氣我。若在舊社會，像你這樣不傳種的，不休了，你也得讓我收個二房。」八嬸子說：「我就說共產黨好。斷了你們男人的賊心。」接著凳子倒了，八爺叫道：「你還我麵湯！」更多的凳子倒了。八嬸子說：「有能耐別吃我鍋裡的食，吃那個活寡婦的。」最後，我聽見八爺上了床，在床上求八嬸子開恩，說：領了一個丫頭來，為了起到「引弟」

的作用。要幹，天天幹，這麼好的傢伙，不幹可惜了。又一口一個「日、日、日」，打架一樣和八嬸子鬧到大半夜。

第二天一大早，老魏把我拖起來，要領我去各家「上人」面前請安。老魏說：「剪子巷有規矩，上人你是要見的。見完上人，向毛主席早請示。中央有指示，人人都要早請示。『早請示』就是見上人。『見上人』就是早請示。規矩就是規矩。全中國都一樣。」

青門里的「上人」全被我們革命了，剪子巷的「上人」依然是「上人」。我睡眼惺忪地想：「哪天把他們的肚臍給挖了。」

早上起來，空氣濕潤，腳下的小灰磚像碼整齊的繁體字，大小一樣，一個一個擠在田字格裡，有幾個門牙嘛出來。牙齒縫裡笑出一絲一絲土腥味。小天井裡有一種奇怪的自由和秩序，像八爺窗臺上那盆扭得像螺絲釘一樣的盆景。除了我的課本語言「雞毛蒜皮」，在剪子巷派上用場的第二個好詞是：「落後」。

「落後」是我定義的。剪子巷人可不覺得他們落後。八爺就認為自己是天下最聰明能幹的人；老魏也認為自己是跟中央、跟形勢跟得最緊的人。我說的「落後」，不過就是一種活法。在剪子巷，小是小非太多，要是吵架是生活裡的鹽，剪子巷不缺鹽。「革命」是一大把鹽，若由著主人決定加還是不加，撒別處去得了，這裡用不著。

八爺在天井裡打太極拳。身上穿了一件淡青色的褂子，眉眼飄飄然，細成一條線；嘴巴嘛起，隨著手掌的動向從右努到左，又左努到右。八嬸子在攤餅，香味和煤煙味高高興興地飄在天井裡。老魏拉著我站在兩個天井間的臺階上看，我拉拉老魏，老魏彎下腰。我問：「八爺夜裡鬧啥？」老魏趕緊捂著我的嘴，在我耳邊小聲說：「那是鬧火山地震。日月水火，子丑寅卯。三天一小鬧，五天一大鬧。」

從那天起，我認識了火山和地震，從此也不忘。因為我長在革命年代，有些事是禁區，不能談，不能問，譬如說「男女」。等我到了青春正好的年紀，興趣從「野玩」轉到了當「英雄」，就想把自己貢獻了，當比「自我」更大的東西，譬如說「民族」、「人類」。一開口，必講救民族救世界，臺灣的窮孩子沒得吃；非洲的黑人受剝削……都是我要管的事。談到「男人」、「女人」，一律讀作「男流氓」、「女流氓」，不屑一顧。直到大學畢業，看了一電影，《對蝦》。見那公對蝦頭上冒出一些煙氣，跑母對蝦頭上去了。小對蝦就生出來了。那一時刻，我突然開竅：原來那剪子巷的魏八爺「日、日、日」，是在製造煙氣。人是這樣製造出來的！等到我自己後來和榆錢結了婚，啥也沒幹，就日日擔心榆錢頭上冒出什麼煙氣，跑到我頭上來，弄得我也造出人來。沒錢養。「火山和地震」加《對蝦》是我在革命時代受到的全部性教育。其餘全是是自學成才。

到和科安農一起研究博諾波猿，看惠樂牠們幹好事看多了。認識到博諾波猿不善雄武，物種的幸福存在，靠的大概就是有本事多生多育。科安農說：「這是種族選擇的方式。個體本能地為種族活。生生生，快快活活地繁殖。」由此，我們談到無論哪朝哪代，都有一些人是為「種族」活，為「種族」死；還有一些人為「自己」活，保護自身。又談到人類為了種族利益計劃生育是對還是錯。科安農問我：「中國人用什麼法子防止第二個小孩子出生？」我說：「用工具（tools）。」說到人的「房事」細則，我自然屬於老派，不善於直說。科安農的眼睛看著就瞪圓了。他吃驚地問：「工具?!」我這才想到科安農是把「工具」理解成「鐵鍬」、「榔頭」之類了。就連忙解釋：「有些私密，我們不直說。性的問題，在我成長的年代是禁談的。」科安農就笑了，說：「懂了懂了。美國人也不把私密寫在臉上。我們也不直說。你沒聽見動物園的男人都這樣說：我們今晚得『博諾波一下』。」我立刻心有靈犀，加了一句：「我們中國剪子巷的男人說：我們今晚『火山地震』。」科安農不僅眼睛瞪圓了，嘴巴也瞪圓了：「你們剪子巷的男人有文化！」

我們是有文化。我們深得博諾波文化的精采之處。我們的聖人說：食、色、性，人之大欲也。理性在哪裡?聖人不說。聖人說：「忠孝節義」、「惻隱之心」、「至良知」。句句說到情感深處止，都是為了宗族。奴才有奴才的道德和幸福。只要多生，奴才是斷不了種的。

那天早上，我恭恭敬敬地說了：「八爺爺好。」

八爺回以一個點頭，八嬸子從屋裡出來，給了我一塊烙餅。我一塊烙餅吃完，二十個「爺爺好」「伯伯好」問完了。走到了最裡面的一個大天井，裡面住了一對老夫妻，和陳爺爺陳奶奶年齡相仿，都還沒起床。老魏站在堂屋裡說：「爺爺奶奶，我家小風來請安了，能進來吧?」裡面的老人同時咳嗽，說：「免了，等會兒向毛主席早請示的時候一塊請安得了。」老魏說：「那不行，待會兒人多。我家小風是第一天，非得單獨請安才行。」裡面就沒了聲音。老魏在天井裡轉了一圈。天井裡除了一個水龍頭，兩個紅木馬桶，還有一口老井。井上搭了葡萄架子，三串小小的青葡萄吊在肥葉子下面，像葉子裡傳出了三聲青澀的蟬鳴。井沿上有深深的繩子印。老魏把頭探到井口看，又招呼我過去看。我頭一伸過去，就感到井水的涼氣，黑黝黝的井水裡吊著一個竹籃，籃子裡裝著一個綠皮黑紋的大西瓜。老魏在我耳邊說：「你呂阿姨冰的。晚上吃。」

這時候屋裡的老太爺又說話了：「進進進，現在沒那麼多規矩了，還請什麼安呀。」接著就是窸窸窣窣穿衣服的聲音。老魏走到窗下，踮起腳，把頭湊到高高的方木窗上，往裡看，嘴裡說：「這麼個大家，個個靠您老養過，安，是一定要請的。」大概看著裡面老太爺老太太已經坐端正了，一邊說著，就一邊把我往裡屋推。一進屋，老魏就把我撲通一摁，跪下了。老魏說：「快問太爺爺，老太太好。」我覺得奇恥大辱，居然讓革命小將下跪。可這是剪子巷不是青門里，在這裡，就得是有些人高一截，有些人矮一截。天井雖小，天地厚重，能裹挾一切。小的只好老實跪下。我氣哼哼地重複了老魏的話。一出屋，就對老魏說：「地主、地主婆。」

老魏說：「胡說。你太爺爺從前在北門橋掛幡子給人拔牙掙錢，我們上學都是他供的。三年自然災害的時候，我們這一群沒出五服的兄弟十幾個，家家小孩子都在他拔牙挑子旁邊討過零花錢。老太爺的公正還沒得說。一個牙錢幾個孫子、曾孫分。青山和紅鳥是曾孫輩，得的和叔伯一樣多，男女平等，上下一樣。虧了那幾年人人缺鈣，壞牙的人多。我們魏家的小孩子沒餓死一個。這是上人的大恩大德。」

接著，剪子巷的「早請示」可是讓我見識了。老老小小面向東方，在老太爺老太太的天井裡聚著，老太爺老太太把四扇堂屋門全部大開，讓外面的人都能看到高高掛在紅木方桌上面的毛主席像。老太爺老太太坐在靠背椅上，桌子兩邊一邊一個。人們輪番進來問安。還有一家人供上去醬菜園子新發的一罐醬瓜。老太爺白鬍子一抖，醬瓜就像供品一樣放在桌子上了。又有人家供上去一小罐豬油。老太爺白鬍子又一抖，豬油也供在桌上了。然後大家都說老太爺洪福，和毛主席同年。然後，老太爺站起來，顫巍巍地轉過身，面對毛主席。所有人也都面對毛主席。老魏讀毛主席語錄：「下級服從上級，全黨服從中央。」

接下來，各人向毛主席請示。八爺說：要給丫頭改名字，「魏丫頭」不能再叫了。請示毛主席是改成魏彩孝還是改成魏紅心？老太爺說：「當然『魏紅心』，這還用問。不要以為我是老骨董。為下一代好的事，你們誰也沒有我知道。」大家就都誇「魏紅心」好名字。我立刻也在心裡給丫頭起了一串名字，個個趕上那「魏紅心」的水平：「魏國家」，「魏好人」，「魏優秀」。輪到我請示的時候，就說出來了。老太爺說：「不好，不像人名，取名要卑謙，現在輩分也不排了，但也不能往大處叫。大名字不好養。」最後，一天井人轉著圈兒跳起了「忠字舞」。老太爺和老太太就都坐下來看，一臉悅色。我們小孩子轉得興致勃勃，小臉抬起，一頭燦爛。大地父母，兄弟姊妹，小天井，剪子巷都轉成了一朵向陽花。誰知八嬸子轉了兩圈，褲帶突然散了，大腰身的藍褲子掉下來了。

在剪子巷的「幸福」日子

我在剪子巷過了一個星期之後，認識到，我以後的日子就是：日日百無聊賴。親戚長輩兒認了一大堆，誰對誰也搞不清。老魏家的親戚像銀河系，滿天星數不清。我過的日子就是吃喝拉撒。早上起來第一件事：巴著送馬桶的快點把馬桶送回來，我好尿尿。要不然，我就得到後天井的太爺爺和老太太屋裡尿，他們總是第一個得到乾淨馬桶。這是規矩。那我情願憋著，也不想去看那兩個人的長臉。那麼沒表情，那麼不會笑。我就不能想像，哪一天我去他倆肚皮上挖一下肚臍，他倆會是啥反映。這兩個老人整天就臉對臉坐著發傻，從不跟小孩子逗樂。就像兩根乾癟的筷子，上下一樣粗細。比筷子多一點活氣。每天「早請示」一完，一大群人上班的上班，做事的做事，都走了。這兩個老人就坐在毛主席像下，百無聊賴，輪流嘆氣。這兩根筷子是剪子巷的「老K」和「皮旦」。

我每天的第二件事就是：看呂阿姨把淘米水仔細地倒進那一個又酸又臭的漚水缽子，然後，囑咐呂阿姨早點回來，晚上別忘了把井裡的西瓜提上來給我吃。那西瓜，是我從早上過到晚上的信心。想著呂阿姨晚上回來，一刀把西瓜一切兩半，紅瓤黑籽兒，我才能活下去。西瓜中心掏兩塊送給老太爺，老太太，再切一大塊兒就是我的。咬一口，透心涼。甜。運氣好，我自己的一塊剛吃完，老太太又把送過去的一塊中心沒籽的紅瓤兒給退回來了。說：「太涼。鎮牙。年紀老了不能吃，給小風吃。」那塊紅瓤兒就是我的。老太太在這一時刻，能在我的眼睛裡從「筷子」變成「棒棒糖」。

接著，呂阿姨走了，我就坐在又酸又臭的漚水鉢子旁邊看守著，直到收漚水的人來，他留下一毛二分錢，倒走漚水。錢如數交到八爺手上，積多了，是他們打麻將的賭資。我之所以得了這個看漚水鉢子的工作，是因為八爺家的丫頭魏紅心上次私自把大半鉢子淘米水賣了，錢悄悄花了，成了犯罪分子。八爺在天井裡打了丫頭，丫頭接近淘米水的權力被剝奪。從此，那淘米水就歸我管了。那一大鉢子又酸又臭的漚水，對我的誘惑不是能換成一毛二分錢，而是讓我時刻都恨不能一腳把它踢翻了。我想：那一定和山洪爆發一樣來勁，所有的人都會圍著我指點。但是我終於還是沒敢。剪子巷沒有革命基礎，土豪劣紳在太師椅上坐著。

丫頭圍著我和那漚水鉢子轉過好幾次。我知道她不僅偷淘米水，還偷豬油、偷秤砣。丫頭不是八爺親生的，年齡比我還大三歲，個子像六七歲，常吃不飽，趁人看不見，就偷豬油吃，用手掌在豬油罐子裡一抹，不留痕跡，然後一人坐在牆角慢慢舔手掌。舔著，就有一些小小的壞壞的幸福從她的細眼睛裡流露出來。偷秤砣算是大偷了。丫頭潛到老太爺和老太太的廚房，偷了秤砣，裝在書包裡帶出剪子巷，不知在什麼地方換了三塊糖稀，用油紙包起來，埋在牆角缺了口的灰磚縫裡，像地主埋黃金。晚上沒人的時候，挖出來，舔幾下，再包好埋下去。後面老太爺和老太太找秤砣找不到，急得跳腳。丫頭面不改色心不跳，一句話不說。但是，後來下暴雨，把她的油紙沖開了，裡面的糖稀給沖跑了。第二天，丫頭哭得像死了人。看見丫頭舔豬油，聽見丫頭哭，我就會莫名其妙地聯想到安無為，那個被送回「貧窮」的小孩會怎麼樣呢？我盼著紅鳥和伽伽哪天能回到剪子巷來，告訴我安無為的新生活。若是安無為也要過丫頭這樣的日子，我就要傷心死了。

和丫頭比，我是富農。我和老魏一起吃早飯。老魏教育我：「吃飯要有吃相，不然到外面被人看不起。」剪子巷人是清清楚楚把世界分作裡和外的。因為世界有裡外，人也得活成一個裡，一個外。這一點是剪子巷人的聰明之處。比動物高級，比青門里的「先生們」都高級。老魏評論起蔡萬麗爸爸蔡教授自殺；貝貝伽伽爸爸逃到內蒙躲起來；我媽為了一個「得」字捨下家小跑了這類的事，只用一個字：「傻」。

「人裝一下樣子，服個軟，什麼都能過去。」老魏說。

「不行的。」我想起了小銅匠的瘋話。就告訴老魏：「小銅匠說：日本人進城的時候，人人都以為『聽話』就沒事，結果一群一群被殺死。」老魏不屑一顧，說：「日本人？日本人那是禽獸。沒有開化。我們這裡是禮儀之邦。他能懂我們的規距？就是那美帝蘇修也是懂不了的。」我說：「現在我們革命了。破四舊了。」老魏哈哈笑，把一根筷子支在牙上，剔卡在牙縫裡的醬菜，口齒不清地說：「革命是文人鬧出來的事。破他們，破不到我們。我們是勞動人民。要不然，你爸能把你姊弟倆送我們剪子巷來？」

除了談規距，老魏一到吃飯，還教我科學。他說：「米全身都是寶，給它洗個澡，洗澡水還能餵豬。」這是我在剪子巷學到的第一節生物課：豬什麼都吃，有得吃就好，什麼煩心事也沒有。老魏每天吃泡飯，我和我弟弟分一塊油滋滋的糍粑。吃完了，我滿手油，伸到老魏跟前。老魏就叫我擦在頭髮上。老魏說：「油是好東西，頭髮油就是油做的。」

於是，我走到哪兒都是一身的糍粑味，肥嘟嘟的味道。這是我在剪子巷學到的第一節化學課：油可以滋潤生活。實在呀。

吃完早飯，我每天幹的第三件事就是「想玩」。剪子巷的天井裡連棵帶幹的樹都沒有，沒樹可爬，這是很掃興的。青門里的樹被我一棵一棵征服過，那時我斷定：這個城裡就沒有我爬不上去的樹。我對爬樹的熱愛一直持續到生出豆子，後來就由豆子遺傳了。我知道我是猿猴變的，也不想裝成不是。就是後來到了美國，當了文人，能有爬樹的機會，我也絕不放過。有一次惠樂躺在樹杈上睡懶覺，我們敲盆敲碗叫牠下來吃飯，牠故意裝聽不見。聽我們叫急了，往下看一眼，臉上一副「怎麼樣，你們拿我沒辦法吧」的嘔人神情。我當時就扔下食盆，爬上樹把牠拖下來了。這件事不僅讓科安農對我刮目相看，連惠樂也對我刮目相看。以後，我一叫，牠就下來。

但是，剪子巷的人在創造出那麼多規矩之後，就只感興趣小巧玲瓏的盆景和柔弱精緻的夾竹桃了，那些植物沒一個能經得住我的攀爬。爬樹的本事，在剪子巷是廢了。我只能坐在夾竹桃下，一個人悶頭玩螞蟻或青磚縫裡的泥巴，心裡想著種種青門里的好處和那些在青門里百玩不膩的野遊戲，一點一點捱到大黑，回屋睡覺。我非常羨慕我弟弟，動不動就倒在床上睡著了，一醒，天就已經黑了，玩居然可以省略掉。我也羨慕丫頭，丫頭基本不玩，她整天都在弄「吃」的東西。她說：「我肚裡有蛔蟲。不吃我就肚子痛。」睡和吃原來是鎮靜劑和止痛藥。「想」讓人痛苦。

有一次下小雨，我想爬樹想得太厲害了，瞅著沒人，就一個人爬上一根豎在八爺天井裡電線桿子。快爬到頂了，還沒來得及看到外面的風景，卻被「四姑娘」看見了，一個刁狀告到八爺那裡，八爺拿著一根雞毛撣衝出來，在電線桿子上使勁打，一邊打，一邊說：「書香門第怎麼出野種！」還一臉痛恨不已的神情。八爺這種不可理喻的行為，讓我覺得他還不如就直接打我一頓得了。八爺把一根雞毛撣打斷了，又扔在老魏家門口，意思是給呂阿姨和老魏看，讓我覺得他還不如直接說：「叫小風滾回老家去。」在剪子巷，女孩兒是斷然不能爬高上低的。可他們不對我這樣直說，硬要叫我自己悟出來。我的腦袋裡悟出來的卻是：革命怎麼革青門里去？應該革到剪子巷來！

原來「人格分裂」是訓練出來的。好悟性是在等級制裡當人的必需品。

那天，老魏在家睡午覺，兩截斷了的雞毛撣以「八」字的模樣躺在太陽底下，一截叫「奸細」，一截叫「探馬」，一副告我刁狀的樣子。我坐在只有三口井大的天井裡，看著腳下這根壓迫階級的暴力象徵，盼望著革命烈火燒到剪子巷來。

盼著革命，邪勁就上來了。我一不做二不休，拖起我弟弟溜出了小天井。在剪子巷轉了一圈，把青門里玩慣了的革命遊戲一一想過，沒有一樣在這裡能玩得起來。這裡是一塊被人砍得光禿禿的叢林地，砍光之後，人又在上面密密麻麻種上了一片假的，人造的桿子。人還在叢林裡生活，那些桿子叫「規矩」，威風得很。難怪呂阿姨說回老魏家是回十八層地獄。

最後我決定溜到北門橋玩河泥。於是，我自己先下到這條青團顏色的小河，撈了一把河泥，爬上岸，又把我弟弟糟踐下河，一遍又一遍，把河泥塗在他臉上，又要他往我臉上塗。醬菜園的馬姑爺不睡午覺，頂著大太陽洗醬缸，腰上繫了條破圍裙。看見我們在河裡糟成泥猴子，一手拖一個，把我們拉上岸，又把我們送到天井門口，正好四姑娘在第一個天井裡曬衣服，馬姑爺把頭略抬了一下，鼻尖上落下一滴汗，什麼活也沒說，轉身就走了。

四姑娘追了幾步又回來，把我們倆一直牽到老魏床前，對老魏說：「看你家小孩子成什麼樣子了！」老魏眼睛一睜，嚇得一骨碌從床上跳起來，叫道：「媽呀，蘇家的寶貝蛋呀！下河啦！淹死了怎麼得了！」門口的雞毛撣就被忽略了。但從此以後，只要他睡覺，連房門也不讓我出了。我們只能坐在窗口看大街，不遠處有醬菜園子的味道飄過來。

拿剪子巷和青門里一比，所有故事都在一個狹小的空間裡，曲曲折折地說一半留一半。青門里的寬容，率真和自由就成了我的幸福回憶。我開始鬧要回家了。剪子巷有剪子巷的屬性，人們有滋有味地重複著前一天的樣子活著，誰都知道誰的心思，還要互相揣摩。其實日子天天一個樣，家家一個樣，還沒過，就知道明天是怎樣的了。因為什麼都是熟門熟路，這裡人活得遠比青門里的父母們有信心。每一分鐘，都能活在好幾層裡。說話做事總得拐著彎。他們覺得這種曲裡拐彎的遊戲是「有規矩」的表現，這樣說話、做事，他們安全、踏實。但我沒那種屬性，不知道「四」字在老太爺、老太太跟前不能說（與「死」諧音），也不知道「獨眼龍」是魏八爺家的忌諱（八爺有一隻青光眼）。這裡，天井太小，跑都跑不開，每一點自由都會和規矩撞在一起，真不是小孩子的天地。

我想回家了。

我一鬧要回家，老魏就來教育我，拿出毛主席語錄讀給我聽。我記得了一句：「人死了都要開個追悼會。」我吃飯的時候談「追悼會」，撿菜的時候談「追悼會」，睡覺的時候也談「追悼會」。老魏覺得不吉利，「追悼會」就是那「四」字發出來的多音字。「四」都不能說，「追悼會」能說嗎？老魏怕這話兒被老太爺老太太聽去，多心，以為這是咒他們死。告訴我老是講死人的事不吉利，是老迷信。我就改了，說：「毛主席教導我們：村上的人『五』了，就要開個『醉倒會』。」我弟弟聽了我這句讖語，樂得要命，咧著嘴傻笑得停不下來。我越發來勁，又說：「村上的人『溜』（六）了，就要開個『醉倒會』。」我弟弟就從小板凳上笑翻了過去。剪子巷語言密碼被我破了。

我鬧回家還沒鬧大，呂阿姨倒把榆錢給帶過來了。陳奶奶摔了一跤，中風了，陳爺爺得在醫院陪她，榆錢就也被送到剪子巷來了。榆錢來了，我很高興，同黨來了。地下革命說不定能在剪子巷鬧一回，讓這裡的空氣換一換。

但是榆錢垂頭喪氣，也不多說話。晚上，呂阿姨安排他和我睡一張床，一人睡一頭。我弟弟被抱上大床，放在她和老魏之間跟他們睡。半夜裡，榆錢爬到我這頭來，小聲對我說：「要是我爺爺奶奶死了，我就成安無為了。」他這一說，我倒傷心起來，安慰他說：「我們還有呂阿姨、老魏、八爺爺、八嬸子、四姑娘、丫頭、太爺爺、老太太……」我也不知怎麼地，把那一大堆剪子巷人都列進我們可以依靠的親人行列。「人民群眾是銅牆鐵壁，人民群眾能活，我們也能活。」我堅定地說。說完又覺得連呂阿姨都不喜歡老魏家，叫這裡「十八層地獄」，我們為什麼要待在這裡。我就又說：「要是我們的爺爺奶奶，爸爸媽媽都死了，我們就自己回青門里，只要有呂阿姨帶我們就行。」

榆錢說：「你不知道，你爸成了游擊隊飛行軍了！」

我的眼睛在黑暗中瞪圓。榆錢在我耳邊繼續說：「前些時候，『皮旦』那一群紅造兵團的人來捉你媽。你媽是『牛鬼蛇神在逃犯』。那天夜裡就你爸一個在家睡覺。你爸跳起來一看，來了兩卡車人，轉身就從你們家廚房窗口的水管子滑下去，一頭身鑽進小竹子家，躲藏起來。看見他跳出窗戶的就我一個人，我正好起來上廁所，頭一抬，看見了一個

『游擊隊員』飛快地爬出你家窗戶。那是你爸。佩服，佩服。他那個速度趕上你啦！你知道我爺爺怎麼說？我爺爺說：你爸那天要不是逃得快，被抓到就能被打死。」

榆錢的這個故事讓我大吃一驚。首先，我得對我爸刮目相看了。他的爬牆跳窗的速度居然能趕上我！我那溫文爾雅的老爸，居然也被時勢造就成了「紅小鬼」、「孫悟空」，連榆錢這樣的汪洋大盜都連說「佩服」。其次，我也得對小竹子的父母刮目相看了。那對據小竹子說「膽小怕事」的瘦弱文人，不僅斗膽藏下了一本《希臘神話》，還斗膽藏下了一個紅衛兵捉拿的牛鬼蛇神。多少年後，小竹子爸爸沈先生去世了，我問起沈太太這件事，她老人家淡然一笑，說：「我們都是知識分子。你爸碰巧鑽進了我們家。他鑽進誰家，誰都會藏他的。」

青門里，還真是一個有種的地方。

那天，我和榆錢就這麼說著青門里的事兒，睡著了。那是我第一次和榆錢同床共枕，沒覺得有啥奇怪。這是在看《對蝦》前十二年。

馬姑爺就這麼死了

這一天，青山突然回來了，站在第一個小天井裡大喊大叫：「勒令三天，勒令三天！」我和榆錢聽見青山的聲音，趕快跳出去，我心裡惦記著貝貝。貝貝那一陣總是和青山在一起。要是能看見貝貝，也算看見了伽伽。從伽伽和紅鳥把安無為送走之後，我就沒回過青門里。

但是老魏跑得比我們還快，手裡拎著一根大棍子，怒目圓瞪，口裡叫著：「畜牲，你還敢回來！」有兩個紅衛兵把老魏擋住。老魏舉著棍子，把頭伸過紅衛兵的胳膊，繼續叫喊：「畜牲，鬧什麼鬧，胎毛還沒退，你就想做大！真讓你作個主，你能？還是你會？還得等中央指示。」

貝貝果然在那一群裡，軍事參謀一樣站在青山旁邊。青山根本不搭理老魏，繼續把一個黃喇叭套在嘴巴上，向剪子巷高聲宣告：「在意識形態方面，誰戰勝誰的問題還沒有解決。山雨欲來風滿樓。無產階級一放鬆，資產階級就瘋狂叫器起來……。」貝貝推了青山一下。青山停了，看他一眼，又繼續讀：「資產階級就瘋狂叫器……」貝貝又碰了青山一下。青山停住了，對貝貝說：「不用怕他。老子既然造反了，就六親不認。」貝貝小聲說：「那個字不念『器』，念『笑』。瘋狂叫囂。」青山也不難為情，說：「知道了。這次我們就念『器』，下次再念『笑』。」說著又舉起話筒，對著喇叭繼續高喊：「我們就是要把火藥味搞得濃濃的。爆破筒、手榴彈一起投過去，來一場大搏鬥、大廝殺。什麼『人情』呀、什麼『祖宗』呀，都滾一邊去！」

八爺站在臺階上，比老魏高出一截子，他拉了一下老魏的藍布褂子，彎下腰在老魏耳邊說：「這種瘋話是人說的嗎？」老魏立刻把大棍子高高舉過頭頂，罵道：「魏青山，你媽怎麼生了你這麼個牲畜。你還沒當上工人階級啦，敢這麼對上人說話。」

青山只當沒聽見，手一揮，說：「今天整國民黨，下次整老封建。」青山手下的人就立馬把寫著「打倒國民黨！」的大字報貼四姑娘門上去了。四姑娘嚇得像兔子，一副等死的神情。我和榆錢你看我，我看你，不知道四姑娘怎麼突然成了國民黨。我們走到大字報前仔細看，看懂了幾句：四姑娘把張戶籍拉下了水。張戶籍已被降職。四姑娘死路一條。

青山他們把一幅大字對聯：「四海翻騰雲水怒，五洲震蕩風雷激」貼在小天井的大門口，撕了原來那幅喜慶的：「四季平安五代福，百年孝友一家春」。又推推攘攘把四姑娘拖到醬菜園子遊鬥了一圈，再拖回來。回來的時候，四姑娘已經站不住了，披頭散髮，褲子被剪成一條一條，躺在小天井的灰磚地上哼哼。老魏招呼人，把四姑娘抬回屋，放在床上。出來的時候，罵道：「狗日的青山，哪不能去，要拖醬菜園子去鬥。」又自己給自己打氣說：「你老子我可不怕你。我們出身好，不怕。我看你還真敢把命革到你老子頭上來?!」

那天晚上，八爺抱了好幾本舊畫冊過來，說我和榆錢的床不平，要把鋪子給我們墊一墊。對剪子巷的事我從來搞不清為啥或不為啥。八爺要墊床，就像青山要鬥四姑娘，我們不懂，由他墊了。不過，當時誰也沒想到，榆錢總共在剪子巷住了十來天，我們鋪子下的那幾本畫冊就決定了他的生涯。他後來成了畫家，跟了燕吟爸爸，並且在成名之後，甩了老師的路子，獨樹一幟。而燕吟卻玩了一輩子在地下翻找東西的事業。

第二天，四姑娘病歪歪地出來洗臉。八嬸子給了她一塊發糕，四姑娘就掉眼淚，說：「這個天井還是一個家。」

八爺就停下打太極拳，嘆口氣，說：「惻隱之心，人皆有之。人嘛。」

這個天井呀，容不下別人比自己過得好，不過誰要倒了大楣，送塊發糕的惻隱之心大家是有的。這也是一種很奇怪的情感。都好好的，就吵，互相說壞話，互相算計，非得要到有災有難了，才顯一回同情心和人間大愛。這種情形真讓人糊塗，我直到現在也想不清楚：「吵」是在做秀，還是「愛」是在做秀？只能感嘆：天井太小，磚縫牆角裡就冒出了這種「小天井綜合症」，情感也分裂了。剪子巷，磨人呀。

八嬸子送過發糕就來找老魏，問：「張戶籍也護不了四姑娘啦？我們這晚上就不方便了呀。」老魏說：「你們還是少玩。八爺膽子也太大了。」「青山就不能……？」八嬸子問。老魏一擺手「那個畜牲，上了條順風船，我這老子說話像放屁。」

到天晚，呂阿姨急急忙忙從青門里回來了，把紅鳥也從老虎灶上帶回來了。我和榆錢立刻忘記了「四姑娘」。紅鳥回來了就已經把我們倆樂壞了。我最關心的就是安無為，紅鳥一進門，我就叫：「安無為！安無為！」紅鳥說：「好好，她媽要她了。安無為在青門里養了近一年，回去比她那個學生姊姊大不少了。」

紅鳥收拾衣服，找了一件藍褂子，在身上比，問我們好看不好看？我說過，紅鳥永遠從臉到屁股都很好看，就是腿瘸。只要她穿長裙子，就能把瘸腿遮一遮，不跑不跳看不出來。什麼衣服穿在她身上都是佩帶，她人才是真品質。我說：「你好看，衣服就好看。」紅鳥一笑：「你倒會說大人話了。」榆錢說：「你一回來也不跟我們玩，收拾衣服幹什麼？」紅鳥把衣服往網兜裡裝，我們跟在她屁股後面，盯著要她把安無為回家的故事講詳細一點。紅鳥說：「伽伽抱著安無為，全村人都跑出來看，我們以為是來接安無為的，結果裡全是來看伽伽的。」

「她媽喜歡安無為嗎？」這是我擔心的問題。紅鳥說：「誰知道呢，她媽坐在石碾子上，手裡抱了一個，一臉麻木，也不說話，挺嚇人的。好像她在地裡拔了兩個蘿蔔，在衣服上蹭蹭。吃一個，扔了一個。現在，扔掉的那個蘿蔔突然又跑回來了。」

榆錢一臉聰明人的神情：「窮。我爺爺說無為那樣的山村，窮。」紅鳥在他頭上揉了兩下，笑了：「就你樣樣懂。人家無為的村長挺有知識的，他說：『土地不養人，長出棵壞樹結出來的一樹窮果子，所以我們年輕一代要改天換地。』」紅鳥頭頂上還是像往常一樣用粗粗的紅毛線紮了一撮辮子，雞冠花一樣歪在頭上，一副要喚出朝陽昇起的樣子。她說：她和伽伽已經決定學習董家耕、邢燕子，不在城裡混了，他們要到無為去插隊務農。「毛主席教導我們：『農村是廣闊天地，在那裡是可以大有作為的。』」紅鳥說，「比在老虎灶賣水有勁。」說著低下眼來看著我和榆錢笑，眼光裡似乎已經有了從鄉下沾染回來的稻穀香。她說：「我爸是聽黨的話的，我要走，他會同意。伽伽就要鬥爭了。他家裡是不會輕易讓他走的。但是伽伽說，城裡沒有他的位置，他得走。一身勁兒不能就這麼耗著。」

我們正高興著，四姑娘哭腫著眼睛來了，一來就在呂阿姨面前撲通跪下，泣不成聲地說：「呂姊姊，我除了你沒人可求，你就替我去一趟，送他一送吧。」呂阿姨趕快拉四姑娘起來：「我去，我去。我回來路上就聽醬菜園子的人說了。你看，紅鳥正好回來了，今晚她可以陪這兩個孩子了。天再黑一點我就走。真是，要出事，什麼事一起都來了。老魏，快去告訴張戶籍，請他今晚過來這邊陪四姑娘。」

呂阿姨沒讓老魏吃飯，就打發他去找人。自己急急忙忙燒好了飯，就要走：「飯菜都好了，你們自己吃。我晚上不定什麼時候回來哩。」她說，「紅鳥今天就搭個竹床在家睡。」

我不知道呂阿姨要去哪裡。呂阿姨很少晚上出去，她會去的地方永遠只有青門里。我心裡立刻不安寧了。白天不讓我回去，晚上回去總是行的吧。於是我說：「帶我去！」呂阿姨說：「不帶，紅鳥都回來了你還要走？」我立刻大哭大鬧，說呂阿姨今天晚上就是不能丟下我就走，說今天晚上她要是不帶上我，我就叫火山爆發，地震登陸，他們就等著開追悼會去吧。我一鬧，榆錢也跟著鬧。我們一人拉她一隻胳膊，不帶就不行。

呂阿姨經不起我們鬧，就給我換了一件最醜的黑褂子，又肥又大，我一邁步，榆錢就說我像茶壺。她給榆錢戴了頂老魏的鴨舌帽，鍋蓋一樣在頭頂上打轉轉。榆錢說：「熱死了，不戴。」呂阿姨說：「戴。你身上就這一點黑，不戴不行。」呂阿姨換了一雙黑布鞋，拿下了頭上的粉色髮夾，帶上我倆走了。出了剪子巷，我還沒輪得上高興，呂阿姨就氣哼哼地說：「我去給壞人送終，你們要跟著幹什麼？」我問：「就不能順便回一下青門里？」呂阿姨說：「回什麼青門里？是去階級敵人家。」我很失望。可這是我們自己鬧著要跟的呀，就只好故意說：「那我們也要去。我們去看『階級敵人』是什麼樣子。」榆錢也說：「一整天都關在剪子巷，憋死人了。『階級敵人家』我們也要看。」呂阿姨就說：「有什麼好看的？在青門里你們還沒看夠？」

呂阿姨這句話對我們是一個打擊。我們怎麼忘了青門里是一窩牛鬼蛇神？等我們到了「壞人」家，我才知道：原來住在剪子巷，是住在人間天堂，那是中國的中產階級社會，就是吵架打人也帶人情味。「壞人」家過的才是「黑暗的舊社會」。一家五口住一間半屋子，黑黴味、煤炭味、人味混在一起，又悶又熱。裡屋一張竹床挨牆放，上面躺著那個「壞人」。進了門，我才認出那人居然是我在醬菜園地門口見到過幾次的「馬姑爺」。

馬姑爺死了。他突然犯了心臟病。早上一大早，說是不大好，但還是去上了班。馬姑爺知道自己有歷史問題，總是想多幹活，表現比所有人都好。幹到下午就不行了，被醬菜園子人送回來，他還說：睡睡就好。就睡了。一睡就沒醒。死的時侯是晚上八點，我們到之前幾分鐘就嚥了氣。死了以後臉色倒平靜，慈眉善目，並不嚇人。

因為馬姑爺是國民黨連長，壞人死在家裡，家人也不敢哭，也不能帶黑孝。馬姑爺的老婆呆呆地坐在床頭，手被呂阿姨拉著，眼睛看著灰黑的牆上那一圈更黑一點的影子，那是死人投在牆上的馬姑爺的影子：鼻梁高高的，顴骨圓圓的，下巴微微翹起。三個兒子和貝貝伽伽差不多大，一聲不響站在床前，臉上是一種茫然而緊張的悲哀。一家人圍著死人不知所措地沉默著，好像一個長長的故事片放完了，還有幾個觀眾呆坐在電影院裡不走，沒有目的地等著。

這是我第一次經歷死人的事，因為馬姑爺家房子太小，裡面又擠了這麼多人，「害怕」似乎不是一個可以用在這裡的詞兒，但我心裡有一種明確而混亂的緊張。不知道把馬姑爺定為「壞人」的的意圖是什麼。

牆上的死人輪廓縮成一條黑棉線，在風雨飄搖中把我在醬菜園門口看到的活的馬姑爺和榆錢倒進陷人坑裡的那盒白灰連接起來。馬姑爺也將變成那種粉狀的樣子。有些東西是會終止的，譬如說：「生命」。要想它不終止，「死」不能說，「四」也不能說。在一個悶熱難忍的黑夜，馬姑爺「五」了。

很多年以後，這個悶熱難忍的黑夜，都是我劃分陰陽兩界的界碑。要是在一窩蜂巢裡，讓一批工蜂死，意義是：種族需要。馬姑爺死，是革命需要。

那夜，呂阿姨把我和榆錢打發到外面半間小屋裡去睡覺。南方的八月天，小屋裡擠了三張床，是那三個兒子的，都空著，其中一張是上下鋪。我爬上一張木床，榆錢爬上另一張。很熱很熱，哪裡能睡著。裡屋一點聲音也沒有，我們倆像冬天的枯樹枝一樣啞巴了。翻來覆去在床上折騰，然後覺得全世界都啞巴了。就我們身下的木床一會兒「吱」一聲，一會兒又「吱」一聲。我後悔為什麼要鬧著來，在家跟著紅鳥多好。想著，大概是睡著了。

到天快亮的時候，我給熱醒了，於是，放棄了再繼續睡覺的努力，到裡屋去找呂阿姨。裡面的人不再站著了，東倒西歪地坐在椅子上，馬姑爺老婆的頭倒在呂阿姨肩上。

突然，鬧鐘大響，尖脆的鈴聲大爆炸一樣響徹天地。

那是馬姑爺昨天睡下去前，開的上班鬧鐘，指針指在五點十分。一時間，滿屋子都是馬姑爺的聲音，馬姑爺每天準時六點上班，先把「紅星醬菜園」的廁所打掃乾淨。但是，從這一天起，廁所就只好由著它臭了。馬姑爺死了。這尖利的鬧鐘聲突然推開了一扇通向禁區的小門。馬姑爺一家人都放聲痛哭。人的感覺回來了。

呂阿姨也跟著落淚。榆錢也不知什麼時候站在我旁邊，拉著我的手。馬姑爺的老婆抱著呂阿姨，一邊哭一邊說：「國民黨罪該萬死！國民黨是害人精呀！我家老馬死得慘呀。」呂阿姨就說：「我們知道你家老馬，我們知道你家老馬。」馬姑爺的老婆拍著呂阿姨的手背，哭著說：「我知道你是代表四姑娘來的，我們都落到這種地步，誰還能記恨誰呀。她要有話帶來，你就對他說吧。」呂阿姨連忙說：「她沒話，她沒話。是她對不起馬姑爺一家。她是害人精。」

第二天，偷錢把八爺墊在我們床鋪下的畫書翻出來看，一個人偷偷摸摸，連我也不讓瞧。我很生氣，就噘著嘴坐到天井裡看淘米水。想著昨晚死人的事。丫頭走過來，說：「我知道馬姑爺和四姑娘的事。你明天給我一塊糍粑，我就告訴你。」

第三天，我真的用糍粑換到了故事。

四姑娘和我家呂阿姨都是從良妓女。老魏和馬姑爺都是嫖客。過去秦淮河上的妓院，是家庭制，姑娘接客前，嬤嬤要和男人先行「姑爺酒」，形式上也就像正經人家的「許配」，嬤嬤納了「婿」，和嫖客成了親戚。妓女和嫖客也就算是個暫時夫妻。老魏看上了呂阿姨，沒錢贖她，所以等到解放才娶到手。在這一點上，老魏是感謝毛主席的。只是一吵架，一掀老底，老魏就忘了毛主席對他的好，讓他沒花錢就娶上了媳婦，光記著呂阿姨是窯子裡的。

馬姑爺看上了四姑娘。馬家有錢，馬姑爺還是個國軍連長，當年長得也有些器宇。四姑娘和他投情，馬姑爺就把四姑娘贖了身，兩人在剪子巷四姑娘的族親家租了間房子，又自己在城裡辦了婚宴，請了一些朋友、上司，正式納了四姑娘為二房。誰知道，馬姑爺家一群上人，都是鄉下名門鄉紳，堅決不認窯子裡出來的四姑娘，不讓四姑娘進門。正在這時，解放了。馬家一家都跑到臺灣。馬姑爺正在情感熱烈，四姑娘，他家裡是絕不讓帶的，於是，他就自己留下來，不走。

馬姑爺的大太太本是帶著三個兒了跟著公公婆婆走的，走到了澳門，看看馬姑爺就是不來，越想越氣。一大家子人，原本也是和和睦睦，兒子一個接一個替他馬家生出來。可好好的一個男人，說中邪就中邪，慈父不當了，孝子也不當了，斷然跟了一個妓女過上了。原本一個好人家，怎麼能就這麼給一個窯子裡的女人占領過去。馬姑爺的大太太一生氣，趕了最後一班到大陸的船，又帶著三個兒子回來了。說是：自家的男人自家得跟定了。生死不離。

這就有了後來馬姑爺淪落到醬菜園一說。解放後多妻違法，四姑娘和馬姑爺辦的那場不被家庭認可的婚宴就更不值錢了。再加上革命一起來，馬姑爺再情種，也只能乖乖回家跟老婆過。納妾、嫖妓叫「污泥濁水」、「封建餘孽」。四姑娘從此就被不明不白地掛起來了。四姑娘出身賤，本來也沒指望明媒正娶，當個妾，她也是滿意的。誰知一解放，她自己也搞不清還是不是馬家的妾了。膽敢跟一大家子上人作對的馬姑爺，在沒了上人管轄之後，倒不敢來和她過了。

政治鬆一點，四姑娘和呂阿姨一樣，是被壓迫階級，緊一點，是國民黨軍官小老婆。好在剪子巷不是政治中心，自成一派小氣候。四姑娘就這麼靠著一點過去的細軟過著，身邊有個比她小七歲的張戶籍，明裡暗裡對她示好。在剪子巷這種落後地方，日子也就這麼過著，連打麻將的習慣都保留住了。雖說她和馬姑爺的婚宴不作數了，人家四姑娘不服這個氣，心裡還把自己當作馬家的人。馬姑爺不來跟她睡了，人也沒跑遠，就在街口的醬菜園子。中午的時候，四姑娘爬上閣樓晾衣服，遠遠那醬菜園子門口的黑點就是馬姑爺。

呂阿姨早就跟老魏結了婚，四姑娘還和張戶籍吊著。丫頭說：「馬姑爺一死，張戶籍就要把四姑娘娶走了。」又加了一句：「就能有喜糖吃了。」

丫頭還貼著我耳朵說：「八爺是最陰的。他藏你床上的畫冊裡是黃書。」

「革命」到此一遊

因為丫頭詭祕地提到我們床墊下藏著八爺的「黃書」，我堅決地把八爺放我們床墊下的兩本書拿出來看了。為啥叫「黃書」？不懂。一冊畫的是大大小小的玫瑰花，不過是用西洋畫法畫的。我看了一頁就塞回去了。另一冊畫全是奔馬。就這些馬，弄得榆錢發了小瘋，天天照著畫。

我還沒來得及打探清楚什麼是「黃書」，青山帶著大隊人馬進剪子巷來了，口裡喊著：「期限已到，破四舊！」可奇怪的是，這次跟他一起來的居然是「皮旦」。貝貝卻不在了。他們兩派大聯合了，成了「紅色造反思想兵總團」。貝貝和「皮旦」誓不兩立，一聯合，他就回到青門里當了「逍遙派」。我本來不喜歡剪子巷，想著「革命」哪天衝進來，解解氣。但看見貝貝沒來，卻來了「皮旦」，立刻心情無比矛盾起來。

青山帶頭，「皮旦」跟著，兩人一前一後，一家一家吆喝：「燒四舊！」天井裡主動一點的人家，自己拿出「四舊」來堆在天井裡，不主動的，青山和「皮旦」就帶人衝進去親自搜。他們從四姑娘的衣箱裡拖出來一大堆花花綠綠的旗袍，全部從窗口扔出來。八爺屬於不肯動的，被青山推了一把：『站在這裡幹什麼？把你家的四舊都交出來。我知道你家多得很呢。」八爺往前走了兩步，站到了臺階上，並沒有回家拿「四舊」的意思，反倒一轉身對兩個到處找火柴燒「四舊」的親戚說：「祖傳的孤本可不要燒呀。」青山嘿嘿笑：「還孤本呢。你魏八爺就是個封建孤本。站那兒幹什麼？你看你，雞巴翹得像個釣魚竿。」

青山手下的一群人哈哈大笑，把魏八爺推推攘攘擠進他家房間，只兩分鐘時間，八爺的兩副麻將就被一個紅衛兵提出來，眼睛都沒眨，扔進「四舊」的堆裡了。

半個小時後，天井裡堆了一堆古字畫、線裝書、臉譜、壽字圖、歸牧圖、漁樵耕讀、二十四孝、鎮宅靈符、舊戲裝、繡花鞋、麻將牌、瓷器、陶器，家譜……高高的，像個小山。青山一揮手：「能砸的砸，能燒的燒！」一時間，瓷器像春節的炮竹，脆脆地炸在灰磚地上，細片兒飛得到處都是。熊熊大火也點起來了，那些在歲月裡風得乾乾的畫紙見火就著，呼呼往上竄。也有一些主動的人家，還往裡添，到後來，似乎家家不往火堆裡扔點兒「四舊」，就不能活了。

有人問：要不要抄青山自己家？青山說：「爹親娘親不如毛主席親。抄。」氣得老魏說不出話來。拿手指著青山，手抖個不停。革命終是革到剪子巷來了。好在青山手下的人還客氣，胡亂翻了兩下就出去了。八爺的畫冊沒被找出來。

連青山自己家都抄了，誰還能逃得過？一片天井裡所有的人都被青山和「皮旦」招呼出來了，青山一家一家抄過去，最後到了老太爺和老太太家。那是剪子巷的核心所在，所有人都抿住氣，等著看青山的革命下面如何進行。

青山站在最後那個晾著兩個紅木馬桶的小天井裡，大叫：「你們出來！」

老太爺和老太太在他們的寶座上對面坐著。不說話，也沒表情。依然是兩根筷子。

青山手叉腰，又大喝一聲：「你們給我滾出來。」

裡面老太爺說：「我們不給你滾出來。」

青山火了：「你們這些老封建，叫你們出來你們就得出來！」

老太爺脖子一梗：「我們不出來你怎麼樣？」

這下還了得。青山跳起來：「你們不出來，老子殺了你！」說罷衝進廚房，拖出一把明晃晃的菜刀，高高舉過頭頂，衝出來叫道：「我殺了你們！殺了你們！」

老太爺站起身，拉拉黑布褂子，走到青山跟前，噗通跪下了，一拉衣領，脖子一歪，說：「你殺吧。」老太太也兩步緊跟著出來了，也噗通跪下了，一拉衣領，脖子一歪，說：「你殺吧。」明明就是一對相親相愛的老猿猴，硬是把生死相依的情分推到極致，推出一個有中國特色的「人」來。

這下青山傻了眼，高舉著刀，不知如何是好。和一對矮了一截的老人對比，頭髮豎起、青面獠牙的青山倒成了野獸，一身黑猩猩味。

說時遲那時快，剪子巷的老人小孩，包括老魏，八爺，一片都跪下了，有一種磁場一樣的權威在加大加強，能把大家都吞沒了。剪子巷不是沒有人味的地方，是人味過了頭。他們以「有話不直說」的慣用方法，弄得我也兩腿發軟，想要下跪。想著，就撲通跪下了。眼睛往左邊一斜，左邊跪著榆錢；往右邊一斜，右邊跪了黑鴉鴉一片。八爺的淡青色褂子拖到地，就在我前面，人跪在兩個紅馬桶中間。

青山很尷尬地舉著刀，砍也不是，不砍也不是。僵持了兩分鐘，預想不到的情景產生了：青山突然把刀一扔，也噗通跪下了。青山還是懂剪子巷的語言的。

革命到此失敗。老太爺站起來，一揮土回屋去了，撂下一句話：「還沒成人，就想成種。」

青山的變節行為讓他自己很沒面子。「皮旦」從進剪子巷就沒說幾句話，一副見過大世面的樣子。看到這種情形，把腰上的皮帶解下來，狠狠地在小天井的青磚上抽了兩下，罵了一句：「叛徒！就這個種還想革命。」然後，走過去就要抽還沒來得及站起來的老太太。

老魏大叫一聲：「不能！我們老太爺給共產黨一個騎兵連的一百匹馬看過牙口！我們老太太給一百個騎兵燒過飯！」

「皮旦」手裡的皮帶一揮，落到四姑娘頭上了。左一下，右一下，把四姑娘打得頭破血流。那一同來的一群人，也吼叫起來，一隻一隻拳頭在四姑娘頭上一伸一舉，一定要把青山敗下的一局扳回來。然後，「皮旦」帶著她那派的人揚長而去。青山懊惱地站起來，扯下頭上的黃軍帽，胡亂揮舞了一下，也帶著他的人走了。

一出剪子巷，兩隊紅衛兵又站在北門橋上自己跟自己吵起來，吵得非常凶狠，「皮旦」領導的「紅造兵團」要「思想兵」解散，大聯合的新組織就叫「紅造兵團」。說原「思想兵」的人根本不配革命，叛徒的種。有青山一派的辯解說：「那是青山的太爺爺。」「皮旦」便站在橋頭，義憤填膺地揮著手：「鬥爭就是生活。你不鬥它，它就鬥你，你不打它，它就打你，你不消滅它，它就消滅你。這是你死我活的階級搏鬥。那些潛伏下來的特務、別動隊員，還不都是誰的爺爺，誰的爸爸？難道我們就能對他們手軟？江山是革命先烈用鮮血拚下來的，到我們這代，見不得血了，我們算是什麼革命接班人？我們這一代，只有一個選擇：為『主義』而戰，為『真理『而死！」

有個青山派的女生說：「別以為就你們革命，我們也敢為『主義』而戰，為『真理』而死！」

「皮旦」隊伍裡的人就嘲笑地叫起來：「叛徒！叛徒！」青山隊的那個女學生就說：「流氓。」就有兩個人高馬大的男「紅造兵」衝過去打那女生的耳光。左一個，右一個。那個女生就喊：「毛主席萬歲！」

打到第十個耳光的時候，一直灰溜溜站在一邊的青山狠起來了，捲起袖子叫道：「老子從小到大還就沒怕過血。來，給你們看看誰見不得血！」

結果，兩隊人從北門橋上打到醬菜園子，又從醬菜園子打到北門橋，打壞了好幾十個老醬菜缸子。他們用碎缸子片兒砸來砸去。好多人頭破了，衣服撕了。這場內戰，雙方打得一個比一個勇敢。過後多少天，那醬菜味還像蘑菇雲一樣，籠罩著剪子巷不散。大家都是為「主義」而戰，為「真理」而死！

我長大以後，一直有一個百思不解的問題：是什麼「真理」要打人，要人死？「僅僅憑著對真理的熱愛，是絕對不可能使得一個人能去凶狠地對待另一個人的。」[1]「要打人」，「要人死」的東西，或者是一個壞的「主義」，或者是一個假的「真理」。

醬菜缸裡的老醬老滷一直流到北門橋頭，酸、鹹、臭。行人一踩，沾在鞋底，走上橋去一個一個黑腳印，跟黑猩猩的爪子印一樣。滿地碎醬缸碴子還扎人。架剛打完，就有光腳拉板車的農民給扎傷了腳。第二天，醬菜園子的工人出來收拾這副暴力殘局。在馬姑爺死後，髒活臭活只好大家匀著幹了。醬菜園子工人一個個罵罵咧咧，用城南老土調子說：「莫（沒有）——人性的種！」這話兒，當時就被我學了去，和榆錢兩個人坐在小天井的臺階上，你罵我一句，我罵你一句，把玩了一個下午，膩了。以後，就成了我壓箱底的罵人話。

後來，在我們動物園裡，黑猩猩常常會為了爭權力或爭利益打出一片狼籍，這種時

---

1 Letter to J. D. Hooker (1848)，見：Rober Wright (1995) *The Moral Animal: Why We Are, the Way We Are: The New Science of Evolutionary Psychology*, p.269.

候，我和科安農就只好氣呼呼地給他們收拾殘局。有一次，這句壓箱底的罵人話，不知怎麼就下意識地冒出來了，並且，我還是用了醬菜園子工人的家鄉土調子罵的：「莫——人性的種」。科安農問我是什麼意思？我就說：「意思是這些黑猩猩沒有能當人的基因。」科安農就笑：「錯了吧，你怎麼忘了人家有97％的基因和人相同哩。你以為打掃人留下的戰場有比這個好的呀？」

於是，在這種時候，那種「紅星醬菜園子」裡流出來的黑色老醬老滷味，就穿過遙遠的時間又被我嗅到了。科安農不對「人性」看好。他說：「人類社會裡的廝殺，還不是為了權力和利益嗎？比這還暴力。」於是，北門橋上的那場武鬥場面又出現在我眼前，年輕的「皮旦」站在北門橋上發表的武鬥宣言，就又在我的耳邊響起，明明說的是一些黑猩猩語言，聽著居然還慷慨激昂，讓人糊塗。

從給黑猩猩打掃戰場的時刻起，我決定和科安農一樣，當和平主義者。任何暴力都不是好東西，哪怕是說「正義」的戰爭，好的，也只是「正義」，不是「戰爭」。可我們卻把暴力分了類，硬給一類貼了金。這是我們的錯誤。

沒有「理性」的主義和沒有「同情心」的真理，是「壞主義」和「假真理」。

剪子巷小天井裡的大火滅了，剩下一堆小山一樣的畫軸。八爺唉聲嘆氣，撿起一根燒得烏黑的畫軸，在灰燼中撥騰，一臉痛心疾首的神情：「多值錢的東西呀，多少代攢的呀。出了敗家子了。」又招呼丫頭：「把軸兒收拾起來，打開軸頭蓋子，倒。」丫頭從畫軸裡倒出了很細很細的細沙。八爺說：「收收好，留到過年炒花生。」又指著牆角說：「倒空了軸杆子，堆牆角去，冬天烤火。」

那些字畫的碎片和灰燼被風一吹，到處都是。有半張沒燒完的美人畫被我和榆錢撿了去，一節一節撕下來，疊成紙餃子在地下拍著玩。那美人是個舞刀的，絹袖飄飄，旁邊有幾句殘詩：「西門秦氏女，秀色如瓊花。手揮白楊刀，清晝殺仇家。羅裙染赤血，英聲凌紫霞……」也被我們一節一節撕了。

第二天，四姑娘沒有從閣樓上下來洗臉。第三天也沒有。到第三天晚上，呂阿姨、老魏、八爺、八嬸子一起上樓看了。房間是空的，床上也沒有人睡覺的痕跡。再一看，四姑娘縮在空蕩蕩的紅漆衣箱裡，吃安眠藥自殺了。後來，醬菜園子的人說：她被拖到醬菜園子遊鬥了一回，馬姑爺就犯心臟病死了。馬姑爺死了沒兩天，四姑娘也死了，她是殉了馬姑爺的情。老魏說：她是怕坑了張戶籍。呂阿姨說：「作孽，死前還挨了一頓毒打。人難道不怕有報應？」

我研究黑猩猩和博諾波猿之後，得了一個毛病：不管美人醜人都一直要看到人家的基因裡去。每次想到「皮旦」打四姑娘這一段，那首殘詩就伴著情景冒出來。「皮旦」和那古代美人混成一體，行暴。她們和母黑猩猩分享著一些暴烈的遺傳密碼。那「仇家」到底是犯了什麼死罪，等不及審判就在青天白日之下急急忙忙地被「秀手」就地正法了？等我終於知道了那詩出於盛唐詩人李白之手，便非常吃驚地發現：原來，能在詩意的臉上看出血色來的，早有人在。嗜血，嗜同類的血，在我們的文化中自古被接受。我們喜歡「打江湖」、「打江山」、「打敵人」、「打內戰」、「打雞罵狗」、「打死你這個狗東西」。多是自己跟自己打，一派在「皮旦」們的領導下，一派在「青山」們的領導下。強者對弱者是不「談判」的。弱者要贏，得用苦肉計。我們幾千年的文化，被魯迅看出了兩個字：「吃人」。這「吃」，還有各樣的吃法。再把那原詩多讀幾遍，跳到我眼前來的美人就和母黑猩猩合成一張臉。

「皮旦」這一打，把那種小紅嘴、吊眼梢、羞澀恭謙、琴棋書畫的傳統淑女形象打得個魂飛魄散，片甲不留，比那唐朝的女殺手還要徹底。她一生中究竟有沒有為這樣的獸行懺悔過，只有她自己知道。我想她身上是有2%的基因和「人的動物親戚」不同的。或許，那「2%」就能弄得她不得安寧。我相信：「在戰事中，沒有不受傷的士兵。」[2]

過了些時候，八爺弄了一些灰色的小碎磚，叫我和榆錢、丫頭學著他的樣子在水泥地下磨。一邊磨一邊說：「你打你的，我打我的。」這個工程讓我們忙了一個星期。後來，丫頭告訴我們：「八爺這是在自已做麻將牌。原來的兩副全燒了。」

剪子巷真是有文化，那一堆灰燼就是它的遺骸。在這裡，對「人」另有一番定義，那

2 阿根庭作家José Narosky語錄。

麼疏鬆，那麼情感，那麼自私，那麼現世，那麼血脈相聯，又那麼曲裡拐彎。外面再革命，這裡麻將還是要打的。死了人，還沒死的也要活出樂子來。

我聽見八爺對老魏說：「你家青山要殺老太爺老太太，把我們魏家祖宗和上下老小都得罪了。我是在你眼前給你家青山下的跪，你懂什麼叫『強姦』？這就叫『強姦』。我們剪子巷的家恥不雪，不能為人。到時候，你不要護短。」老魏滿臉羞愧地說：「決不護短，決不護短。」

原來，革命，是少數人強加到「人民」頭上的。把革命加到剪子巷來，叫「強姦民意」。按照剪子巷魏八爺的理論：「少給我出幾個高喊『為人民』的瘋子，人民也許過得還安穩一點。」八爺縱慂榆錢和我弟弟到天井門口去撒尿，撒在那幅「四海翻騰雲水怒，五洲震蕩風雷激」的對聯下面。榆錢和我弟弟，一高一矮，一邊一個，一天衝出去好幾次，興高采烈地把尿撒在那幅對聯下，還比哪個撒得長尿得高。太陽一曬，小天井門口臭烘烘的。剪了巷的人本來大事小事都要講吉利，尿在自家門口實在不是吉利的事。碰見有人想制止榆錢和我弟弟撒尿，八嬸子就說：「童子尿，百病藥。自古祛邪要以毒攻毒。一片十幾個天井的人都給孫子下過跪，這裡裡外外的晦氣，不祛行嗎？」進進出出人也就不再多話了。而到這時，那些咬著牙把自家的「四舊」砸了燒了的人家，心裡也都後悔得不行。只是不好說罷了。八爺對所有那些往火堆裡扔東西的人都是有氣的。這會兒，他穿著他那件淡青色的長褂子，捧著一把小紫泥茶壺，似笑不笑地站在天井門口看榆錢和我弟弟撒尿，嘴裡說：「好，有勁，有勁。媳婦喜歡。」

八爺還指使丫頭把八嬸子治婦科病喝剩的中藥渣子，用藥罐子提著，趁著天黑，混進「皮旦」住的大院，倒在「皮旦」家門口。按照剪子巷人的說法，誰要踩到那病人喝剩下藥渣子，病人的病就沾他／她腳上，被他／她帶走了。病人就好了，那人就活該生病。丫頭說：「八爺這招又陰又絕。是叫那個打死四姑娘的女人絕後。八嬸子治的是不孕症。」

丫頭拉著我，站在床上，把耳朵貼在牆上，聽隔壁的八爺在家說反動話。我聽見八爺小聲小氣地對八嬸子說：「外面那些鬧事的，壯觀！管到四海五洲去了。他媽的，與我何干？什麼都是假的，好日子才是真的。」

在剪子巷待長了之後，我居然也同意了八爺的這個總結。這裡的丫頭想的是吃；這裡的八爺想的是取樂子；這裡的四姑娘想的是馬姑爺張戶籍；這裡的老魏啥也不想；這裡的老太爺老太太永遠是一方老祖宗。就是那「革命」在青門里鬧到「我以我血薦軒轅」，在剪子巷最多就只能鬧成了：「你打你的，我打我的。」剪子巷的八爺們逍遙在革命風雷之外，或精明地活著，或稀裡糊塗地活者，對社會大同不感興趣，也不管靈魂的馬車由誰在駕著。人家只要活得快活，生個兒子，把種給傳下去就行了。

說來這麼活也沒啥錯，要是人都要死，生命本來就無意義。生命的意義是人賦予的。就像投籃球，把球往籃圈裡投，並沒有意義。非得給它兩分，放在遊戲中玩，才有意義。我們剪子巷的遊戲就玩到這個水平，那兩分給了「本能」：生命的意義不過就是吃好喝好、傳種接代，多少年前的老祖宗們也不過就玩到這個水平。玩出子孫來，比玩出真理來重要。雖然這樣定義「生命」土包子味重了點，但「定力」是有的。這玩法總比摧殘生命好。說到底，哪怕當個博諾波猿，也比當黑猩猩可愛、文明。這是我們剪子巷的文明，日日抱怨它落後，一圈看一下來，我還真得說：它比那些「返祖故事」還文明一些。我們的老聖賢，老子、孔子在書裡一次次表達對遠古社會的懷念，搞不好，就是懷念那博諾波的好日子。

剪子巷的這些人是城市的主體，叫「小市民」。他們其中不少後來是要當中產階級的。在剪子巷還存在的時候，那裡有各色規矩把人的欲望打磨得精細小巧，耐用耐玩，陰陽怪氣。這是我們剪子巷的智慧，在夾縫裡生存的智慧。可惜，能讓博諾波猿衣足飯飽的原始叢林越來越小，而正義偏偏又不是夾縫裡能長出來的東西，也不能在沉默中存活。在今天，博諾波猿是瀕臨危機的物種，而剪子巷在遭劫之後，煩心事也多了起來。

老太爺和老太太在一個暴熱的盛夏，相繼死了。

第五章：我們為人的百分之二

×年×月×日：

昆奇十一歲了，個子像牠的父親路易特。牠第一次挑戰首領雄性黑猩猩的企圖是：調戲最受寵的上層母黑猩猩「大媽媽」。母黑猩猩「大媽媽」不理睬牠，昆奇就粗魯起來，結果肚子上狠狠挨了「大媽媽」一拳。雄性首領黑猩猩統治部落的方法一般會各有不同。前任首領路易特在首領地位確立之後，就不再打偏架，且把平息爭端當作自己應當跳出來管理的事務，角色像「維持和平武裝部隊」。而這個現任首領就是憑拳頭吃飯，想打誰就打誰。牠認為部落裡的雌黑猩猩都是牠的財產，是牠看轄的「領地」，哪裡能容忍昆奇染指。牠從樹上跳下來，給昆奇當胸一拳，意思是：「你小子才多大點，就想傳種了？」打完還不甘心，又毫不客氣地把昆奇趕到邊界。「大媽媽」在路易特時代也是「和平維持部隊」，平時，雌黑猩猩是不同勢力間的平衡力量，「大媽媽」本可以出來救昆奇一回，但這次昆奇是犯了混，居然調戲的就是牠本人。所以「大媽媽」就只顧坐在草地上吃自己的香蕉，不理昆奇。兩小時以後，昆奇縮手縮腳地從叢林邊界走回來，縮頭縮腦地向首領走過去，想吻雄性首領的腳。

黑猩猩專家富蘭斯·德·瓦爾說：「即使在最親密的人群中，衝突也是難以避免的。有一種方法可以規範和解決糾紛，那就是明確劃出等級的界線。儘管如此，欺負人的事總會發生，並使合作關係遭到傷害。靈長目動物在打過一場之後，會主動重結城下之盟。許多動物有特別的姿態來表示誰是主宰方，誰是下屬方。兩個黑猩猩要表示不同的等級，後者會裝出個子比前者小。主宰方大搖大擺挺起來走路，毛髮豎起；下屬方躬身作揖，發出一些喘吁吁的下賤聲。其實，牠們的個子一樣大。」

摘自《科安農——蘇邶風觀察日誌》

百分之二的出路

我再回到青門里的時候，我媽已經完成了她的鳳凰涅磐，早就被紅衛兵從北京抓了回來。幾年裡檢討書寫了一大圈，每一篇以最高指示開頭，以鬥私批修結束，再硬的頭也被按了下來。頭一低，日子倒好過了，叫「靠邊站」。「得」、「的」之爭暫停。我媽說：「邪惡要的勝利，不就是叫好人啥也幹不成嗎？」可她說的那「邪惡」到底是什麼，我搞不清。我想：她自己大概也搞不清。因為，我聽見她非常疑惑地問我爸爸：「你有沒有發現出了毛病？我是覺出了。可放眼一看，怎麼周圍都是人民群眾？難道『邪惡』懸在空中？」聽她這麼一說，我本來以為「邪惡」像隻蒼蠅，停在誰頭上，一蒼蠅拍下去就能打死一個，錯了。「邪惡」成了「氣」，並不停在一個人頭上，卻到處鑽，人人身上都有「氣」，你還打不到。

前後右左的鄰居紛紛安慰我媽：「問題一定會搞清楚。」「相信人民的眼睛是蒙蔽不住的。」這樣的說法，是青門里人家經常互相勸慰的語言。你勸了我，我再勸你。「問題」被誰弄亂的？「人民」被誰蒙蔽的？大家就不說了。燕吟爸爸送了我媽一幅字兒：「難得糊塗」。他說：「那『得』『的』之分又有什麼要緊？古人就不分。」我媽似乎被安撫了。但在乘涼的時候，她又拿了她那個問題問陳爺爺。她說得很含蓄，問題成了：「陳先生，您說我們應該不應該相信人民群眾？」陳爺爺說：「相信人的善良，也相信人的無知，比較好。」陳爺爺拿芭蕉扇在腿上拍著，趕著蚊子，慢聲細語地說：「有一個人說過：撒謊，撒得要大，撒得簡單易懂。不停地重複，重複一千遍，人們就會相信。」我媽的眼鏡掉下來了。我也被這樣的豪言壯語嚇得張口結舌。我媽問：「這話兒是誰說的呀？」陳爺爺說：「希特勒。」

那時候，青門里的大人，可以罵希特勒，也可以罵拿破崙，但是不可以罵秦始皇。乘涼的時候，我們這些長大了的小鬼就坐在他們旁邊，聽他們講世界歷史。每當這種時候，小竹子爸爸沈先生就是一副坐不住的樣子。他精通中國歷史，但只可以講「小闖王李來亨」和「闖王李自成」。稍微再往前多講一點，就有人說：不談不談，下象棋。這種時候，大人們就變得非常乏味，吞吞吐吐，話兒說一半留一半。他們赤著膊，用扇子拍著胸，汗流浹背，手裡還端著一杯熱茶。這時候，小孩子們就都跑開了，我當時給這些大人找到的成語是：「自相矛盾」。

那時，大概所有的青門里成人都被分裂成「別人逼他成的樣子」和「他自己原來的樣子」兩種人格。要是一個社會硬把人撕裂為「兩種人格」，這個社會至少有一半是假的。「假行為」，當年叫「表現」，現代叫「作秀」。能人格分裂，這大概是中國人特有的本事，弄到最後，不分裂倒成了不正常了。換成現代的話語表達：「秀」作到精緻，不作「秀」的日子，過起來倒不放心了。革命的代價現出來了：人的百分之二得躲藏在百分之九十八的「秀」後面，瞅機會活。

到我們小鬼長大一些，青門里的文人長輩們就開始想著一遍又一遍把他們悟出來的這樣一種複雜的活法教給我們。雖然他們自己做得並不好，但他們知道：出了青門里，外面就是大千世界。他們指望我們能在外面的世界裡活得比他們好，比他們滋潤。畢竟。我們不管大小，遲早都是要離開青門里的。世界上也許再沒有第二個青門里了。沒有青門里的樊籬保護，我們身上得加一層社會認同的保護色。他們要我們記住：有一些話兒是不能到外面講的，因為不是「秀」裡面的臺詞。就像在剪子巷不能說「四」和「追悼會」一樣。

現在，父母告訴我，我不能說「工宣隊打架」，也不能說「人民只要吃飯」……

但是，工宣隊就是打了架。我親眼看見的。管青門里文人的工宣隊長打了門口小店的胡媽。

胡媽老了，人又胖，動作慢，還愛穿白花綠底的肥褂子，在門口小店櫃臺後面走來走去，就像一隻胖乎乎的百足蟲少了九十八條細腿。這一天，胡媽上廁所時間很長。工宣隊長要買一只平底鍋回家炒菜，等的時間長了，還不見胡媽從廁所出來收錢，就開始罵街了。胡媽見慣了這些沒耐心的客人，依然我行我素，慢慢吞吞地在廁所裡折騰，屎不能拉一半就出來。工宣隊長罵罵見沒反應，就提著平地鍋站在廁所門口等。胡媽一出來，只聽「咣噹」一聲響，工宣隊長拿起平底鍋扣胡媽頭上去了。這一扣，不知打中了胡媽哪根神經，把胡媽打了個返老還童。老人家反應極快，往下一蹲，一扭身，操起一隻鐵鍋「咣噹」又一聲，扣那工宣隊長頭上去了。胡媽不是青門里的文人，性格暴烈，又不屬工宣隊長管，誰怕誰呢。在門口小店賣東西，就跟站風口浪尖上一樣，胡媽什麼樣的人沒見過？胡媽一手叉著腰，一手捂著頭，對著大馬路大聲訴苦喊冤：「他給我頭上一鍋，一顆原子彈炸我頭上了。我不還他一顆原子彈，門口小店還是不是人民的天下啦？」

這場架是在大庭廣眾之下打的，根本也不是祕密。當時我正提著醬油瓶，在那工宣隊長身後等著打醬油哩。兩只鍋飛快在我眼見閃過，兩聲「咣噹」我也親耳聽見。回家把「工宣隊打架」當笑話一說，我父母就緊張起來，趕緊跑到門邊聽一下，像是幹地下黨。

他們說：「不要到處說『工宣隊打架』。工人階級是領導階級，歷史是人民推動的。」那時我爸穿的是洗得發白的灰色中山裝，腳下是一雙土黃色的解放鞋。我媽穿的也是洗得發白的灰色中山裝，腳下也蹬了一雙土黃色的解放鞋。

我不知道我那「屈原」媽媽、「達爾文」爸爸怎麼在我的「言論自由」問題上，變得如同驚弓之鳥。那警惕和機敏，就像生活在危機四伏的叢林裡，隨時得警惕著其他動物的襲擊，還要小心獵人的陷阱。他們大概終於認識到：被恩准的自由和沒有自由也差不多。可我，偏偏正在一個大人說「是」，我就要說「不」的年齡。又在剪子巷待了那麼久，「工人」和「人民」我都見過。不就是人嘛，和我也差不多。大話嚇不住我。我就故意氣哼哼地說了：「人民其實只要吃飯。」我想到丫頭的糖稀、八嬸子的發糕，還有冰在老太爺老太太水井裡的西瓜。他們個個都是正宗的「人民」。我這句說的也是大實話，誰能不要吃飯哩。可這樣的話一說，我爸跳起來了：「蘇北風，你膽子太大啦。你不懂政治複雜、社會複雜，這種怪話是絕對不能到學校裡講的。」我媽也說：「有一個成語你要學一學，叫『因言獲罪』。你媽『這個婆娘不是人』的教訓，你不是親眼看到的嗎？以後一放學就回青門里。要玩，青門里就夠你玩了。」

我的父母突然間「英雄氣短了」。他們告了狀，跳了窗。勇敢者的道路，他們自己走了一遭，無功而返。這會兒，卻拚著當年不讓我們「小鬼」說粗話的勁頭，不讓我說實話了。青門里的父輩對正義和是非的較真，傳到我們這一代的信息，成了失落和驚恐。革命曾是他們相信的道路，到如今，我爸我媽和剪子巷的魏八爺一條腔了。想想看，這真是千古奇哀。哪朝哪代的儒生學士也不能教他們的子弟「不誠」呀。我不懂：為什麼說假話，就是人必須的活法？現在回過頭來想一想，其實，日子全是被人們自己搞複雜起來的。人格分裂是一種很糟糕的活法，屬精神病類。

那時候，我極端佩服楊子榮，沒一句真話，也敢大碗喝酒，大塊吃肉，還能把那真傢伙（欒平）陷害至死。在一個「旗號」下，英雄啥都可以幹，天馬行空，無法無天，也沒有道德犯罪感。這心裡承受能力，可是了得？

於是，在那個時代我又學會了一個重要的詞彙：「表現好」。據我觀察，這個詞兒一直用到現在，定義沒改。

「好」，還是「不好」，不是我們的倫理問題，是我們的認同問題。能不能在群體面前「表現好」，就像黑猩猩昆奇在受到群體冷落之後，勇敢地衝著博諾波猿使威風一樣。昆奇想要的是被團體認同。牠的勇敢是他自動表現出來的，為了討群體的好。你不讓牠表現都不行。這種「人格分裂」，簡直就像自願參軍，自願獻血，是自我的選擇，叫「改造」或「接受再教育」都行。在我們那個時代，大多數人是自願地「被改造」的。雖然也有一些人是被迫的，但並不是像後來訴苦伸冤時說的那樣：人人都是被迫的。

在一個極端群體主義時代，能「表現好」是一件無比光榮的事。我在看過「工宣隊打架」之後，又看到了伽伽和紅鳥在青門里和剪子巷轟轟烈烈地「表現好」了一次，完全是自覺自願，目的不過是為了從集體的飯碗裡討一點自己的價值。

他倆各自寫了「請戰書」：要求到艱苦貧窮的安徽無為村去插隊。在他們的帶動下，青門里的蔡萬麗也加入了。一群年輕人，熱氣騰騰，他們的紅色「請戰書」貼在青門里的大黑門上，兩個月沒拿掉。伽伽和紅鳥的名字後面跟了好幾個青門里的青年人。魏青山也簽了名。結果，因為紅鳥腿不好，沒進入第一批，她家的名額給青山頂了。這些人組成了一個新隊伍，叫「知青」。連「皮旦」也在這個混雜的隊伍中，去了建設兵團。只是，她並沒有去，她的父親找了老戰友，「皮旦」飛快地進了軍隊，在野戰醫院當女兵。

他們走之前高興得很。農村，是毛主席要他們去的，這是又一場運動。伽伽特別高興，他終於能被眾人肯定，參加到這場上山下鄉運動中去，找到了一條當一回跟大家一樣的人的出路。伽伽要去的地方並不是「無為村」。那村子太小，只能接受兩個知青。蔡萬麗和青山（本來應該是紅鳥）被分到那裡，伽伽被分到附近的「銀湖村」，光名字就好聽。紅鳥卻很失落，對自己的腿生氣。

蔡萬麗平常並不和我們這些「小鬼」玩，她沒有母親，法國繼母像空氣，就在她家，卻看不見摸不著。蔡萬麗心事比我們重，還要照顧父親。她走前，把我、小竹子、小喇叭叫到她家去玩。拿出一冊紅寶書，非常惋惜地對我們三個女孩兒說：「你們長到十一、二歲都沒有讀過詩詞吧。我五歲就會背五十首唐詩了。」蔡萬麗要求我們在她下鄉之前，突擊背會二十七首毛主席詩詞。這個新任務讓我們一下子覺得成文明人了，爬樹上牆在這個新任務面前顯得不上臺盤。

蔡萬麗這樣對我們下任務的時候，她爸爸斜著眼睛看我們，幾根殘存的手指百無聊賴地翻著一疊撲克牌。蔡教授自殺不成，燒成殘廢，手指少了，被定為「死老虎」，「掛起來了」。當時我百思不解：如何把一隻老虎掛起來？或者，如何把蔡萬麗爸爸掛起來？這兩個詞組，我揣摩到如今也沒搞清楚確切含義。

蔡教授是不屑答理我們這些半大的小鬼的，我們也不知道他腦袋裡整天想著什麼程式。因為蔡萬麗要教我們背毛主席詩詞，我們就每天跑到蔡家門口坐著。搖頭晃腦，從「黃洋界上炮聲隆」背到「前頭捉了張輝贊」。背著背著，也背出了一片戰火紛飛、紅旗漫捲的壯烈和莫名其妙。

蔡萬麗用了蔡教授的方法整治我們。一天背一首，背不會，就到毛主席像下站著。「詩詞，他是個中國人都得會背幾首。根底不能在你們幾個野孩子手裡斷掉。」蔡萬麗這樣教訓我們。蔡萬麗這話還真沒說錯，我長大後，動不動就能寫一首歪詩，且寫得漫山紅遍，氣吞山河，都是得益於那二十七首毛主席詩詞打下的童子功。「江山如此多嬌，引無數英雄競折腰」，好一個雄性首領的宣戰書！

那時，蔡教授沒有數學書可看，一副走頭無路的樣子。我們背詩詞的時候，他就百無聊賴地轉來轉去。也許是被我們搖頭晃腦的樣子吸引，時不時還嘿嘿一笑。在我們被罰站的時候，他也能對我們產生一點同情心，趁蔡萬麗不注意，走過來胡亂提醒我們一句：「枯木朽株齊努力」、「長城內外，惟餘莽莽」。

幾次一來，我們就把蔡教授當好人看了。要是我們背得好，蔡萬麗就叫我們陪她爸爸打牌。小喇叭還是有點怕蔡教授，不想在蔡家待長，一會兒說：「小風、小竹子，我們去滾鐵環吧。」一會兒說：「小風、小竹子我們去騎自行車吧。」我也想走。但這時蔡萬麗叫我們去吃菜包子，她剛蒸好的。我們就擠進廚房去吃菜包子。蔡萬麗站在旁邊看我們吃，她蹬下身，小聲小氣地說：「小風、小竹子、小喇叭，我想請你們幫我一個忙。以後，我走了，你們還是要經常到我們家來玩，跟我爸打打牌。」我們吃著蔡萬麗的包子，當然就一個勁地點頭。蔡萬麗就許諾說：「到了農村，我寫信回來，講安無為的事給你們聽。」

一連二十七天，蔡萬麗不僅教會我們背毛主席詩詞，還訓練我們如何和蔡教授打牌，一副要把我們訓成文理雙全的架勢。到後來，我們再也不想背什麼詩詞了，只想玩牌。蔡教授也拍著撲克牌撩我們。蔡萬麗就說：「想玩牌了是吧？第一，要讓我爸把睡覺的問題解決了。覺一睡得好，牌就打得來勁。第二，你們三個小牌友爬上椅子，屁股底下要再墊上一個小杌凳，一人在八仙桌上占一面，我爸坐正東。第三，這玩牌就是玩數碼，我爸的數學腦袋停不下來，沒書摸就摸牌，一摸，新規則就出來了。跟我爸打牌，打法天天換，牌規由我爸隨時定。」

我們本來對打牌並不感興趣，不如在外面瘋跑過癮，只是相對背毛主席詩詞來說，打牌更有意思一點。但是，沒想到，一玩，就玩到了極致。蔡家這個被「掛起來」的死老虎，現在，用他那個設計機器人的大腦來對付撲克牌了。這恐怕是人那百分之二的特殊基因閒不住的表現。牌，給了我們青門里的蔡教授一條出路。凡牌，經他兩個指頭一摸，張張成精成怪，隨我們怎麼折騰也是輸。越輸越想扳回來。就玩上了。蔡教授打牌還當真，從沒有讓小孩子的意思，且不按成規打，一天發明一種新玩法。我們剛玩會，他就說：「老玩這種沒意思，重想一種新的。」每發明一種新打法，他就會說：「苟日新，日日新，又日新。」跟他打牌，新花樣像鞭炮，一個接一個炸出來，弄得我們興奮得要命。這才知道除了童話，這六十四張小卡片居然也能創造出如此精采的世界，讓人眼花撩亂。就像從空氣裡創造糧食一樣。原來還有那麼一個世界，就跟那詩詞裡說的世界似的，樣樣往大裡說，樣樣又都看不見摸不著。卻也可以因為一些人造的規矩變得很威嚴，就像真的一樣，萬花筒似的光怪陸離，戰地新花一樣泣鬼神動天地。它和童話不一樣，不是「善良」要戰勝「邪惡」，是誰大誰贏。不過，如何成為「大」是要會玩的。

榆錢和燕吟不知為什麼我們怎麼突然就從樹上消失了？後來聽說我們在背詩詞，不屑一顧。榆錢對燕吟說：「我們背個大的，讓她們瞧瞧怎麼樣？」燕吟忠厚，說：「好。背什麼呢？」榆錢說：「背《毛澤東選集》。」這個工程可是太巨大了。燕吟說：「背不下來呀。」榆錢就鼓勵他說：「光會背語錄、詩詞，那不算本事。學《毛選》就得把《毛選》背下來。」燕吟就背了《中國社會各階層的分析》。榆錢自己不背，天天檢查燕吟背下了多少，背錯了幾個字。

等燕吟終於把這篇二十來頁的長文背下來了，想到我們面前來炫耀的時候，我們已經在蔡家打牌打上癮了。榆錢和燕吟在外面大喊大叫，我們只是不出去。最後他倆自己上樓來了，也鑽進了蔡家。一進來，沒幾分鐘，把要向我們炫耀背《毛選》的事忘了，也加入了玩牌行列，並且，立刻瘋迷。從此天天上陣，不到蔡萬麗趕人不回家。蔡教授一玩上，也是停不下來的，他基本上是百戰百勝。越勝越鬥志高昂。偶爾，蔡教授要是輸了一回，小孩子就大呼小叫，蔡教授就會急得面紅耳赤，非得重玩一回，或者當場就把那種玩法給廢了，重發明新的，非要把小孩子算計了不可。

這一天，我們正在打一種新法子，叫「無主牌」。連「王」也放掉權力，沒有什麼「主」牌「次」牌，一切隨機，各人可以胡亂命一張雜牌為大，混戰一場。燕吟和榆錢都玩得十分來勁，頭上冒熱氣，站在凳子上，嘴裡叫著：「絕活，絕活。」這時樓下鑼鼓喧天，蔡萬麗胸前戴著大紅花，背上背著行李，手裡提著裝著臉盆的網兜，站在牌桌前，跟她爸爸告別。

蔡教授看看手裡的牌，往桌上一扣，說：「誰也不許動。我給萬麗送行，回來再玩。」萬麗說：「新蒸的包子在蒸鍋裡。糧證貼在米缸蓋子上了。」

伽伽背著行李，在樓下等蔡萬麗，胸前也戴著大紅花，書包裡藏著一本蘇聯小說《青年近衛軍》。他不要柳麗娜和貝貝送，就王教授一個人提著他的洗臉盆網兜跟在後面。我們一群人擁簇著他們，送他們上火車。走過老虎灶的時候，青山提著行李出來了。他拍拍伽伽說：「到了鄉下，我們釣魚。」

紅鳥從老虎灶追出來，硬塞給青山和伽伽一人五塊錢。她說：「我也要下農村的。我還是堅決要求下到你們縣，跟你們在一起。」伽伽說：「那你還給我們錢？留著自己用。」說著就要把錢還給紅鳥。紅鳥跑回老虎灶，站在臺階上，笑著向伽伽揮手。伽伽被人群擁著往前走，回過頭來說：「行，等你下來了我還你。」

青門里和剪子巷一下子少了許多年輕人。年輕、熱情、忠誠、快樂、善良、單純、輕信、無知、率性、野蠻……被一個領袖放在一個巨大的化學器皿中攪拌，攪拌，產生出無數個前所未有的化學效果。然後，器皿塞子一拔，年輕的熱流流出器皿：世界是你們的，你們各自走自己的，再沒人管你們了。

還惦記著他們的，除了他們的父母，就是蔡教授家這張牌桌上的人。貝貝在伽伽走後，也參加了進了。這牌桌成了信息中心。蔡教授在「掛起來」之後，開始食人間煙火。每天下午午覺過後，房門一開，讓小鬼自由進入。

蔡教授新近發明的玩法叫「紅桃劫」。誰拿到「紅桃」，誰就是拿到了「賣國賊」。誰就得想著法子把「賣國賊」吃了或送到對家去作亂。貝貝來了。貝貝說：「伽伽趕集的時候碰見萬麗了。萬麗說過年能回來。」我們小鬼就問起萬麗最近的信裡說沒說到安無為。蔡教授說：「好呀，萬麗說過年能回來。銀湖和無為兩個村子相隔六十里。中間隔一個金湖。」蔡教授說：「有哩。」說著又翻出萬麗的信給我們讀。萬麗在無為村辦小學了。安無為就在萬麗的小學裡。萬麗信裡還說到青山。都是一些青山幹的滑稽事：萬麗本來是叫青山教語文，她教數學。但青山把「邀請」讀作「激請」，「瑞雪」讀作「端雪」，「熊羆」讀作「熊罷」，還把「無傷大雅」寫成「無傷大牙」，最不像話的是，把「大辯論」寫成了「大便論」。所以，蔡萬麗罷了青山的教職，語文、數學就都是萬麗一個人教，從一年級教到四年級。青山就去開手扶拖拉機，駕著那個震天價響的大螞蚱東跑西顛，動不動還載著幾個孩子到銀湖村去找伽伽。

因為青山跑運輸，青山回來的次數最多。東奔西顛是他最喜歡做的事。他秋天的時候，給蔡教授捎回來一袋菱角，說是萬麗學生交的學費。蔡教授很喜歡，說女兒不錯，孝敬。菱角也香得很。夏天的時候，給蔡教授捎回來五把蒲扇，也說是學生交的學費。蔡教授也很高興，分給我們幾個打牌的小牌友一人一把，搧得牌兒東一張西一張。據青山說：安無為送給萬麗一隻小狗作學費。小狗名叫「家貴兒」。「家貴兒」的任務是看雞，不准雞到草窠子裡去下蛋。蛋，得下在窩裡。要是有雞犯了錯誤，「家貴兒」就會站在雞蛋落錯的地方「汪汪汪」叫，叫萬麗或青山去撿蛋。

從剪子巷回來以後，我覺得我已經長大了，我看見了一些我們青門里的文人父母沒有見到過的事情。他們生在富裕人家，並不知道平民是怎麼活的。青山帶回來的故事，又把我的想像力帶到了更遠的地方：

那裡有兩個湖，兩個村子。一個湖是銀色的，銀鏡一樣安靜，湖邊有一大片銀色的蘆葦，一蓬蓬銀髮隨風飄起，細腰細腿細聲細氣，把遠處的雞鳴狗叫聲一浪一浪牽過來，推到岸邊，摔到沙灘上。銀色的細沙，甲骨文一般神祕。那是伽伽的湖。還有一個湖是金色的，太陽落水，一團火在湖心裡燃燒，另一團火在天上燃燒，湖上游著一群野鴨子，羽毛也是金色的，像剛泡胖了的紅棗，在水面上搖晃。水天之間飛起一群小小的水鳥，兜了一個圈子就飛遠了，一把黑肚子白邊的「葵花籽兒」撒在藍天上，還有「嗑瓜籽」的聲音傳來，咯咯咯。

湖邊有一條細長的小路，彎彎曲曲通到不知什麼地方，路上遠遠走來一溜小人兒，搖搖晃晃，以各種各樣的姿勢在小路上使勁走著。走近了一看：是蔡萬麗牽著一溜小朋友，送他們回家。前面一隻「家貴兒」，旁邊一個安無為。

到第二年過年的時候，伽伽、青山、蔡萬麗坐一列火車回來了。在農村待了兩年，伽伽又紅又瘦，臉上只剩下一個大鼻子，像個胡蘿蔔，手裡提著一副豬耳朵。蔡萬麗穿著青山抄家革命時弄來的棉大衣，臃腫肮髒，頭髮亂得像雞窩。青山手裡提著兩袋鴨頭魚頭。一袋是他自己的，一袋是萬麗的。那是他們帶回來的年終分紅。「農村窮呀。」他們說，「這是一年勞作掙回來的東西。」

接著，我們牌就打不成了。孝敬懂事的蔡萬麗開始跟她爸爸吵架。她說：「您從來都不知糧食是怎麼變成米飯的。您吃『質數』、『素數』長大，有癮，戒不掉。叫您到無為村待一個月，您就不會嫌菜包子不好吃，您也不會看不起魏青山。」

蔡教授說：「清者自清。我是白教你了。你鄉下去了兩年，回來怎麼黑白不分了？一個滿口錯別字的保姆的兒子，也值得你獻身？。」

萬麗說：「您不懂。您知道在無為村，最時髦、最漂亮的圖畫是什麼？是小竹子和小風給安無為畫的美人魚。就那張上了色的兒童畫，安無為一家人還當了灶王爺一樣，煙火供著。我們是要在無為村扎根的，不會回青門里了。魏青山就是那裡最好的男人。您沒看見他前後保護我，我辦小學、種科學試驗田，哪樣都有青山的支持。」

蔡教授說：「就為這?!我把我的機器人借給你帶下去，你也嫁給它？」

萬麗說：「我最討厭您的等級思想。青山的好處，我們青門里的人沒有。人家能在最壞的環境下活出高高興興的日子來。您想玩牌，是買的；我們想玩牌，人家青山做。您想吃魚，也是買的，我們想吃魚，青山釣。您冬天冷了，生火爐，我們冷了，柴禾全是青山上山背。過這種日子，您能?還是跟您一類的文人能？」

蔡教授氣得鼻子冒煙：「你不考慮『種』的問題，我要考慮。我們蔡家還沒淪落到『昭君出塞』。就是出塞也得找個單于嫁，不能就跟了這麼一個二流子。」說著，三根殘指抓起一把筷子就在萬麗的頭上敲。萬麗就哭：「青山混，可不是二流子。紅衛兵來抄家的時候，多少撥紅衛兵都抄到青門里來了。青山也是個頭頭，人家就沒來過。就因為青門里的人對他好，不罵他還給過他吃。」蔡教授說：「他沒抄青門里，抄了別處。他就是個二流子。」萬麗還爭辯：「您找的二媽媽，我連見也沒見過，我都同意您。我找的人，從小就在青門里進出，能壞到哪裡去?怎麼您卻不同意。」

一句話，提醒了蔡教授。他二話不說，把呂阿姨喚來了，關起門來談話。不知他跟呂阿姨說了什麼，呂阿姨再出來的時候，人矮了一截，像犯了罪一樣。後來，老魏也來蔡家，手裡提著一瓶洋河大曲。不知是求親還是賠罪。蔡教授說一句，他點一下頭。最後，洋河大曲又原封不動提回來了。老魏氣哼哼地對呂阿姨說：「這個蔡先生，太不講理。自己生個雜種都可以，女兒談戀愛倒不讓。」呂阿姨說：「別說了。你看我家那個弒祖滅宗的渾球能配得上人家蔡家閨女?你用腦袋想一想就知道了。」老魏說：「我家青山長得不醜。」

過一個年，蔡教授沒停止吵鬧，動不動還罷飯。萬麗蒸了魚，人家不吃。萬麗下了水餃，人家也不吃。最後，以斷絕父女關係相威脅。蔡萬麗給他鬧得沒法想，沒過完年就和青山回鄉下去了。萬麗早早就走了，讓我們三個關心安無為的小姑娘非常難過。萬麗本來說：等過完年，書店開門了，要帶著我們一起去給安無為買一本小人書。結果書店還沒開門，她就給她爸爸罵走了。

伽伽沒走，過了年後也遲遲不走，動不動就到老虎灶坐著，跟紅鳥聊天。有一天，紅鳥叫我幫她扯毛線，她繞了一個大大的毛線團，讓我捧在手裡，自己坐在灶堂前，給伽伽織圍巾。毛線團在我手裡轉，小兔子一樣一跳一跳，活的。圍巾已經織得很長了。紅鳥要在伽伽走之前把圍巾織好。她把織好的一長條繞在自己的脖子上，紅色的。起頭處，夾了兩條黑槓。紅鳥問伽伽知不知道萬麗和青山的事。伽伽說：「萬麗和青山是最般配的。以前可能不般配，以後可能不般配，但是，現在是最般配的。萬麗有那麼一個社會關係複雜的爸爸，除了青山敢娶她，誰敢？蔡教授不知道是他自己不清不楚的家庭關係拿走了萬麗選擇的權利，還以為自己是高等動物呢。」

聽了伽伽的評論，我決定，下次玩牌的時候，要告訴蔡教授這個殘酷的事實。他那聰明懂事的女兒，從他試圖自殺那天起，就不再是金枝玉葉。青門里的女孩沒一個是。我們小一點的，天生就是爬牆上樹的命。蔡萬麗不過是比我們大一些，多吃了幾天斯文飯，沒趕上先學會爬牆上樹，就孤身一人走向廣闊天地了。

伽伽又勸紅鳥：不要再積極要求下鄉了。他說：「銀湖村哪裡是湖呀，那是汪洋大海，掉進去就是一粒沙。一個人，面對一片大海，只有它改造你的份兒，沒有你改造它的份兒。」紅鳥不懂，說：「你一個人力量太小，我要去了，我們力量就會大一些。初中畢業就在這裡賣水，我賣夠了。」伽伽說：「像你這樣，到了鄉下，掙的工分都不夠你活。還是賣水吧。」紅鳥就不說話了。「表現好」給她帶來的興奮已經讓時間沖淡了，紅鳥從來就不是重要人物。她自己知道除了心腸好，她沒別的本事。她相信伽伽。

伽伽也擠到老虎灶堂前面坐下，我坐在他倆中間，一隻手搭在紅鳥腿上，另一隻手搭在伽伽腿上。紅鳥往老虎灶口裡加木柴，把火燒得叮旺的。外面是灰濛濛的天，要下雪的樣子。紅鳥低著頭燒火，鼻尖上竟然掛著一滴汗水，火苗像怒菊一樣在灶堂裡奔竄，捲著瓣兒呼呼地燒。我把臉轉向老虎灶堂。那個灶堂像個小門，我窺見無數個精靈在菊花叢裡歡呼跳躍。赤裸的身體是陽光的顏色，胸前的佩掛叮叮噹噹響。這個小小的、溫暖的地方，就是一個被縮得很小很小的童話。溫暖。

伽伽不說話了，也看著灶堂裡的火，藍色的眼睛卻說著一種伽伽式的溫柔。過了半天，伽伽說：「這次我回去，把手風琴帶著。過節、趕廟會的時候給農民拉拉。農民的日子太苦。」紅鳥關心地問：「那裡沒人拿你當蘇修了吧？」伽伽說：「我不知道他們拿我當什麼。飯都沒得吃，還在乎那些。」

大家又不說話了，只有火兒上竄下跳，滿身都是桔紅色的小舌頭，一肚子熱氣兒燒得呼呼響，所有的勁兒都從小紅舌頭上吐出來。過了半天，伽伽又告訴紅鳥：金湖銀湖一帶過去鬧過「太平天國」。有一個八十多歲的老頭從多遠跑來看他，硬說他是傳教士。老人家說：他爹過去在翼王石達開府上行走，翼王府管張貼告示。他小時候學寫字兒，抄了一遍又一遍的貼兒就是從前家裡收的太平軍告示。小時候學的東西永世不忘。老人家隨口就吟誦了幾段：「上帝是爾爺，……今上帝命天王誅妖……救人，應速丟魔鬼，歸親爺。」「凡物皆天父所有，不需錢買。」「明日禮拜，各宜虔敬，不得怠慢。不到者，初次枷號七周，杖責一千。兩次不至，斬首示眾。」

伽伽側過身，在紅鳥耳邊小聲問：「你說這些話兒聽起來熟不熟？」紅鳥想了一想，點點頭。伽伽又繼續說：「那位老人家可是正宗的貧下中農，他愛怎麼說都沒事。老人家還跟我大談洪仁玕要停了『聖庫』均分制，讓人做買賣。老人家說：他知道共產黨搞的就是太平天國，農民喜歡。土地不夠用，要吃飯的人多，只好均分。共產黨也讀洋教士的書，他見過那幾個洋教士的畫像，一個叫馬克斯，一個叫列寧，大鬍子和小鬍子，生產隊隊部裡就有。」

紅鳥對這樣的言論非常吃驚。她說：「伽伽，這些話，你就只能對著這老虎灶堂說。說完，就給火吃了。不存在。」伽伽就點頭：「我知道這是反動話，也就在你這兒說說。」紅鳥就囑咐我：「小風，我們說的話，不准說出去，聽見了嗎？」話有裡外兩種說法，是我一遍又一遍從長者那裡得到的訓誡，我自然是永遠站在紅鳥伽伽一邊。只可惜我那時還是幼稚，沒到關心農民問題的時候，他們說的好些關於農民的話我都沒記住，只記得紅鳥問伽伽：「你說是農民苦還是知青苦？」伽伽說：「我原來覺得我們青門里出來的人是社會底層，最可憐。看了農民的生活，才知道：我們什麼也別抱怨了，我們至少衣足飯飽。就是在鄉下，我們還有城裡的父母寄錢寄物。但要說到『苦』，應當還是我們比農民更苦。不僅生活苦，這兒和這兒痛苦。」伽伽指指腦袋，指指心口，「因為我們還能感到不平，他們已經習慣了。」

紅鳥對伽伽十分欽佩。在伽伽走後，她拿出一本紅色的小冊子給我看，說：這是伽伽要她看的。書名叫《十月革命的道路》。她翻開一頁講中國工人在蘇聯鋼鐵廠實習的事，用手指著讀道：「……他們煉出來的鋼，是中蘇兩國煉鋼工人之間友誼的結晶。……一大捆一大捆不鏽鋼材，上面用中俄文寫著：『運往中國』……人類歷史上哪裡有過這樣偉大和深厚的友誼！」[1] 紅鳥合上書，「說翻臉就翻臉。現在卻只有仇恨了。蘇聯那麼遠，再恨也拿它沒辦法。全恨到伽伽身上來了。不公平。」我非常同意。伽伽關心的是中國。伽伽是中國人。

紅鳥還悄悄對我說：伽伽經常在她面前講反動話。在那樣一個奇怪的時代，關係的親

1 引自《十月革命的道路》（1958），北京：中國青年出版社，p.127。

疏和信任程度由敢說多少「反動話」（或真話）來顯示。伽伽說：其實，「窮」不是落後的原因；「窮」是落後的結果。土地改革是農民的理想，也可以是一種得民心的手段。現在，農民苦一年，交了公糧就沒多少給自己的了。在鄉下，中國農民不熱愛土地了，因為土地才均分給他們不幾天，又全給收回去，不是他們的了。「土改」騙了農民。

伽伽這樣評論農民的時候，全中國恐怕都不會有一個人想到：三、四十年後，農民工會像候鳥一樣在全國的大小城市到處跑，連地都不會種了。拿現在的農民工和伽伽時代的農民比，金湖銀湖那個時代的農民就算是很熱愛土地的了。他們沒讓大田荒掉，他們精心侍弄著一小塊自留地。

紅鳥對伽伽敢在她面前無話不說，非常高興。她不關心政治，也沒人要她參與政治。跟著伽伽狂熱了一回，要下農村，沒有結果，世界表揚了她幾次，又把她忘了。她的存在是因為老虎灶存在。人們只在一種情形下找她：老虎灶怎麼開門遲了？但是現在，她的存在有了一個新的意義：她成了一個小銀行。這個小銀行裡儲藏著另一個人的祕密，伽伽把他不能跟任何人講的祕密思想都存在她這兒了。她把銀行的保險櫃一鎖，誰也不知道伽伽的祕密。紅鳥對我說，她要攢錢，買一種湖藍色的毛線，給伽伽織件毛衣，配那條紅圍巾。柳麗娜有錢，卻不會織毛衣。柳麗娜不知道自己這個長在毛澤東時代的中國兒子是怎麼想的，伽伽從不跟柳麗娜談心，怕她不懂瞎操心。柳麗娜是外族人。

接下來，事情發生了一些重大變化。人人都說：要打仗了。世界分成了「敵」和「我」。青門里所有的父母都下農村了。包括自恃清高的蔡教授。這次，老先生不僅是要「食」人間煙火，而且還要「生產」人間煙火了。據說：蔡教授到了鄉下，先是叫他種水稻。他拿線從地頭一邊拉到另一邊，沿著線，插了一整天，插了一條綠線。農民婦女看不下去，嘻嘻哈哈叫他上了水田。蔡教授站在田埂上，啥也幹不了。婦女們就叫他唱插秧歌。藍天底下，蔡教授手往後一背，以給大學生上課的姿勢唱一首〈九九歌〉：「……七九河開，八九燕來，九九加一九，耕牛遍地走。」婦女們都說：好！老師聲音響亮。再叫唱，蔡教授是再也不唱了。他老人家自尊心上來了。

從此，蔡教授就被指派去放一隻老牛。每天，把那隻老牛牽下水庫，洗一個一絲不苟的乾淨澡，然後，就躺在草地上，看牛吃草。這時候，天高雲淡，遠處的小山呈等腰三角形，山坡上的草屋也呈等腰三角形，蔡教授嘴巴耷拉下來，也呈等腰三角形。他的腦袋裡就開始數碼走過，停都停不下來。有時候，突然跳起來，用黃泥在牛背上畫幾個奇奇怪怪的符號。後來，十多年後，在八〇年代，蔡教授設計製造了第二個機器人，比文革前製造的那個站都站不穩的大傢伙精巧多了，名字就叫「牛牛」。

青門里的父母走後，我們這些小鬼都長大了。或者脖子上掛了鑰匙，自己管自己。或者又回到保姆手裡。我們知道：父母下鄉是要打仗了。和誰打？不知道。我們被包圍在敵人之中。全世界只剩兩盞明燈：一盞叫「中國」，一盞叫「阿爾巴尼亞」。我們為這兩盞明燈高唱讚歌：中國是高山，阿爾巴尼亞是山鷹。高山屹立，山鷹翱翔。

萬歲，毛澤東，
萬歲，恩維爾霍查；
萬歲，光榮堅強的黨，
萬歲，中國阿爾巴尼亞。

那時候，「屹立」、「翱翔」、「山鷹」成了時髦詞彙。榆錢就著那歌詞，又造了一個讓老師目瞪口呆的句子：

中阿兩國人民像兩隻山鷹，
並肩屹立在馬列主義的大樹上。
翱翔，毛澤東，
翱翔，恩維爾霍查；
翱翔，光榮堅強的黨，
翱翔，中國阿爾巴尼亞。

為了幹世界革命，我們很牛氣，會說一句英語了。半夜裡，為了準備戰鬥，突然被學校拖出去拉練。我們的英語老師一路領著我們高呼：「Long live Chairman Mao!」（毛主席萬歲！）走進棲霞山，鑽進小叢林。這句英語，就是我們打進敵人心臟的導彈，黑夜因為我們的口號而張口結舌。時不時還有一聲尖利的哨子聲響起，大家立刻就地臥倒，裝作有飛機從頭頂飛過的樣子。有一次，我們走了一天一夜才回來，還有一次，我們走了一個月。那訓練就像黑猩猩訓練幼子。要打，要全民皆兵。要在叢林裡活，每個幼子都是好樣的。我們被告知：要打出一個新天地。

那時候，青門里的牛鬼蛇神已經不重要了，敵人跑到外國去了。只有呂阿姨還是忙，忙著照顧陳爺爺。榆錢奶奶中風死後，不久，陳爺爺也中風了。先還能扶著牆走動，後來，話不能說了，身子也不能動了，只有胳膊和眼睛還能工作。每天，老頭子靠在躺椅上讀讀報，最感興趣的就是報上的天氣預報，一遍一遍讀。

榆錢能聽懂一點他爺爺心思。榆錢告訴我：他爺爺只相信天氣預報想說真話。榆錢在我耳邊小聲說：「告訴你，小風，什麼都是假的。」那調子簡直就和剪子巷的魏八爺差不多。

那年榆錢十三歲。由這句話始，我也成了榆錢的小銀行，替他裝祕密。他給我看了一朵玫瑰花，紫紅色，花瓣一片一片圈著邊，中心的蕾兒帶點金黃，像噘起的小嘴。榆錢說：「這是油畫，是西洋畫法。不要告訴任何人，這是我從八爺的『黃書』上臨摹下來的。真的比這個還好看。我要當畫家。」

在我同意替他保密之後，他又告訴我另一個祕密：他已經掙了十一塊錢！全是從八爺那裡掙的。這讓我很吃驚。八爺哪裡會是輸錢的人？榆錢說：從剪子巷回來以後，他一直跟燕吟爸爸學書法和國畫。八爺叫他把所有燕吟爸爸寫壞了字、不要了的畫、扔掉的大標語、檢討書什麼的通通從廢紙簍裡撿回來。他跟榆錢做生意。一毛錢，二毛錢，三毛錢一張。

我不懂八爺要那些廢紙幹什麼。榆錢說這事不能告訴他爺爺，他爺爺會叫他把十一塊錢還給燕吟爸爸。榆錢說：「我得掙錢。你不懂。你是你爸你媽的寶貝女兒，我現在只有我爺爺。」

榆錢掙錢的事，我沒有告訴小竹子和小喇叭。但是榆錢自己又告訴了燕吟。燕吟就傻乎乎地幫榆錢作案，他爸字寫得好好的，他走過去一碰，就壞了一張。他爸才扔進廢紙簍，燕吟就撿出來交給榆錢。終於有一天，榆錢花掉了他的錢，買了一套真正的畫具：筆、畫夾、畫板和水彩。還剩下三塊錢，榆錢說：「我們去吃一頓好東西。」我們就決定去吃小籠包。在討論要不要帶上小竹子和小喇叭的時候，我們出了一點問題。不帶心裡不高興，我們從來都是一夥人，好事是要分享的。帶吧，榆錢的祕密就沒了。商量的結果是：還是不帶。但我們走著去夫子廟小籠包店，用省下來的汽車票錢，給她倆一人買一包話梅。我們來回走了三小時，那頓夫子廟小籠包是我們吃過的最佳美食，永遠沒忘。

陳爺爺在中風後，依然喜歡出來，要是天氣好，呂阿姨就把他推到太陽底下坐著，看我們玩，看榆錢畫寫生。那時候，剛下過雨就能看見彩虹。輕輕一道彩色的薄橋，跨度很好，色彩柔和，彎彎的希望之歌從天上唱到地下。小鬼們就會跑到陳爺爺身邊坐下，陳爺爺就會發出一些聲音，但再也不是童話和哲理了。是幾個單音字：「我和你」。老頭子還原成老嬰兒，在我們面前不停地玩弄著這幾個字：「我和你，我和你」。有時候，發走了調，成了：「不合理」。

那年冬天伽伽回來，在陳爺爺身邊坐了個把小時，陳爺爺也就只能反覆發出這種聲音。伽伽拉著他的手，不停地點頭，還說：「我們在鄉下都很好。青門里和剪子巷下去的知青互相照顧。安無為也已經長大了，蔡萬麗和青山開著手扶拖拉機帶她到我們銀湖村來玩過很多次。青山也常帶她去釣魚。我們告訴她：她是小風和小喇叭抱來青門里的，小竹子給她畫的美人魚。她有她父母給她起的名字，但我們還要叫她『安無為』，那的名字是您起的。」老頭子說：「我和你，我和你。」伽伽就說：「我的工分也能養活自己。今年年終分紅，我還分到了五塊錢。」老頭子又說：「我和你，我和你。」

伽伽過後對我們說：陳爺爺聽說他能自己養活自己，高興了。伽伽要求我們不要顯出聽不懂陳爺爺的樣子，他會發急。所以，我們和陳爺爺談話，一律都作出聽懂了的神情。

「我和你」本來也沒有什麼難懂的。陳爺爺什麼都能聽得見，什麼都能聽得懂。

我不知道為什麼一代英傑、一世才子到生命的最後階段，對生命的總結居然濃縮成這樣幾個字。這或許就是我們那2％的基因，在經歷了一次次厲難後發出的聲音。在陳爺爺去世的那天，我和榆錢在鼓樓大上坡處幫人推板車。這是學校老師布置的作業，叫：學雷鋒。

而那一天，正好有一顆中國製造成的人造衛星飛上了天。那顆小小的亮點兒，不幹別的事，會唱〈東方紅〉。於是家家戶戶的收音機都開著，聽那從宇宙傳來的聖音。因為陳爺爺癱瘓，榆錢又不在家，就有兩個好事的工宣隊，從有線廣播站接了一個大喇叭過來，一直通到陳爺爺的床頭，讓這個寫童話、寫劇本、翻譯尼采、研究歌德、讀杜威、懂康德、反日本法西斯、演「要民主、反獨裁」話劇的「西洋文學大師」聽著這首老農民的神曲，走進彼岸世界。不知是地獄還是天堂。

直到榆錢「學雷鋒」回來，才關了那「東方紅」。榆錢後來無數次提到這件事，他說：「我爺爺就要個安靜。到死都沒能得個安靜死。我那天就不該去推板車，學雷鋒。」

學什麼，茲事體大。跟「傳種」的問題一樣。有個當時的政治紅星叫門合，這位老兄是我知道的唯一一個可以拿「門窗」作姓氏的人，這位「門兄」說：「毛主席著作要天天讀，一天不讀問題多，兩天不讀走下坡，三天不讀沒法活。」我經常是「三天不讀」的人。所以時常擔心「活」還是「不活」的問題。這就是我們這代人的「To be or not to be.」

問題。

我們為啥好好的不能活出一個「我自己」來？非要把「我」和「你」都變成一個模樣？這事，後來，我也無數次地想過。黑猩猩的等級制，對異端、越規、犯上的容忍程度為零。我們如果還實行等級制，就也好不到哪裡去。叫人當一顆只有功能沒有思想的螺絲釘，從小就得學一個聽話的榜樣，叫「批量生產」。個體為了「群體」的利益存在，不到你強大到可以挑戰那個雄性首領，「聽話」是責任最小的活法。這是我們黑猩猩式的動物基因在玩把戲。這種責任最小的活法是有代價的，它允許權威抽掉人們對真理的感覺和尊重。讓「人」在所有方面都變成「非人」，譬如說：變成螺絲釘。當螺絲釘無非產生兩個結果：一個是法西斯，二是雷鋒。別以為個個當雷鋒，出來的就一定是好種。其實危險得很。「青年納粹」個個都是拿黨當母親的。因為機器的好壞不由機器零件決定，由那個開機器的「元首」決定。所以，有「聽話」的個體，是獨裁能實施的前題。這遊戲，在黑猩猩的政治中玩了百萬年，不是新鮮事。我們是人，應該可以玩出更好的。如果我們還愛玩這個，我們這個物種還沒進化好。

「聽話」教育，從古就有。因為我們這一代青門里小鬼長在一個自家直接權威（如父母、老師）缺失的時代，其實，我和榆錢這一代的「聽話」程度並不高，和我們的上輩比，和「皮旦」那些紅衛兵比，我們青門里這一群「野生動物」算是不聽話的。我們不稀罕傳統，也不稀罕世界。我們從小就看著「傳統」在我們眼前被砸爛。而權威是別人要我們崇拜的，我們崇拜著，卻並不跟他血肉相連。我們沒有見過那「江山」曾經在別人手裡是什麼樣子，我們對特務、復辟、千百萬人頭落地的擔心，常常像玩自己嚇自己的遊戲。我們情感充沛，跟著情感走。我承認，我們是危險的一代，因為，我們膽子太大，我們受的教育是：所有的過去都是今天的對立面。這樣，所有今天的事情都得我們自己去弄明白，而我們見過的指南針，動不動就出毛病。

我們青門里的上輩比我們博學多才；我們剪子巷的上輩比我們世故精明。他們以不同的方式對亂世不屑一顧。但要說到「聽話」，他們可是真聽話。他們的固執，實在值了「中國人」的稱號。有些東西並不是指示，也不是作業，當人們用著這個叫「漢語」的語言，吃著這口「白菜燉肉」的時候，他們就只會這樣判斷，不知不覺地聽從藏在這語言和肥肉後面的老習慣。所以，他們的故事真是精采，且章法分明，層次清楚。他們總是有章可循。

當蔡教授在自己只值個「臭老九」的年代，不識事務地把等級問題搬到了呂阿姨和老魏面前不久，蔡萬麗和魏青山就私自在安徽無為村結了婚。蔡教授自己在鄉下養著牛，聽到這個消息，突然就發了野性，把女兒的種種好處忘得一乾二淨不談，把自己的文人架子也忘得一乾二淨。蔡教授坐上長途車，顛簸八小時，直奔無為村，剪了女兒女婿的新被褥，還拿竹竿打破了魏青山的頭。所有的數碼知識都精確地用上。新被褥剪成正圓和橢圓，教你修都不好修。竹竿打在青山的後腦勺，疤好了還不至於破相。隨後，蔡教授又放了女兒家的雞，踏了女兒家的自留地。女兒家柴門上趴著一個圓眼睛的小女孩，張著肉肉的小厚嘴唇看熱鬧。蔡教授居然能對那個小女孩說：「劃清界線。你們老師不聽她爸爸話，你們全都要跟她劃清界線。」那個小女孩是安無為。瞪著眼睛，嘟著嘴，嚇得一句話也不敢說。

每一個人都有可能成為暴君。誰能想到那個運動剛來就想自殺的蔡教授，糟蹋起自己的最後一塊殖民地——女兒——時，能有這麼大的本事。一肚子的黑猩猩基因都放出來了。最後，蔡教授在無為村，鬧得自己形象大壞，帶著一個更讓他萬分沮喪的消息回到他的「牛牛」身邊。蔡家的金枝玉葉，已經給他懷上了一個土匪流氓的孫兒。蔡教授對女兒的暴政最後行施了一次，以失敗而終。女兒不聽話。

「種」，茲事體大

蔡教授的失敗並不是永久的。呂阿姨和老魏家的失敗才是永久的。大學恢復了，毛主席說：「理工科大學還是要辦的。」一大批工、農、兵學員等著蔡教授教他們方程式和矩陣。蔡教授從農村回來了。

而這時，文革中行過暴的「打、砸、搶」分子要被清查了。青山是一派的造反頭頭，

「打、砸、搶」證據俱在，叫「三種人」。光魏八爺的揭發信就寫了五頁紙。四姑娘之死是「皮旦」一派一手造成，但他魏青山也是領頭的，他跑不掉。

但是，他魏青山還是跑了。等專案組追到安徽無為，見到的只是一個臉膛黑紅，撩起衣服就能奶孩子的農村婦女，這個農村婦女叫蔡萬麗。蔡萬麗頭髮剪到耳朵根。兩個髮夾一個粉紅，一個墨綠。腿也粗了，腰也粗了，一副不修邊幅的樣子。她說：「為啥抓我家青山？那時候，出身好的誰閒著了？」專案組的說：「跑是跑不掉的，只能罪加一等。」

我在青門里見過青山，他就躲在我們早些年挖的防空洞裡。貝貝每天把柳麗娜做的羅宋湯、烤土豆往防空洞裡送。貝貝把青山當哥們兒，恨不能讓青山天天就待在洞裡，不要出去。但青山當了爸爸，心情不一樣了，老是想著到長江邊的碼頭上扛大包，掙點現錢，好寄回去給萬麗母子花。蔡教授是一分錢也不再給蔡萬麗了。

青山在洞裡躲了一陣子之後，自認為風聲鬆了，就時不時地想跑出去，不聽貝貝的勸告。有一次，貝貝叫我望風，自己堵在洞門口，不讓青山出去。貝貝說：「風聲沒有鬆。昨天還有人到青門里來查『皮旦』的打、砸、搶問題。」青山說：「他媽的，『皮旦』那派軍隊子弟，比我們『思想兵』狠多了。先把他們都給捉了，再來抓我，老子才服。」貝貝說：「『皮旦』早就進了部隊，上山下鄉也就掛了個名，誰能拿她怎麼樣。這江山是她老爸打下的。她那個防空洞是真正的安全地帶，地方上動不了她。你不能跟她比，你老爸是剪子巷的老魏，你沒那個安全洞，就在這裡湊合著待著。這一帶誰都認識你，一出去你就完。」

青山猶豫了一會兒說：「那你叫小風把我媽找來，我得跟她要點錢。萬麗一個人養不活兒子。她爸那個老東西，對自己女兒孫子就能這麼狠，不是人。」

這樣，呂阿姨就知道了青山的藏身之地。呂阿姨哭涕涕給青山錢，給青山送飯。不久，老魏就發現了。老魏一輩子都不敢做違反中央文件的事，一想到青山畏罪潛逃，他就嚇得要死，當晚就在洞裡和青山折騰了一夜，硬要帶青山去自首。鬧到天亮，青山也不去。「坦白從寬。」老魏就說：「你要不去，我就替你去了。不然你就等著全國通緝吧，看你能往哪兒逃。」青山說：「我進去就是死。」老魏說：「你媳婦兒子都是我們魏家人，你前腳去坦白，我後腳就把他們帶回剪子巷養。你不坦白才是死，魏八爺都不會放過你。你打老師、毀文物、燒古籍，就是在自己家天井裡，你還要殺老太爺、老太太，幾十號人都看見的。報應來了你躲不過。坦白從寬，才能有條活路。早天進去，早天出來。」

一個星期後，青山跟著老魏到局子裡投案自首了。青山被判了二十年。

老魏一下傻了，算算青山到出來就要奔五十去了，心裡又氣又傷心。加上呂阿姨哭哭涕涕抱怨他，沒完沒了。老魏短短的頭髮一下子就全白了，和呂阿姨吵架也吼不起來了。後來，他一個人跑到安徽無為，把孫子抱回來養。去了一趟無為，心情好了一點，回來對呂阿姨說：「蔡家的閨女真是好，知書懂禮，能吃苦，配我們青山是屈了。人家說：不改嫁，就在鄉下教孩子，等到四十歲也等，等到五十歲也等。」呂阿姨說：「我們對不起蔡家。」

以後，那個剛會走路、說話的小孫子就由呂阿姨和老魏養在剪子巷了。呂阿姨到青門里上班，這個黑不溜丟的小傢伙就跟著來。要拉屎，必定要拉在草窠子裡，放在抽水馬桶或者痰盂上坐著，人家就拉不出來。

有一次，蔡教授穿得西裝筆挺去給工農兵學員上課，一腳踩在一泡屎上。那就是他家外孫拉的。那天，蔡教授走到哪兒臭到哪兒，回家還嘀咕：「這麼小的人，拉這麼臭的屎，都吃了些什麼？連屎拉出來都不像蔡家的，篡了味兒。」

第二天，蔡教授給了外孫一個大蘋果。搖搖頭，又拍拍外孫的頭，自言自語道：「你，真是改造好的知識分子。為啥要把知識分子改造成農民？我們不知道。」這個「你」不知是指外孫、蔡萬麗，還是他自己。

在老魏和呂阿姨一心一意帶孫子的時候，他們犯了一個錯誤：他們完全忽視了紅鳥和她的老虎灶。紅鳥早就織完了那件湖藍色的毛衣，那毛衣的袖口已經被伽伽磨出了兩個洞。且早已被紅鳥用織圍巾剩下的黑毛線補好了。而紅鳥裝伽伽祕密的「銀行」裡，已經從太平天國裝到了《聯共（布）黨史》。伽伽的「反動話」也從公社書記腐敗，說到了「要言論自由」。伽伽告訴紅鳥：列寧在一九一七年說過：「全社會要變成一個大辦公室，一個大工廠，平等工作，平等分配。」[2]可到了一九三七，托洛斯基卻說：「如果一個國家只有政府這一個老闆，反對它就意味著慢慢餓死，那麼，過去『不勞動者不得食』的原則，就會被『不服從者不得食』這個新原則代替。」[3]伽伽很為這些政治問題苦惱。他甚至說：有一天，他得到蘇聯去看看，還要到美國去看看，看看資本主義和社會主義到底為什麼吵。紅鳥並不關心政治，她只關心伽伽。伽伽想不通的問題，她也想不通。她不會和伽伽討論問題，但她記憶力非常好，伽伽對她說的話，她全能記住。伽伽提到的書，有時候說過就忘記了，就問紅鳥：「我上次跟你提到那本蘇聯小說叫什麼名字來著？裡面講到老幹部腐敗的。」紅鳥說：「叫《為什麼》吧？」

伽伽放棄了「改天換地」的理想，病退回到城裡。在農村七年，伽伽從一開始挑糞，手托著扁擔走路還兩邊搖晃，到後來，農民挑多少，他挑多少，走起路來腳下生風。從一開始堅決不肯上茅房，到後來，草窠子裡也能解決問題。但是什麼都是有代價的，換來在鄉下生存的本事，伽伽得了胃病、肝病和關節炎。伽伽回城後，並沒有多高興，人也沮喪得很。不過他和紅鳥倒有很多很多時間坐在老虎灶前聊天，看火。有時候，老虎灶關了門，他們倆就什麼也不說，坐在老虎灶堂前看火，看紅鳥手裡的毛線織物一點一點長大。任外面天黑颳風，一看就是個把小時。也不知從什麼時候起，在這些夜晚，伽伽就一直摟

2 引自列寧（1917），《國家與革命》。
3 引自托洛斯基（1937），《革命的被判：蘇聯是什麼，將到哪裡去》。

著紅鳥，紅鳥也一直依偎著伽伽。伽伽把他在鄉下的經歷一點一點講給紅鳥聽，在一個被遺忘的角落，生出一些小小的自由和快樂。

白天，老虎灶人多的時候，伽伽就在家裡寫詩、寫情書，然後，叫我，或者小竹子，小喇叭送給紅鳥，不准我們看。我們仨都是伽伽忠實的郵遞員。有時，紅鳥也會指派我們去找伽伽要。她說：「別問伽伽信寫好了沒有，就到他那裡替我看看他在幹什麼。」我是跑得最勤快的，動不動就站在伽伽面前晃來晃去，伽伽立刻就知道我的來意。我總是會帶著張紙片回去。紅鳥非常喜歡那些紙片。總是跑到灶堂後面，一個人悄悄看。有一天，她對我說：「我知道一個人，叫『普希金』。他就是伽伽，對不對？」我說：「不對。」她又說：「你從前為什麼說伽伽是國王，是安無為的爸爸？」我說：「那是我編的童話。」紅鳥就笑：「這是我編的童話。伽伽是大詩人。」

有一次，我要看伽伽寫的紙片，紅鳥不讓。我說：「我才不要看呢，不稀罕。」紅鳥反倒忙起來，折來折去，露出了一封信裡的幾句，給我看：「這是一塊先天不足的土地，沒有老祖宗告訴我：『人生而平等』。就是太平天國搞『均貧富』，均的也只是錢財。有很多機會讓我想變成一隻狼。但是我沒有，因為你是一隻鳥。」青門里的人終是不會裝模作樣，伽伽的情書直話直說。愛情這東西，只要健康就好。紅鳥低下頭，看著圍裙上那隻笨鳥笑。那樣的時刻，她低下去的眼光就帶花香，扇形的長睫毛一撲閃，給笨鳥吹一口仙氣。

終於有一天，老魏發現：天塌下來了。

那天紅鳥帶著我一塊回剪子巷，她說：「有你陪，我爸不會發威風。他要面子。」她還說：「我媽，我不怕。她知道伽伽好。我害怕我爸，又倔又不講理。」

紅鳥先把老魏換下來的髒衣服洗了，又洗菜煮飯，還端了一碗綠豆湯過去。老魏心情正好，坐在堂屋裡聽收音機，紅鳥就說：「我今晚要和伽伽看電影。」老魏沒介意，跟著收音機唱：「看你還能活幾天……」

這時紅鳥說了：「我要和伽伽結婚！」

老魏突然關掉收音機，眼睛瞪得滾圓，然後連說了五個：「什麼?!」在老魏眼裡，紅鳥從來就不是家庭問題。從小到大，給他惹事生非的就是青山。突然間，紅鳥抱一顆原子彈回家來了，導火線一拉，剪子巷就能炸飛了，還有核輻射，要輻射子孫萬代。老魏腦袋裡的第一個形象是：一個大鼻子、黃頭髮的外孫坐在剪子巷大家庭的大年三十團圓飯桌上。老魏嚇，怕，氣。原來姑娘二十六歲了。

老魏說：「不行。絕對不行。你還讓不讓你老爸老媽在剪子巷活？」紅鳥說：「伽伽是中國人。他不是也下鄉插隊七、八年？」老魏說：「不行，絕對不行。你還嫌你哥沒把我們氣死？」紅鳥說：「伽伽心好。你問我媽，伽伽是不是青門里最好的知青。」

一提青門里，老魏立刻就想到柳麗娜，他吼起來：「伽伽再好也沒用。種不同！」一提到「種」，老魏開始氣得發抖：「你就是一個瘸子，也不能生出一個篡種！」

紅鳥吃一驚，哭著跑回老虎灶去了。

那天晚上，呂阿姨一回來，老魏就罵人：「我叫你把北門橋的那個啞巴應下，給紅鳥，你就是不同意。現在閨女和伽伽相好啦，都跟我提要結婚了。」

呂阿姨一聽，也大吃一驚。臉上的表情像迷了路，不知是幫女兒還是幫老魏。伽伽是她看著長大的，她不是不喜歡伽伽，但是讓紅鳥和伽伽結婚生子，生幾個與眾不同的外孫，這是呂阿姨不能想像的。老魏開始踢門，摔東西。呂阿姨小心翼翼地說：「紅鳥腿殘，不能到處跑，找合適的不容易。不要……。」

老魏打斷呂阿姨：「你以為伽伽是個健全人？健全人能看中你女兒？伽伽也是殘疾人，不比那個啞巴好。啞巴殘還看不出來，你看看伽伽那個大鼻子，那個黃頭髮，還有一身白皮，都殘在臉上。這事比青山娶蔡家姑娘要壞百倍。青山還送了一個魏家的種回來。你能，還是你敢抱一個大鼻子外孫回剪子巷來？我情願沒有外孫也不能要一個大鼻子的。啞巴殘，好歹還能在醬菜廠做事，伽伽，一個病退知青，待分配，工作都沒有。他們結婚能活下來嘛？紅鳥跟她哥一樣渾，她不想，你也不想？就是讓她當了人家王家的媳婦，她怎麼和那洋婆婆處？柳麗娜大冬天的還穿著裙子，腿白得像退了毛的豬，我看見她就發毛，話都不敢跟她講。你能想：她是我們的親家？別說以後過年過節怎麼辦，就是結婚那桌酒，我們剪子巷的親戚誰能和她同桌？面子上都過不去。那王教授篡了他王家的種，又要來篡我們老魏家的。作孽。」

這下呂阿姨沒話可說了。在老魏的催逼下，呂阿姨抱著一瓶紅酒到柳麗娜和王教授家去了。老魏自己是不敢去那個「外國人」家的，就坐在青門里巷口紅鳥的老虎灶的臺階上等。紅鳥一邊燒火一邊哭，老魏不看她也不理她。

呂阿姨從王家出來的時候像犯了罪，手裡的紅酒沒了。

幾天後，我再去找伽伽的時候，伽伽什麼也不寫了，抱著頭，躺在床上，腿翹著，眼睛看著天花板。那天，王家得了一個好消息：伽伽有工作了。他被分到了豆腐廠。

王教授把我叫到他的書房，詳詳細細問了伽伽和紅鳥故事的始末。然後自己寫了一張條子，叫我交給紅鳥。這張條子紅鳥看完後，給我看了，她自己一句話不說，坐在灶堂後面流淚。那條子上寫著：「聽你父母話。我替伽伽向你道歉。」

後來，連王教授也矮了一截。他娶了柳麗娜就是與眾不同。蘇聯一修，「政治」從國家關係潛入了他小心謹慎的神經。魏家的擔心和反對，他理解。這是他兒子的命。王教授自己平時小心處事，能躲則躲，憑本事吃飯，沒有禁教授的跋扈。老魏家不接受他兒子，他是無能為力的。「種」和「政治」都是比愛情大的概念。

一日碰見我爸和小竹子爸爸在青門里大門口聊天，王教授也插進來，唉聲嘆氣，說：「沈先生，你是搞中國歷史的，蘇先生，你是搞生物進化的，我有個問題想請教一下：過去皇帝『和親』，用『通婚』，是如何把那夷蠻土番都通成大漢的？」小竹子爸爸不知詳細，推推眼鏡說：「王先生研究歷史啦？『和親』從漢代始。漢太祖搞『和親』是被逼的，匈奴打他、圍他，把他困在平城，不得已搞了『和親』。中國對外族是『恩威並施』。打得過時打，打不過時和。」

我爸說：「從進化論的角度看，遠親婚配是好的。雌性靈長目動物會冒險遷徙出族群，尋找外族雄性交配。牠們的後代會更健康。但是，雄性靈長目動物總有欲望將自己的遺傳密碼多多地傳下去。所以，為了當首號雄性，雄性動物常常要血併一場。要麼有一切，要麼一個沒有。有一切的，勝者為王，占有雌性越多越好，種可以傳得又多又廣。你看那皇帝，嬪妃成群，也沒嫌多；而嬪妃若略有逾越，就要打入冷宮。可一個下層雄性，常常連配偶都沒有。要叫我看，皇帝那種剝削階級的生活，過得其實就跟黑猩猩差不多。舊社會的三房四妾，也是動物在叢林裡的過法。我們中國五十年的工夫，把這些都廢了，很了不起。」

不知這些話對王教授的問題有何幫助。反正，他家伽伽是一個連一個媳婦也娶不上的童話裡的國王。我七歲時封的「國王」。按照我爸的理論，伽伽其實是一個戰敗了的下層雄性。戰勝他的是「剪子巷」。把人用各種各樣的方法分為上、下層，原來是從我們動物祖宗基因裡傳下來的劣根性。那時候，全中國都在批判孔子，說孔子要倒退回原始社會。就連剪子巷的八爺八嬸子也在批。我對孔子也充滿了怨氣，這位老先生講了一大堆如何當好兒好女，怎麼就不講講「一夫一妻制」？也不講講「人生而平等」？後來，全國又突然轉到了批江青，說她想當「母后」。「邪惡」浮出水面，蒼蠅一樣停在一個人頭上，一拍子下去，形勢大好，問題清楚了。只是因為轉得太快，在一次居民委員會組織的批判大會上，八嬸子糊塗了，說出了一個她的大恐懼：林彪孔老二要「克己復禮」，是不是要讓猿猴中的女同志來管家？她說：「那不是要把家管得亂七八糟的呀？」那個「猿猴中的女同志」就是江青。在那次批判大會之後，剪子巷的人都說：江青想當母后是白日做夢。我們這麼多年窮、亂、互相打，原來都是因為這個母猿猴在作怪呀！

伽伽在豆腐廠工作一年之後，自殺。這事發生在江青這個母猿猴和另外三個公猿猴下臺之後。除了青門里的人和紅鳥，伽伽的自殺不被理解。因為他自殺前一天剛被提升為磨豆車間的車間主任，手下管十一個人。而「平反」是當時的時髦詞兒。

紅鳥很快成了大齡女青年，在被逼見了一個又一個殘疾人之後，依然獨身。人在這點上和黑猩猩又不同了。對黑猩猩來講，養一個後代是五、六年的投資，雄黑猩猩專愛找老的。生過幾個健康後代的（帶油瓶的）成年雌黑猩猩尤其當紅，她們的健康「油瓶」是她們最有性吸引力的廣告。我們人的聰明勁用到排等級和權衡利益上去了，女人一過二十八就沒人要了，更不要說一個瘸腿女人。為了捍衛一個「剪子巷」式的大一統，老魏「情願沒有外孫也不能要一個大鼻子的」理想徹底實現了。

又是幾年之後，紅鳥不開老虎灶了，開了一個小店賣鞋，店面就在以前的老虎灶。那時候，我已經上大學，放假回來動不動就去坐坐。那一天來了一個漂亮媽媽，手裡抱一個小嬰兒。先是看鞋，後來，突然對紅鳥說：想打聽個人，叫王伽伽，她的中學老同學。

這個漂亮媽媽是「皮旦」，從部隊退役後在市城建局當處長。不僅如此，八爺那個叫她得不孕症的陰謀也明著破了產，人家手裡的小娃娃咧著嘴笑呢。那次，我沒有跟她打招呼，我對她是有怨恨的。她至少應該和青山一樣承擔罪責。她和紅鳥對面站著，談伽伽。紅鳥說：伽伽到死都沒有去過俄國，卻被當作「蘇聯修正主義」。又說：伽伽死後，柳麗娜和王教授一下子都倆傻了一節。在高考恢復之後，貝貝上了大學，王家的重活都是紅鳥去照料。做不動的，老魏就會指派自己的徒弟去幫忙。「皮旦」沒說什麼話，只是點頭或搖頭。那種對話讓我明顯感到「皮旦」的內心要比紅鳥複雜多了。好在「皮旦」並沒有忘記伽伽。

紅鳥當然知道這個女人是「皮旦」，不過，我們倆都沒提「皮旦」殺王家的兔子「蘑菇」和「雪球」的事。伽伽都死了，兔子就陪著伽伽吧。不過，在「皮旦」走後，紅鳥告訴我一個伽伽插隊時的故事：伽伽在銀湖養過兩頭「革命豬」。經過調查研究，伽伽選中了一種據說生長極快的洋豬種，每天下地前、回家後都要餵食，夜裡還加餐。後來在伽伽的「精心餵養」下，這兩頭豬變成了豬精。個頭不長，一直保持三十多斤，但奔跑速度極快，渾身是肌肉，整天在生產隊的稻田裡亂闖，甚至跑到其他生產隊闖禍，成了遠近聞名的「革命豬」，沒到過年，就被殺了。

第六章：剪子巷和青門里都沒有了

×年×月×日：

惠樂的新情人是一個上層母博諾波猿，正在腫脹期。牠公開在太陽底下自慰，她的同類沒有一個拿這種行為當回事，沒一個露出吃驚的神情。惠樂向陽光下情人那兩瓣腫得又紅又亮的「大桔子」走過去，並且把牠自己的性器上下抖動，那傢伙又長又硬又尖，長劍一般，抖動時很性感。惠樂肩上還扛著一個小的，手裡抱著一棒薑葉。腫脹期的母博諾波猿是要控制食物的。惠樂的情人一把奪過惠樂手裡的薑葉，惠樂要一回給一些，一邊做愛一邊發給惠樂吃。把「食」和「色」當作天性的中國哲學在這裡找到了根。

做愛時，惠樂肩上的小傢伙就爬到惠樂的屁股上，頭朝下看。想搞清楚這兩位長者的快樂源泉。讓小的窺視異性間的隱私，是惠樂的樂趣。情人的女朋友正在睡覺，聽見別人快樂的聲音就突然醒了，也過來幫忙，惠樂允許第二者在牠正幹著好事的時候插進來同時調戲牠們倆。

我們認為：人和黑猩猩和博諾波猿的區別不是「使用工具」也不是「建立社會」，雖然人製造的工具和建立的社會比這些類人猿複雜得多，但這些不同只是水平高低不同。黑猩猩昆奇四歲時就學會把兩節竹子套起來，打樹上的香蕉吃；惠樂動不動就用石器砸堅果吃。

我們覺得，人和動物親戚的區別是：人穿衣服，黑猩猩和博諾波猿不穿。穿不穿，這不是表面上的區別，是實質上的。其實質是：人的社會是由無數個核心家庭組成，而黑猩猩和博諾波猿的社會就是一個大家庭。一夫多妻或群婚標志動物社會。這樣的不同使羞恥感和私密感成了人和動物的主要區別。黑猩猩只在一種情況下躲起來做愛，即：首領雄性嫉妒。博諾波猿則公開用「性」熨平社會衝突。無論是昆奇還是惠樂，牠們都在大家庭眼前公開性器，公開做愛。羞恥感和私密感在牠們的社會中不存在。性，不引起社會不安寧。

但人必須穿衣服。因為核心家庭以外的性引起社會不安寧。遵了這個規則，我們稱自己「文明」。核心家庭讓「性」分配平等，減少了雄性因性焦躁而引起爭端。想要這個好處，人只好接受規矩。多妻和無私密的性事暴露是返祖現象。可悲的是人經常返祖，並且，在性問題上不可控制地返祖。因為，性器有自己的意志。能有羞恥感就算是文明人了。

摘自《科安農——蘇邨風觀察日誌》

換了一架馬車

榆錢二十二歲的時候，去見了他媽。那時候，「右派」被還原成了人。陳爺爺被重新肯定為「大師」。當年往陳爺爺頭上倒墨汁，並參與了「陳爺爺詐死事件」的周丕良，提著哈密瓜來跟榆錢談心，希望榆錢不記那些非常時期的荒唐，替他說句好話。他在申請入黨。因為那點舊事，兩次沒通過。榆錢沒理他。但他來了三次，次次都是痛心疾首的神情。榆錢繼承了青門里人的寬容，在周氏第三次登門之後，他手一揮，說：「你也別再來了，我自己也不是好人。你要叫我說原諒，我這就可以說。你要這句話入黨，你這就拿了去。以後好好過，比什麼都好。」

榆錢提著周丕良送來的哈密瓜給陳爺爺上了一次墳，那哈密瓜被他一切兩半，仰面朝天，在陳爺爺的墓碑前咧著大嘴發出兩聲清脆的大笑，淡綠色的。榆錢的心情也是淡綠色的，他說：「平了。」然後，就去看他媽，走的時候並不感覺自己是個兒子。他感覺是去見一個多年在紙上談心結成的朋友。那個「抽象的媽媽」沒有抱他親他，沒有給他做過飯，沒有給他縫過衣服，但一年又一年，非常耐心地聽榆錢講一些大大小小的故事，並時不時地對這些故事發表評論。這樣的角色不是朋友是什麼？要說親，這媽還沒有呂阿姨親。

榆錢是我們一群小鬼中最早長成大人的。陳爺爺死後，榆錢就沒有繼續上學，他十五歲進了「草紙廠」，要不是呂阿姨照顧，他恐怕連家的感覺都沒了。因為他進廠時年齡小，先幹了兩年「撕紙工」。在幹這個工作的時候，我們青門里的這個不撒謊的大男孩兒榆錢行了「偷」。魏八爺是教唆犯，他和榆錢的書畫黑市生意一直悄悄做到榆錢見他媽。

榆錢進廠的時候，是「草紙廠」的黃金時代。許許多多古書舊畫被定性為「廢紙」，堆得像小山一樣，等待被扔進攪拌機，重新還原成紙漿，然後製成最不值錢的「屁股紙」，再以最實用的形式回到人類社會來。「撕書」是撕紙工的第一道工作。榆錢每天要把無數本書撕開，撕碎。這是一個痛苦的工作。榆錢愛書、愛畫。他那時已經不再爬樹上牆，一下班就到燕吟爸爸那裡去學畫國畫、畫仕女、學書法。榆錢幾筆就能勾出一張仕女圖。燕吟爸爸還把在我小時候他畫下的速描草圖給榆錢照著畫「仕女撫琴」上的小琴童。文人愛紙惜字的稟性，隨著筆墨一點一點流進了榆錢的血液裡。但一上班，幹的正好相反，好書廢紙全攪一起，統統破壞掉。榆錢心裡不爽。每見到好書，就坐在屁股底下，盡量延長它們的壽命。後來，八爺說：偷書不為偷。八爺說：有值點錢的書，攬了做草紙，可惜。一毛錢一本，他全買。這叫：「玩骨董」。榆錢和八爺的生意就這麼做大發了。榆錢就這麼玩起了「偷」。「偷」工廠的東西，和撿燕吟爸爸扔進廢紙簍裡的東西還不一樣，有危險，還有心理壓力，得有楊子榮的機智和承受力。但是，榆錢也由此學會了一種奇怪的思維方式：萬事反著想。譬如，他說：「偷那些笨蛋的東西，不叫偷，叫為他們好。」榆錢說的「那些笨蛋」是草紙廠的廠長、書記。「為他們好」，按榆錢的理論：是替他們積德。拿明清某畫家的畫擦屁股，缺德不缺德？

榆錢把他的祕密存到我這個「銀行」來的時候，我很是犯糊塗：怎麼能有這樣的地方，居然連「偷」這樣千古定論的壞德性，也成了正當行為？榆錢說的理由不正當嗎？正當呀。動亂，動亂，世界原來亂了。亂在最基本處，亂在該用什麼擦屁股這樣最基本的地方。撒謊和偷竊，在一個亂了的世界上，居然也不能定義為「壞品行」了。榆錢明明能感到撒謊偷竊羞恥，還要這麼幹，並且把燕吟也拉下了水。有一次，他碰到一本大的硬殼畫書，好看呀。可太大，折不能折，卷不能卷，帶出廠子不方便。榆錢就把燕吟叫去，裝作陪他加班，等人都走了，他把大硬殼畫書從屁股底下的書堆裡一抽，塞在前胸，使勁拉拉衣服，再把前胸緊貼著燕吟的後背，兩臂交叉抱起，搭在燕吟的肩上。指揮燕吟也兩臂交叉抱在胸前，嘴裡說：「轟隆隆，轟隆隆」，作開火車狀，走出廠子。到門口，看廠子的門衛老頭非常奇怪地盯著他倆看。榆錢就嘻皮笑臉地說：「我家大弟弟長不大，要玩開火車。」門衛老頭看著這兩個前胸貼後背的傢伙，一臉懷疑。兩個人就都把雙手舉起，一邊往前走，一邊用一副清白無辜的聲音作火車放汽聲：「呼——撲吃吃。」

大書偷出來後，兩人翻看半天，還把我也叫去看了。那本書，八爺給了三毛錢！但是，勝利的喜悅很快就沒了，剩下的就是犯罪感。燕吟的心理承受能力遠沒有達到楊子榮水平，說：「這事下次不幹了，太危險。我情願到垃圾箱裡給你找寶物。」榆錢就找理由給他自己和燕吟壯膽，說：「我們這就是在垃圾箱裡找寶物呀。這書要不然就變成屁股紙啦。」燕吟就傻了。兩眼裡一副精神分裂的表情。

唉，這是給亂世逼出來的人格分裂。分在「為人」原則的最基層。累呀。

榆錢終於用這些一毛一毛的錢兒給他媽買了一條圍巾。那圍巾是我和他一起去買的。看著榆錢一張一張數著一大疊從八爺那裡換來的一毛錢，我有一種「經濟犯罪」感。榆錢也不坦然，一邊數，一邊東張西望，怕碰見熟人，畢竟那是在用偷來的東西換禮物。榆錢總算把這些錢數完了，一疊來路有問題的錢，換成了一條藍白相兼的羊毛圍巾。我們倆的心都踏實了。

很多年以後，榆錢隨我來到美國。畫家到美國，英語不會，畫法不被接受，榆錢只好給一家中國人開的旅行社開麵包車。有一次，他晚上回來，告訴我，他的一個客人，是山東某地的地方官，在免稅店當眾解開褲子，東一處，西一處，掏出一大堆錢，買了一塊五萬美元的鑽石錶，然後，一臉輕鬆。榆錢非常肯定地說：「那是黑錢。我知道。」那天，我學到了一個新詞：「洗錢」。也是那天，我又想到了榆錢的那一大疊一毛錢。當然，這兩件事不可比，但「洗錢」卻是一個適合兩種行為的概念。也許，就是從那個亂世起，我們搞亂了最基本的價值觀念，打破了青門里的價值框架（不撒謊），也打破了剪子巷的價值框架（不偷淘米水），把最簡單的是和非全攪一塊了。不管好事壞事，都得用一些非法手段才能辦成。這是最奇怪的人類社會。

榆錢的「偷」本不該發生，而那一把五萬美元的「洗錢」卻是沒了框架的必然。當我們的革命家們想用暴力消滅「人欲」的時候，「人欲」卻歪曲著長大了。

當榆錢拿著那條乾乾淨淨的圍巾去見他媽的時候，他媽並不認識他。他媽拿著一張榆錢的照片在火車站臺上等他。十八年沒見面的兒子，拿著一條一毛錢一毛錢換來的圍巾來看她，這個如同朋友的母親在大哭一場之後，一切都欲說還休了。兒子已經長大了，好壞都是他了。她說：「兒子，你一定要上大學。」榆錢自負地說：「我的水平比大學生高。燕吟父親說我是他最有希望的弟子。」他媽說：「不一樣，你不僅要跟一個名人，你還要受一種薰陶。你還沒見過藝術世界是怎樣的呢。」榆錢的母親原來是個話劇演員。二十年右派一當，嫁了一個當地農民，又生了兩個鄉下女兒。回到劇團，只能管管道具了。

榆錢是在看完他媽回來後，和我談訂婚的事的。榆錢先寫了一封信，信裡說：「小風，我們從小一起長大，經歷了很多風風雨雨。你看能不能跟我結成比革命同志關係更進一步的關係。」信交到我手上的時候，榆錢說：「你挖了一個坑，我把我爸倒進臭尿裡埋了。我們倆都不是好東西。這也是緣分，你不嫁給我嫁給誰？」榆錢一說，我信還沒看，就立刻答應和他「結成比同志關係更進一步的關係」，只當就像小時候他叫我玩「結婚」遊戲一樣。只是，我說：「你去告訴燕吟，別叫我去說。我小時候先答應他的。」榆錢哈哈大笑：「未成年時許的約，不負法律責任。」

青門里長大的野孩子，沒一個是林妹妹，焦大倒是有幾個。我不知道怎麼扭捏，怎麼裝清純，也不知道怎麼把嗓子捏起來，頭歪著，用害羞的聲音說話。反正後來電視劇裡看到的，女孩子面對求愛的神情，我都沒有做出來。唉，叢林裡哪能長出「閨秀」和「淑女」呢？不僅如此，人家愛情故事裡女孩子對男孩子的猜疑和暗示，完全被我省略；給男孩子的一次次試探和考驗，我也一個沒做。我口一張就說了「同意」。青門里終是沒教會我：折騰人。榆錢說：「你就是漂亮。」然後專門上了一趟街，在小地攤上買了兩匹小小的玻璃馬，一匹黑，一匹白。我拿一匹，他拿一匹，我們倆就定了婚。這兩匹馬，像虎符，他一半，我一半。把陳爺爺在我們幹過壞事後講的「白馬黑馬」故事一分兩半，「愛情」就定下了。所有的人都對我們說：「青梅竹馬，青梅竹馬。」燕吟也這麼說。小竹子和小喇叭也說：「青門里就成了你們這一對。你們是最好的。青梅竹馬。」

那時候的流行詞語當然不是「白馬」、「黑馬」，這兩匹馬是靈魂裡的兩個生靈，還要有個馭手才能跑車。我和榆錢稀裡糊塗地跟著感覺走，讓情感爬上了馭手座。我們的車飛快地跑到靈魂外面去了。在「十年動亂」之後，我們完成了一個「啟蒙」：我們要有錢，我們要性愛。

西方的「文藝復興」把「理性」和「人」啟蒙出來了；在人家那裡，人已經成熟到用「理性」認識「人」自身了。而我們啟出了「錢」和「性」；在我們這裡，我們重新找到了一些早就熟過了頭的東西。

「錢」和「性」這兩個東西雖然《金瓶梅》說的社會裡就都有了，但我們才從文革中跑出來，沒見過，以為是我們這一代人的新發現。要是用陳爺爺「靈魂三部分」的故事語言來解釋這個歷史變動，那就不敢樂觀了。我們瘋狂地鬧文革時，我們靈魂裡的好白馬壞黑馬綁在一起，可馭手根本不是理性，是情緒，會發瘋。這個馭手高喊著「忠心」和「仇恨」，鞭子一下一下都打在好白馬身上，而壞黑馬卻野性十足，幹盡壞事。文革後，我們冷靜下來，想肯定自己的白馬了，可理性還是沒有爬上馭手座，爬上去的叫「感覺」，我們跟著感覺走，萬事憑經驗。我們還給經驗起了個名兒，叫「實踐檢驗」。人是不發「革命瘋」了，但是，「感覺」卻依然不是理性，被我們推崇萬分的「經驗」和「實踐」也不是。經驗和實踐談的都是能否得利。理性談的是「對錯」、「正義」和「真理」。

人們還沒看清路，就駕著車跑上一條新路，自己也不知道方向，乾脆不管，以功利論成敗。當時的流行詞語是「白貓」、「黑貓」，意思是：貓不要再互相吃了，團結起來，手段不限，抓老鼠去。「老鼠」是：致富。我們原來很窮，丫頭偷吃豬油的事，我一直沒忘。我們也很封閉，以為「煙氣」就可以造出人來。

就是在這樣一個歷史時期，我看了《對蝦》電影，突然把男女之事的實質搞懂了，原來性愛就是生存權問題！青門里的幾對男女連對蝦的權力都沒得到。樹頂上坐著的審判官都是黑猩猩，乾淨俐落，直掃蕩到「下層雌性」和「下層雄性」當婚說嫁的權力。中國人「腳」還裹著呢，得先放「腳」，哪能先放「人」？西方人跟我們談「人權」。他們懂什麼？我們要先談「對蝦權」。

形勢又大好了。我們一群小鬼在一個走向「感覺」的時代到了欣賞「對蝦美」的年齡。青門里大高雲淡，有些東西在不知不覺中就成熟了。當我那詩人母親還把我當作小孩子一樣教育的時候，我心裡的騷動和不耐煩就像地震一樣按捺不住。在我已經完全懂了人「要吃飯」，還要「火山地震」這些本性之後，再聽我媽對我說：「蘇北風，你長大了，前面會有很多考驗在等著你，我希望你要像海燕，對著烏雲勇敢地說：『讓暴風雨來得更猛烈些吧』。」我心裡覺得荒唐可笑，打死人我都見過了。還要讓我去受考驗？將來人人都得死，你還怕那個「大考驗」不夠我受的？得從小折騰到大？

我對小竹子和小喇叭說：「為了一本氣象紀錄人得坐牢，為一個『得』字鬧出生生死死，還要『暴風雨來得更猛烈些』？你們看我媽是不是瘋了？」這一問，才發現小喇叭爸爸在「文革」中滾過一遭，也「赤」得可愛。他一到吃飯就對小喇叭說：「政策很好」、「政策不允許」、「政策沒變」、「政策在五十年內不變」。小喇叭說：「老爸當年回國的時候只知道『萬有引力不變』，『光速不變』和『公式不變』。十年，老人家進步到『政策不變』。」

不知是可笑還是可悲。我們的父母從一些紅色暴風雨中走過，現在「有政策」讓他們歇口氣了。他們也終於有時間來擔心我們、用他們的經驗來教育我們了。可惜，他們的擔心是多餘的，我們從小就吃過「人格分裂」飯，不喜歡。我們已經成人，路我們自己胡亂走出來了。走得大膽，走得不顧後果。小竹子說：「不理他們。老學究。我們幹我們的。」於是，在小竹子爸爸沈先生代表歷史系和生物系對壘的乒乓球賽上，沈先生每輸一球，小竹子就跳起來大叫：「好！輸得好！」

路，是我們自己走出來的。當然有我們的特點。小竹子是我們的代表，也是我們青門里的驕傲。當年，繼榆錢之後，第二個走出青門里保護傘的就是小竹子。美人魚長成了，小竹子被分配到同仁街菜場去賣肉。從此，我們青門里人家的「福利」好起來。肉票緊缺卻又突然來了客，青門里人也不慌張了，到小竹子家去打個招呼，第二天，肉絲炒韭菜定是能拿得出來的；誰家女人要生小孩，只要挺著大肚子在小竹子面前走一圈，豬肝湯就不愁沒得喝。豬腰、豬肚、豬頭肉都高高興興從小竹子手裡轉到這家那家的餐桌上。青門里的小鬼們捂著嘴，眼對眼互相暗笑，傳著一個新詞：「走後門」。青門里的人終於走到了小竹子的後門。老一輩的文人不為五斗米折腰的骨氣，軟軟地、甜甜地輸在小竹子帶回來的豬頭肉上了。

其實，就像榆錢行偷一樣，我們走著「後門」，心裡也是有一點不安的，覺得：與此同時，我們也損失了一些什麼。只是時代發展太快，沒人願意細想。小竹子告訴我們：同仁街菜場的師父對她很好，他們教育她說：「還沒到共產主義呢，肉，反正不夠賣，給誰先吃都一樣，為什麼不先給少數自家人吃飽了。」

這個「少數」是一個很有時代意義的詞語，對後來的日子影響深遠，簡直就是一個轉折點。人的分類標準變了。在這個轉折點之後，青門里人用「貧窮不是社會主義」代替了寫在青門里紅牆上十年的「解放小鬼」。寫這條新標語的不再是燕吟老爸，而是少壯派陳榆錢。

小竹子當年賣肉，應該劃在轉折點即將到來之前。所以，她的幾個賣肉的師父應該算作「先知先覺」。「賣肉」這種活兒，對智力要求不高，憑小竹子的聰明才智和藝術眼光，又有幾個「先知先覺」的師父把教，不到半年，她就成了專家。一刀切肉，一口報帳，一錢不少。但是，在小竹子賣肉的過程中，我們青門里的小鬼，包括小竹子自己，都忽略掉了很重要的一點：小竹子太漂亮了。

小竹子穿著肥大的桔紅色橡皮圍裙，挺著小細腰，天還沒大亮就站在大街上賣肉。在黑暗中，大眼睛亮得像希望，小白牙一閃，笑得像冰糖。誰要惹她，哼，青門里的女孩兒可不是吃乾飯的，伶牙俐齒，當仁不讓。管你老的少的，男的女的：「都給我到後面排隊去。」美人魚要是嬌氣，能打掉一身紅鱗也不叫痛？在這一點上，我們又應該感謝青門里的父母了，他們自己再沒用，卻也沒讓我們失掉自信心。這樣，小竹子就在同仁街一帶成了「明星」。五個師父賣肉，其他人前面排了五個人，小竹子的肉案前面能排十五個。

這一天，小竹子揮刀剁肉的姿色被一個年輕的副區長看見了。這位副區長從秋天看到冬天。看到一天寒風呼嘯，落葉蕭瑟，小竹子在百忙之中，放下刀，搓著手，在案臺後面跺腳跳著取暖。這位副區長就背過臉哭了。是誰把這麼一個絕代佳人分配來剁肉?!作孽。

於是，這位年輕的副區長就溫文爾雅地對小竹子說了「建立比同志關係更進一步的關係」這樣的話。小竹子犯了一個和我一樣的毛病，既沒把頭歪著，也沒羞澀一笑，卻把剁肉刀狠狠往肉案子上一摜，吼了一聲：「滾！到後面排隊去。」

這樣，小竹子就一直在同仁街菜場賣肉賣到恢復高考。等她知道了她吼的是誰以後，那位倒楣的副區長就成了我們長久的取笑對像。他怎麼就給一聲「滾」字給嚇回去了呢？就從他沒有利用「副區長」來達到目的這點看，他就是個好人，只可惜小竹子沒有把他分別對待。每天要和小竹子「建立比同志關係更進一步關係」的人太多，小竹子一視同仁。那時候，我們都很年輕，對愛情的理解混雜著童話加革命，我們前面有太多的好故事，讓我們有資本立馬就忘記了一個陌生人。從來不幹壞事的小竹子，因為站在同仁街一個特殊的位置上，所以，一不小心就能傷害一個愛她的人。而這種「傷害」不分等級，木匠、司機和區長都得一個「滾」字。這一聲「滾」使這位「副區長」終於沒有進入我們青門里的故事。不過，小竹子從此給我們青門里的女孩子創下了一個美名：有種。

青門里，這個童話裡的肥皂泡，那泡沫上的色彩居然也是遺傳的。

春天夢

轉折點終於到了。舊車下放，新車上馬。高考恢復，青門里的第二代人，相繼考上了大學，文人的道路又在我們眼前伸展。小竹子放下剁肉刀學了建築，小喇叭學了經濟，燕吟學了勘探石油，榆錢自然是畫畫，我學了人類學。就連在鄉下教書多年的蔡萬麗也在兒子八歲的時候重新成了大學生，學了歷史。蔡教授終於認下了外孫。不僅如此，他也終於見到自己那個從未謀面的法國女兒，只是他的那個法國太太早已是其他人的太太了。當她們母女到中國來了願時，蔡教授人已過了六十。怪癖減少了，脾氣照舊。蔡萬麗在左，洋女兒在右，孫子在前，蔡教授和前太太在後，五個人照了一張全家福，把十多年的情分續上了，也了卻了。蔡教授很高興，他說：科學的春天來了。

春天像什麼樣，我們知道。「科學的春天」像什麼樣，我們誰也沒見過。我們聽到這句新口號的時候，偏巧還不是春天，是秋天。儘管如此，我們還是把「科學」想像成山花爛漫。「賽先生」坐著紅旗牌汽車沿著山花爛漫的道路回來了。「落後就要挨打」就是那個時候沿路建起來的「汽車加油站」，讓我們深信不移。

在一個秋天的假日，我、榆錢、小竹子、燕吟、小喇叭沿著我們青門里前塘和後塘河岸邊的小路散步。這條路我們走過一千一萬遍，岸邊的每一棵樹都被我們征服過。哪棵樹上棲什麼鳥，汁水可供哪幾種水牯牛，哪根枝杈被雷電擊過……我們全知道。但是，這次，我們是一邊散步一邊討論「科學的春天」問題。這句口號和我們以前聽過、說過的許多革命口號一比，不像口號，倒像詩，很適合在這兩個不知流動了多少年的荷塘邊探討。

燕吟是我們一群中個子長得最高的。憨還是和以前一樣憨。他說：他現在最佩服的人是貝伽伽的爸爸王教授。老頭子怎麼就能看穿石頭層，知道下面有什麼呢？這是真本事呀。一定得學下來。科學呀科學，我們這腳底下藏了多少黑金子白銀子，等著科學的眼睛把它們都挖出來呀。我就說：「你媽也是科學家，多少年如一日記載雲圖氣象。你咋不究研天，要研究地？」榆錢就壞笑：「多少年如一日恐怕是不對的。燕吟媽至少有三個月沒記雲圖。」燕吟慚愧地笑：「她有七年沒記。後來又悄悄記上了。」「七年?!」小竹子說：「斷了七年就是不科學記錄了。」小喇叭說：「可惜呀。都是怪我們這撥江湖上的『英雄』。」燕吟卻又自信地說：「沒關係。有我們呢。我們趕上了科學的春天。我們從頭自己幹。」

那時候，秋天的水面還有不少鳥兒在我們眼前飛來飛去，我們再也沒有想到不到二十年，「科學的春天」落了葉子，「春天」掉了。光禿禿的桿子，也不叫「科學」了，叫「搖錢樹」。鳥兒的藍天和荷塘都被錢占了去，讓我們的下一代再也看不到春天裡吸著露水的水牯牛和在夏天傍晚唱大戲的紡織娘了。而那些我們司空見慣的螢火蟲也都不知跑哪去了，成了我們下一代童話裡的仙蟲子，居然，屁股不但用來拉屎，還能用來燃燈。這樣智慧的蟲子再也見不到。

在那個秋天，在我們像我們的父母那樣沿著池塘邊散步的時候。鳥兒和蟲子並不知道牠們將來的命運，還是和以前一樣高興。只不過秋天的鳥兒和夏天的鳥兒比，文靜多了。黑白的還是黑白，紅頭的還是紅頭，黑白的展開翅膀，白白的肚子不像夏天那麼挺，燕尾服一樣的尾巴，似乎也不翹那麼高了。紅頭的還是喜歡唱，在岸邊桔紅色和金黃色的葉子之間跳來跳去，歌詞的顏色從火熱變成了稻穀和小麥的顏色。鳥兒飛起來的姿勢很快樂，很跳躍；路線是直線或者急轉彎。翅膀快速搧動，一閃而過，寫在空中的是先鋒派的戲劇、朦朧派的詩。

榆錢說：他不能再忍受了，他的心要炸了，他一肚子靈感，立馬就要創作。他說：「你們看，你們看，這池塘裡流著的就是詩，是音樂，是色彩。就在我們眼皮子底下，我們讓『美』白白流走了十年。我們過去多麼傻呀。」燕吟說：「你老兄『覺今是而昨非』了？過去，我們中間最壞的傢伙可就是你呀。」我們三個女孩子也很感動。第一次發現，青門里的池塘裡居然流著詩。紅蟲和蛙鳴原來是詩裡讀出聲的長短句。落葉重新圈點了桃花水，從淺黃到深黃，小風一吹，順著千百個三角形的小波紋，搖搖晃晃，從前塘漂到後塘。塘邊還剩一棵楓樹，一棵櫟樹，從紅到深紅再到火紅，陽光一照，冰糖葫蘆化了，紅顏色染紅了空氣和水，大粗筆從樹梢一直塗抹到荷塘裡，寫出最後兩句豎排版的舊體詩。枯荷的清香是棕色的了。

在燕吟認認真真學著到處挖石油的時候，我們每個人也都投入了我們自己理解的「科學」。而榆錢是我們中間最瘋狂的。他瘋狂地創作起「新浪潮」來。他讓煙囪、春筍、高樓、修竹、飛機、燕子交織著變了形，成了幾何圖案；把工廠畫在護城河邊，廠房變形成城牆狀；把象徵科學的原子圖形畫成稻草人的臉，立在明光閃亮的水稻梯田裡……各種新思想新符號出現在榆錢早期的組畫上。好看不好看談不上，色彩是生機勃勃的，還驚人地鮮豔。

燕吟老爸看了榆錢新創作的幾張畫，不喜歡。他說：「先把路走正，再創造。臨摹工夫不到家，搞什麼變形？邯鄲學步，自己的步伐去了，人家的學成個四不像。」榆錢不服氣，拿了自己的組畫到處給人看。我說：「好，那樣耀眼的色彩，有生命力。」燕吟也說：「好。別拿我家老頭子的話當真，老頭子眼光太細巧，那樣的眼光是坐驢車時代的。」榆錢又拿著畫給蔡教授看，叫他講講什麼叫「科學的春天」。蔡教授把榆錢的畫兒掃了一眼，一句話沒說，在一個月明星稀的夜晚，帶著我們幾個「文革小牌友」到他以前放機器人「牛牛」的實驗室去了。

那天，小風呼呼，帶點兒秋涼，月亮彎成一個牙兒，白白亮亮，在幽幽的天空咬開一個小口兒，齜出一個短短的笑。兩排梧桐樹落葉晚，雄性情種一般，將這白白亮亮的「秋香一笑」翻譯成上百上千個心旌搖動的光圈，戒指一樣投在地上。蔡教授的皮鞋踩在這些光圈上，就像踩在樂譜上一樣，全是彈性。老頭子一句話不講，像帶領我們潛入敵後的指揮官，直奔他的實驗室而去。我們跟在蔡教授後面，能嗅到一股驕傲的味道從他的光頭上冒出來。蔡教授以前不是光頭。和我們打牌的時候，他頭髮還是豎著的。十多年一過，那麼一個剛愎自用的蔡教授，居然一句抱怨的話也沒說，一句後悔的話也沒說，一句賭氣的話也沒說，就頂著一個光頭，趕末班汽車一樣急急忙忙向實驗室奔去。我們的父母輩，給磨出來了。

蔡教授的這個實驗室本也沒啥神祕，就是文革時的一個大貯藏室，但這次卻戒備森嚴。我們在實驗室門口一律按蔡教授的指令脫了鞋，又穿上醫生的白大褂子，輕手輕腳地走了進去。實驗室地板擦得錚亮，顯得又空又大。「牛牛」倒在最裡面的一個牆角裡，身上也蓋了一件白大褂。以前放牛牛的中心地帶，現在放著一個長方形的黑傢伙。臉面上有燈一閃一閃，畫出一個又一個拋物線。蔡教授無比得意地說：「這是電腦。剛進口的。全校就這一臺。」

「科學」原來在這裡。

「電腦是活的，一百個人算一年的題目，它兩分鐘就算完了。可惜是買的，不是我造的。」蔡教授說，臉上的神情像談論他自己選中的女婿，雖然不是他親生的，這個女婿比魏青山聰明一百倍，頭腦清楚，邏輯簡要，臉面嚴肅，王子一般。有幾個研究生畢恭畢敬地坐在電腦前。所有和「電腦王子」有接觸的人都穿著醫院的白大褂子，好像電腦是一個高貴的病人。

蔡教授囑咐我們：「只能看，不准碰。程序弄亂了，日月異位，電腦可不跟你客氣。」

這種嚇人論斷讓我突然懂了一個當時報紙上的流行詞兒：「科學革命」。於是，我隱約感到：我們這些人的白大褂子下面，有人肉之軀在騷動，從一個革命戰場向另一個革命戰場轉移。轟轟烈烈，糧草錙重車水馬龍。革命的誘惑力就是「快」。我們慢慢過了三千年，最近一百年喜歡「快，快，快」。

想著，我下意識地把手一伸，還沒摸到「電腦」的方腦袋，突然聽見蔡教授一聲斷喝：「小心病毒！程序倒數第三句極不合理。」幾個坐在電腦前的研究生都跳起來，摘了眼鏡，把頭貼近「電腦」的大方臉仔細看。蔡教授又說：「終端主機錯不得。一錯全錯，系統一癱瘓，全完。再查，用你們的『理性』思維！」蔡教授這一聲斷喝，嚇得我趕緊把兩隻手都插兜裡去了。

二十年後，電腦再也不用像病人一樣被穿白大褂的「大夫」看著了，大普及了，與此同時，鳥兒和蟲子越來越少，小孩子不到野地裡玩了，個個成了電腦專家。電腦卻成了許多父母痛恨的玩意兒。小孩子整天玩電子遊戲，玩得下不來，不吃飯，不學習，不跑不跳。不僅如此，二十年後，我們五個夥伴當年討論「科學」的前塘後塘也不復存在了，先是填了蓋化工廠，後來化工廠又拆遷，蓋了一棟電信大樓。黑白鳥和紅頭鳥從此都飛走了。

「落後就要挨打」在我們的教科書裡從「科學的春天」一直寫到「科學的秋天」。

這時我也懂了：原來那個叫「科學」的花朵，只能是「理性」的土壤裡長出的兒子。不把他管住了，由他野玩，還能玩出原子彈和星球大戰來。「理性」在生出「科學」的同時，其實還生出了另一個兒子來，想叫這個兒子來管本事日大的人。管住人身上的獸性和貪欲。這個兒子叫「德先生」。能和獸性和貪欲對衡的，其實就是這麼一點兒善良意志。

可惜，我們從十年文革的戰場上匆匆轉移過來的錙重裡，最缺的就是「理性」。

那天，我們第一次看到電腦時，榆錢和燕吟眼睛瞪得溜溜圓。想是感受跟我一樣震撼。一出實驗室，榆錢就拍拍燕吟的頭說：「先鋒派。這下你這個老土包子看到了什麼叫『先鋒派』了吧。」從此，榆錢跟燕吟老爸畫仕女，都把臉兒畫得方頭方腦，蒲席色。頭髮成天線狀，或翹在兩鬢，或翹在後腦勺。櫻桃小嘴噘在臉上，像顆小太陽。天方地圓，中心突出，別出心裁。依然不改他的變形加色彩的手法。

這時候，就連剪子巷的情形也變了。八爺成了風光備出的「少數」，先富起來了。他開始適時拋出和買進骨董典籍。那些文革後期他一毛兩毛從各處買來的書畫，突然在舊市場上變得很值錢了。八爺對自己的眼光遠大非常得意，並且斗膽辭了國營書店的會計工作，專門玩起骨董。玩得認認真真，非常到家，時不時還被人請去鑑定古玩。鑑定費看著就漲上去了。八爺買了一副好麻將，早年的樂趣一直保留著。

當榆錢把他的那一組色彩加變形的「科學春天圖」拿去給八爺鑑定成色的時候，八爺看了半天，不肯說評價。榆錢想闖新路子，特別想知道別人對他畫法的看法。八爺玩字畫兒，是懂行的人。榆錢就逼著八爺說。最後，八爺說：「你小子有反骨。」榆錢問：「什麼意思。」八爺又賣關子。半天才陰不陰陽不陽地說：「記得你家老魏當年罵青山的話是怎麼說的？不記得了？老魏說：『鬧什麼鬧，真讓你作個主，你能？還是你會？還得等中央指示。』」榆錢很生氣，恨八爺有話不直說。八爺就笑，說：「我直說就沒意思了。你自己悟去。反正我告訴你：過慣了的，就是最容易的。」

榆錢回來，把八爺這種不倫不類的評價講給我聽。我說：「不理他。剪子巷過了上千年『唯上智與下愚不移』的日子，過慣了的，就是最容易的。到我們這代，已經有電腦了，還要那樣過?!那豈不是要把我們氣死。你畫你的。」

在我和榆錢訂婚以後，八爺給了榆錢一千塊錢。這在當時是一個天文數字。他對榆錢說：「我知道你小子沒錢，這一千塊給你置點家當，結婚至少得有一張床。這錢，我不要你還。將來你畫出來了，送我一張字畫就行。」榆錢說：「那你是看好我的畫啦？」八爺嘿嘿笑：「我是看——中央現在是越來越鬆了。你把反骨長低一點，沒事。」榆錢說：「你魏八爺真是剪子巷冰壺秋月裡煉出來的精怪。」

榆錢那時在上藝術系，嶄露頭角，才上兩年，就跳上了研究生。他發表了一篇藝術氣質強烈的藝術評論，題目叫：「他們試過了，現在該我們試！」說了些啥，我記不清了，好像是說凡生命的衝動，都有理由勇敢地去嘗試。富麗的色彩不是俗氣，是人性的世俗要求衝擊清淡無為的傳統。但我牢牢記住了他這個理直氣壯的題目。我那時也剛從大學畢業留校當助教，錢是沒有的，也沒想到結婚是得多花錢的事。我和榆錢想的差不多：快快快，快點讓國家富起來，指望一富定乾坤。不是我們不想自己，一心為國家；而是我們和國家分不開。一場文革，剪子巷的家德掃蕩掉了，青門里的儒風掃蕩掉了。我們吃了一肚子極端的群體主義飯長大。這是我們這代的中國特色。我們是大家庭，種族好了個人才能好，我們永遠欠國家的。所以，世界上所有大學生有過的最大的宏圖和責任感我們都有過。在十年大學空白之後，我們自覺重任在肩。青門里的小朋友都上了大學，只有在放假時才能相聚，說起話來自然也是一個個年輕氣盛，最常重複的就是榆錢的那句口號：「他們試過了，現在該我們試！」

「他們」指我們的理想主義父母，也指搞「暴力革命」的紅衛兵。而我們要試的是另一條路：建高樓，做生意，挖石油，畫生命。我們這樣說的時候，犯了一個錯誤，我們沒有意識到：和人的偉大動機同步發展的還有人的巨大欲望。我們沒有想到，那個「大欲望」的破壞力，一點也不小於「革命暴動」。

我們是真喜歡西方來的「賽先生」（科學），卻沒有好好想想為什麼和「賽先生」並駕齊驅的必得有「德先生」（民主）。從陳爺爺那輩人起，他們就做了一個選擇：改造中國。他們想用「大同」把幾千年的等級制給改了。結果，被改造的不是中國，是他們自己；轉了一大圈，只是換了劃分等級的方法，一條政治槓，把他們自己劃成下等了。過慣了的，就是最容易的。「德先生」不是我們這片家園裡土生土長的。它沒跟著來。

等我們到了和父輩當年一樣風華正茂的年齡，我們的路兒也走到了一個關健點。我們也曾把「德先生」當作一個仙人，一個魔術師。指望他能管人心裡的「黑馬」，不准它和權力結合。但我們的求仙求錯了，我們只盼望有一個好皇帝能把這不知啥模樣的仙人賜給我們。哪怕就是遊行示威，我們做的夢也是和「公車上書」那撥舉人差不多。餓死自己，請求變法。我們沒有認識到：「民主」其實是每一個社會成員的生活方式，沒人可以賜給你，錢也買不到，就是用暴力和革命也奪不來民主。該試的，能試的，都試了。到我們這代，劃等級的方法又一變：不用政治，用錢了。我們還在一條過慣了的路上走。

想要民主的好處，得你自己走出叢林，走到「仙人」那裡去。你就得時時警覺著自己身上的獸性和貪欲，才能不咬人，不吃人，不跟著一群人跑，也不被他人吃。民主要存活，只能存活在把正義和道德當作信仰的人群中。

錢和性的現代童話

在我們要試這要試那的時候，我們的魏八爺卻在有了錢之後，穩穩當當地給自己買了一塊風水寶地，空穴空室，建了一個雙穴空墳。那是給他自己百年之後準備的。以他對土地行情的瞭解，那塊墳地的地價只有看漲的份兒。這是剪子巷的生活方式。他對榆錢說：「什麼叫民主？民主就是：生，結婚生子，死。這人生三件大事除了『生『由父母，其他兩件都能自己做主。我要的民主就是這個。這三樣，都靠錢養。你要會賺錢才能有民主。」榆錢說：「八爺，你老土呀。你就當你的土地主吧。等我弄出個現代化來給你看看，你就知道世界是什麼樣子的了。」八爺搖頭晃腦，一副老謀深算地樣子，笑道：

「三十年之後，你就知道還是小橋流水好。趁著現在開放，好好畫你的畫吧。八爺還指著收你的畫賺錢呢。」

我和榆錢雖然在一個城市，我們還是一個星期通一封信，說出來的話兒沒有寫在紙上的字兒有情調。到這時，我理解了當年紅鳥和伽伽的魚雁傳書和無話不說的幸福感覺。榆錢對我無話不說，在信裡他說：「我不想按燕吟爸爸的傳統路子畫國畫了。那樣的畫法畫不出我自己。你知道沒有『自我』有多痛苦？就像活了半天，替別人活。」

我不能肯定我懂那個讓榆錢反叛、不安的「自我」是什麼東西。榆錢說：他也說不出來，反正在他心裡有左衝右突的熱情。「你心裡沒有嗎？」他問我。我說：「我有。就像小時候。一有機會就熱情洋溢地爬樹，不爬到最高的樹杈不甘心一樣。或者像跳傘，衣服兜著風，明明知道危險，腿一抬，就跳下去了。」下一封信，榆錢就稱我「蘇小猴」。他說：「但是，我可以畫出來。色彩和音樂一樣，它們能把語言描述不到的空隙給填滿。我有太多的東西要表達，燕吟父親的畫法畫不出來，我得重創一條路子。要讓世界承認我。」

從此，榆錢不再畫仕女圖，也不再練書法了，他畫變形的瘦驢子、滿臉皺紋的碗。「苦難」，他說，「我要畫『苦難』和『壓抑』」。你看那些仕女，歌舞笙宵，酒足飯滿，一人一張銀盆臉。她們哪裡是人呀？玩物而已，一點性感也沒有。你見過哪個男人要娶仕女？賈寶玉睡了襲人，也不睡薛寶釵，就是因為薛寶釵長了一張仕女臉。榆錢也不在宣紙或畫布上畫了，在自己身上畫。畫著畫著，他又不畫了，把自己就當成靜物擺進畫面裡去了，說：「行為藝術！」

天上下雨了，前塘後塘的水面亂成了兩個小劇場，雨點兒像無數個新唱詞，快快樂樂地砸進來，濺起一片新概念，小小的，透明的，在水面上跳躍，一片水晶鞋。一時間，上上下下全是踢踏踢踏的舞步聲。曲子是新的，誰也不知唱得對不對，反正以前沒有的就是好。這是我們這一代人的感覺。

燕吟爸爸對榆錢非常生氣，一遍又一遍問榆錢：「為什麼不走正路？你基本功明明很好，為什麼走那條不要本事的邪路？把才氣浪費掉？」榆錢陽奉陰違，當面哄老頭子，背後對我說：「燕吟的老爸老啦，聽他的才是把才氣浪費掉。當藝術家是當人，當藝匠是當過去青門里門口的小銅匠。跟你說句絕密的：燕吟老爸畫到死也畫不出他那種畫裡要的古風。那條路絕掉了。你去問問小竹子，她這幾年設計了多少高樓，問問小喇叭，這幾年城裡新建了多少證券交易所，你就知道沒有竹林了，只有高樓林立。他老人家，年輕時還見過幾天竹林。我見過什麼？砍竹林。我還能跟著燕吟老爸走？就是有人在秦淮河邊再造一溜白牆青樓，你也再造不出《桃花扇》的情種來。這是個掙錢的時代。我的路子要跳到世界最前列，藝術要有競爭力，要來個大飛躍才行，我搞的是超前藝術。」

我把榆錢和燕吟老爸的畫術之爭戲稱為「道統和西學」之爭。榆錢不同意，說：「現在哪有什麼道統。敬天法祖，忠君孝親這樣的治國之本，一百年前就不靈了，更別說還過了一個文革。三千年，『人』都由宗族社會塑造，『表現好』不過是求社會承認你是群體裡的一員。那人活得跟螞蟻一樣，多可憐。現在文革都結束了，是人性大解放的時候。我們的分歧是守舊與創新之爭。你看我的好了。」

對於藝術，我就不懂了，只得由榆錢自己折騰。因為不聽燕吟老爸的指導，榆錢一年一年不能畢業。不畢業，當然就沒錢。並且，他和燕吟看著也生分了。「老頭子相中你做兒媳婦，結果，你跟了我，老頭子拿我出氣。」榆錢這樣說。我說：「你小心眼。你們不過是畫派之爭，不要扯上我。」榆錢一副勝利雄性的表情，得意洋洋地摟著我說：「我們結婚。」

我們就結了一個最簡單的婚。什麼客人沒請，自己跑到黃山玩了一趟，辦娃娃家似的就把婚給結了。

榆錢花掉了八爺給的一千塊錢，結婚過日子的計畫被八爺那一千塊錢拉到眼前。為了他拿八爺的一千塊錢，我跟他大吵一架。我說：「我連父母的錢都不想要，為什麼要這八爺的錢。」榆錢說：「拿他的，我該。他欺我小，不懂。多少值錢的貨兒都被他一毛二毛買去了。他現在發財，是發我的財。你當他會白給？他親口對我說，我給他撿的那些字畫，等燕吟老爸死後就能賣大錢。還有，我當年在草紙廠，廠長幾次威脅說：有人偷『原材料』，再不交代就從嚴處理。你當我心理壓力輕了？我擔了『偷竊』的名兒，他這是給我的名譽補償費。我們這是做生意。八爺還算懂規矩的，拿了太多，心裡過意不去。」我說：「不要。我不跟八爺做生意。他發他的財，與我們無關。」榆錢說：「你傻傻傻。」我說：「我不傻。我是正常。」榆錢說：「你正常有什麼用。全世界都不正常。」

榆錢這話兒說的還真不錯。最不正常的是：有這麼一個新東西叫「市場」，跳進了我們安分守己的頭腦，讓各色人等在裡面翻跟頭。誰也不知道「市場」是個什麼樣的玩意兒，說它抽象，抽象得像個符號；說它具體，具體得像一雙鞋。它活蹦亂跳，像隻兔子；它觸角多多，像個大水母。小喇叭學了經濟，她用很專業的口氣對我解釋：「搞市場其實也不是什麼好點子，而是跟另一些壞點子比起來，壞處少一些兒的點子。」

小喇叭的這幅畫像，把「市場」畫成了一個中等人。從一到十，十個點子，最壞的不能用，最好的不實用，取了個不得已的中間值。可誰也沒想到，「市場」是個厲害人，一個把所有人的欲望換算成同一單位價來衡量的點子。在單位價上，人有了一些平等，但得利還是受害就得看運氣了。

最早見識「市場」厲害的是老魏。老魏退休了，呂阿姨也終於在我們都長大以後，回家專心伺候老魏。老魏從報紙上得到了中央精神：「市場開放」。他猶豫了一下，八爺就突然在剪子巷顯起來了。就看著八爺家被一件一件電器塞滿了，八嬸子也不再算計水電費了，就連丫頭也穿得像朵大紅花，進進出出，一家人都成了顯族。老魏突然意識到自己沒有緊跟中央文件，這就落後了，所以人家發財他沒有。

老魏也不想發大財，多掙點錢給孫子上補習班是他的最大心願。兒子不爭氣，還有孫子。老魏一咬牙買了兩百個雞蛋，叫呂阿姨給他煮了一大鍋五香蛋，拿到我們大學門口賣。不是「市場」化了嗎?物價放開，自己定價。老魏心一狠，定了個二十塊錢一個五香蛋。算著這二百個蛋賣掉，孫子一年補習班的學費就都有了。那天，我從學校出來，看見幾個大學生在戲謔老魏，說：「您這是賣導彈呀，這麼貴？」老魏堅持不降價，二十塊就是二十塊。

老魏的三個蛋就是我一個月的薪水。結果，老魏在大學門口賣了兩個星期的蛋，就賣掉一個，是我一咬牙買的。兩個星期後，老魏只好把價格降到一毛錢一個。可惜「市場」不領情，老魏的雞蛋臭了。一毛一個，也只賣出去一個，也是我買的。老魏大賠了一把，一氣，犯了高血壓。

那「市場」真是個怪東西。你就想發財，還就發不起來。你不想發財，財就來了。有一天來了兩個中年女人，認認真真找呂阿姨談話，叫呂阿姨回憶過去從良之前在「萬花樓」的生活。房間怎麼裝飾，接客怎麼說話，金陵十二釵都是哪些人，她們如何成的名，讀過哪些豔詩……。她們說：呂阿姨是正宗，科班出身。在現今，能找到她這樣的人是「天不絕我」。一大堆好聽話一說，呂阿姨搞不清她們的來路了。呂阿姨先是以為她們是來找她交代，後是以為是來找她憶苦思甜。結果都不是。呂阿姨老了，不願回憶那些遙遠的舊事，被那兩個人繞著逼著說了兩句，那兩人居然硬留下了三百塊錢，說下次還要再來，要請呂阿姨當顧問，搞點品牌出來。

呂阿姨拿了三百塊錢，手直抖，當天下午就跑到我的教室門口等著，一見我下課出來，就把我拉到一棵開得正好的桂花樹下，緊緊張張地說了事情前後，非常擔心地問：「這兩人是不是要當『媽媽』，幹缺德事，坑害小姑娘？當年，改造我們姊妹，政府可是花了大工夫的。解散窯子的時候，我們一個『媽媽』拽著一床繡花被子捨不得放，就給女幹部照後腦勺一槍打死了。」呂阿姨說：她不想沾這「人肉錢」，這事兒能弄出殺人流血。她也不敢告訴老魏，怕老魏重提「萬花樓」舊恥，才平靜的日子，又要吵得不安身。呂阿姨要我和榆錢替她把這三百塊錢送回去。我就打電話找來榆錢，商量這三百塊錢怎麼辦，如何幫呂阿姨甩了這兩個人。

陳爺爺死後，呂阿姨就是榆錢的親人。榆錢拿呂阿姨當媽當奶奶，動不動就陪呂阿姨到雞鳴寺去上炷香。呂阿姨給菩薩磕頭，榆錢就給菩薩鞠躬。「孝子」，榆錢是要當的。榆錢接過三百塊錢，說：「呂阿姨，你放心。『萬花樓』是不會再有了。現在叫『理髮店』、『洗腳房』。土包子開的。這兩人大概是想玩點有競爭力的，要復古哩。這事我幫你去解決，教她們從此不敢再來找你就是。」呂阿姨還是忐忑不安：「這種地方怎麼又回來了？是不是要跟領導報告一聲。」榆錢大大咧咧地說：「你在剪子巷待著，不出門，不知道，領導可是早知道了。但是，現在有『市場需求』，領導也管不了。由他去吧。舊社會有『萬花樓』，天也沒有塌下來。別讓她們來鬧你就行了。」

為這三百塊錢，我又和榆錢吵了架。我說：「你怎麼能說『市場需要』？怎麼能說有『萬花樓天也不會塌下來』？這些都是社會的罪惡。都騷擾到你自家親人身上來了，你怎麼不氣憤？」榆錢還笑，說：「你不是研究人類嗎？你不懂男人身下有一個『獨立支隊』？你還真當『煙氣』能解決問題？那麼多農民工在城裡轉，那麼多各階層男人，文革中過得青春期，沒輪上羅曼蒂克一下就掉進了『比同志更進一步的關係』裡去了，人到中年精力尚好，財力過剩，不給個出路？不給個補償？」我說：「難怪孔子說：男女授受不親。小門一開，窮的富的就都跟著黑馬跑了。」榆錢說：「你真是不開放，你到了美國就知道我們中國人有多保守了。」

那時，我們倆誰也沒去過美國，想像出來的美國人形象都是「色狼」，女的見了男的就要親，男的見了女的就要抱，上戰場送死之前還要和女人玩一把。而我們中國說開放就開放，什麼都不能落後。曾經那麼委屈的「獨立支隊」，一下子就反攻大陸了。我們從狠狠地打白馬，變成隨著黑馬拖著白馬瞎跑，就讓黑馬把白馬拖下水吧，誰也不挨打，只要這兩個傢伙馬不停蹄，跑到工業社會，跑到現代化，跑到哪兒算哪兒。只有這樣馬不停蹄地跑，這兩傢伙才能吃滿喝足，長得驃肥馬壯。這就行了，小康社會萬事和諧。

八爺家富得最早，也第一個東窗事發。丫頭要生了。

先是八嬸子揪住丫頭打，說小賤人把八爺拖下了水；後是八嬸子鬧上吊自殺，說八爺手裡有點錢燒的；才被從上吊繩上拉下來，八嬸子就要去墓地砸八爺的那個雙穴空墓，說不能讓小賤人住進去亂了倫。八爺只好讓丫頭搬出剪子巷，但肚裡的絕不讓打掉。八爺讓八嬸子鬧得不得安生，東躲西藏，跟老魏呂阿姨說起來還委屈得很：「養了一個不生，為什麼不能養第二個。亂倫不亂倫還不是人定的？丫頭跟魏家沒有血緣關係。」老魏就勸他：「這麼大把年紀了，鬧什麼風流豔事？看你還真能和八嬸子離婚？」八爺說：「當然是不離的，苦都是一起吃過來的。我沒嫌她多，是她不開通。過去我沒能耐養，就老老實實守著一個不能生的。現在，有能力養了，為什麼不能多養一個？那西門慶何德何能，一個人養下四房？不就是有幾個錢嗎？別人家有錢去投資房地產，我不過投資生一個兒子，我又沒弄出一群。」那理兒，說得老魏一楞一楞。中央文件沒說《婚姻法》廢啦？這「錢」的本事怎麼就突然變得無法無天了？不到五十年，被革命一掃乾淨的三房四妾怎麼這麼容易就回來了？雄性黑猩猩或者「有一群」，或者「一個沒有」的老遊戲，在「錢」這棵老樹下，向人群招呼著玩伴。

丫頭肚子大時，我也肚子大了。我和榆錢高高興興給肚子裡的寶貝起了一百個名字，天天給他聽音樂，盼他長大。榆錢帶我去看畫展，讓兒子呼吸美感，帶我去聽音樂會，讓兒子欣賞美聲。不准我看兔子和猴子，害怕兒子長成豁嘴，或帶條小尾聲。到這時，什麼老人的話，我們都乖乖地聽了，就連剪子巷魏家老太爺說的：小孩子名字不能往大裡起，這樣的老話兒，也想起來了。最後，我們在一百個名字中選了一個最小的「豆子」給了未出生的兒子。

一天，我和丫頭在婦產科醫院檢查胎兒時撞見了。丫頭吃著一串冰糖葫蘆，一個人坐在醫院過道的椅子上等。我和榆錢坐在她對面的一張椅子上，手拉手，也在等。我很替丫頭抱不平。丫頭憑啥要給一個比她大三十多歲的老男人生小孩？我問丫頭：「八爺打你那麼多次，你都忘了？」丫頭一伸舌頭，把嘴角上一顆冰糖屑舔進嘴裡，說：「沒忘。」「那你還喜歡他？」「喜歡個屁。」丫頭毫不猶豫地回答。「那你為什麼要給他當小？連四姑娘都不如。四姑娘多少還是為了愛情，馬姑爺當年還年輕漂亮。」丫頭依然說話粗俗，她嘿嘿一笑：「你只當交配都是因為喜歡那個公的？我給他生了這個小的，他的錢就是這個小的了，也就是我的。他能活過我？」

丫頭就是丫頭。在貧窮和暴力中長大的丫頭。和公的交配時，一把搶過公的手裡的甜薑葉，控制著，由她發給公的吃。博諾波猿的幸福生活終於合法化了。人呀，人。人的故事走到這裡，又回到老主題：「我們對於社會的罪惡都脫不了干係。」換了一架馬車，罪惡換了類型。

從「情緒」換到「感覺」，就是這個功利的結果。若沒有一個好法子管住每個人身上都潛伏著的惡欲，錢的破壞力就能像革命烈火。

在我出國之前，我生了「豆子」。榆錢終於舉辦了他的畢業畫展，取名「得豆畫展」。畫展來了很多人，所有的朋友都被榆錢請來捧場。在畫展上，我見到兩個人：青山和貝貝。青山的案子在蔡萬麗一次一次上訴之後，重判。青山提前釋放。貝貝說：要給青山洗洗晦氣，還要給青山送行，青山要跟著蔡萬麗出國了。老同學、老知青想聚會。榆錢說：「畫展廳樓下有個好餐館，為什麼不在這裡辦？請來多多的人，正好給我捧場。」

聚會就這麼依著畫展辦起來了。青山頭髮剪得很短，已經白了不少，穿了一件深藍色的中山裝，領口那個鈕釦散著，農村幹部一般。人變得小心謹慎，別人一說話，他就不停地點頭，一口一個：「一輩子要給蔡萬麗做牛做馬。」他們那個到處拉屎的兒子已經成正果，上初中了，蔡萬麗的臉兒又變得白白淨淨。戴著黑邊眼鏡，很有一點蔡教授的味道。蔡萬麗一家要出國了，他們是我們青門里二代中第一家出國的。蔡萬麗到法國去學法國革命史。而這時，她的那個同父異母的法國妹妹已經在法國教歷史了。蔡萬麗很感恩，還說自己有運氣，趕上了所有的末班車。三十歲上大學，三十五歲讀研究生，四十歲出國讀博士。青山下定決心出國後就打工，要把萬麗供出來。蔡萬麗又學者化了，在知青聚會的時候，大談起法國大革命。她說：那次血腥的大革命，一撥革命黨起，殺前一撥革命黨。給中國人樹立了很壞的「革命」榜樣。她說：她的法國妹妹的博士論文就是反省和批判法國大革命的，這個工作，中國遲早也要做。

那天的知青聚會上，沒人關心法國大革命。人們或者在談房地產，或者在談「下崗」。在聚會快結束的的時候，「皮旦」突然來了。小尖臉變圓了，有了小小的雙下巴。

短頭髮燙了，一圈「香菇」蓬蓬，突出一個堅決的小紅嘴。衣服是緊身的黑西裝套裙，脖子上繫了一條小小的帶紅點的白絲巾。現代女官員的形象。她一來，貝貝站起來就走。我看貝貝走了，趕緊追出去，叫著：「貝貝你別走呀，難得聚在一起，我們還沒趕上說話呢。」貝貝已經從樓下走到樓上畫廳了，聽見我叫他，就停下來等我，他旁邊是一幅榆錢用血紅、深綠、桔紅、墨黑等顏色潑出來的長軸畫，展示在一張鋪著潔白桌布的長條桌上。那是我很喜歡的一幅畫。榆錢開始畫這幅畫的時候對我說：「一張白紙是最美的。純潔，空靈。」說著，就把血紅猛地潑在白宣紙上，鮮豔的紅色在紙上濺出一個變了形的太陽，紅光四濺。榆錢說：「你看到了吧？美被我破壞了。我得修補它，把美找回來。」然後，他又潑綠，潑黃，潑墨黑……一點一點地改，畫了三個月。那幅畫不可名狀，不知道是什麼東西，但色彩就是好看。與其說是一幅畫，倒更像一腔情緒。

貝貝站在那幅畫前，也是一腔情緒。鼻子很大，眼睛發紅，他說：「小風，你知道我也參加過造反派。我沒打過人，但是我訓斥過人。我訓斥過一位剛被痛打了一頓的女老師。她的臉是腫的，上面有青紫色的指痕，頭髮剪成雞窩狀，跟你媽那時一樣。渾身的衣服被扯得一條一綹，露著脖子、胳膊和小腿。她被關在一間空蕩的教室裡，坐在地下用衣角擦腿上的血。那個年頭，這樣的人生命如同草芥。等我訓斥完了，她抬起頭，和聲細氣地對我說：『小同學，別這樣，將來你們會後悔的。』我真的永遠後悔了。後悔到今天。我現在走，是因為我不能和不肯後悔的人共餐同飲。」

貝貝還是走了。青山看我一個人回來，就側過身子，用大事化小的口氣在我耳邊小聲說：「唉，貝貝，還是不忘那兩隻兔子。不值當。」他當時正在和「皮旦」聊天，對好朋友的離席也不知他是真不懂還是不想懂。和貝貝比，青山監牢裡坐了一遭，早就沒有派性了，人也溫和圓滑多了。從「皮旦」一進來，青山就站起來去和她打招呼。然後兩個人就開始聊天，東一句，西一句。兩人都沒提青門里、剪子巷那檔子舊事，倒是說著一些不痛不癢的時髦笑話，還有如何養身。「皮旦」說：「我來給你送行。要是在國外混不好，回來。」青山說：「我們兩個頭頭是不打不成交。在外面混不好，定回來找你。你的工作能力和組織能力我是知道的。」「皮旦」說：「我來，就想敬你一杯。」

青山和「皮旦」說著這些不冷不熱的話時，我就在旁邊，心裡也是有情緒的。我想方設法暗示「皮旦」：我知道貝貝為什麼突然離席，我也知道「皮旦」打過我媽和四姑娘，以及青山為什麼坐牢，而她沒事。我在離他們不遠的地方，故意跟榆錢大聲說青門里、剪子巷。到後來，我忍不住了，擠到青山和「皮旦」跟前，說：「青山，這麼多年在煉獄裡待著，你受委屈了。我也敬你一杯。」青山說：「不談，不談。那時候太渾，太渾。」我說：「太渾的不是你一個，怎麼就該了你下煉獄。」青山說：「大家都是受害者，大家都上了當。你那時就屁大一個小孩兒，也沒少淘。」聽青山這麼說，當「鏍絲釘」的好處就出來了。一臺機器殺了人，機器上的鏍絲釘個個都有理由原諒自己，說不是我的責任。於是，我就把話兒說得更具體了：「我知道我不是好東西，我揭發陳爺爺講《睡美人》，我就該去他老人家墳上燒紙。我在陳家門口挖了陷人坑，我贖罪，陳家的孫子我生我帶。要是依了呂阿姨的話，有報應，我也就該挨。」

「皮旦」聽我這樣說，臉上的表情就像什麼都不知道。其實，我並不想怎麼樣，我知道大家都是受害者。但總有當事人吧。受害者也是當事人。我就是希望「皮旦」能說一聲「對不起」。但是，「皮旦」不搭我的茬，青山還暗示我住口。他們那撥人的複雜心態只有他們自己懂。有那麼一個坎，得願意邁過去，那「對不起」才說得出口。要不然，十年動亂，全國都是受害者，沒有當事人。我們依然是群氓，是奴才。「一個民主自由的社會靠一群奴才是建立不起來的。」[1]不敢承擔責任，也別想玩啥「民主」，類似的整人悲劇就還會變了相地再發生。

最後「皮旦」總算看了我一眼，說：「你是魏青山家的人？」我說，「我是青門里蘇家的。」

「皮旦」匆匆來匆匆去。她是當權人，忙。來轉了一圈，就說了一句有實質內容的話：「要是在國外混不好，回來。」

過後，青山對我說：「小風，你真沒見識過社會。沒有什麼黑白分明的路給你走，大家走的都是灰色道路，你那麼咄咄逼人幹什麼。那時我們都不到二十歲，比你現在還小。

1 胡適語錄，引自《胡適文存》。

到我們這年紀，過去的不愉快全部忘掉最好，大家向前看。」

我說：「青山，過去你們是愉快的。搞破壞、幹壞事的愉快我知道。不愉快的是別人，死掉的那些，青門里的那些。」

青山說：「人要互相原諒，要不怎麼往前看呢？我們那時候跟你一樣單純。從上學起就讀『要革命，要犧牲』的課文，老師一開口教育我們的就是：對敵人要狠，對領袖要忠。我們真變成小狼，也是狼食餵出來的。我們吃什麼，不是我們自己選的。」

我說：「誰說不原諒『皮旦』？可她要有勇氣請求『原諒』才行。她若有，說不定就是被她打的人都是有可能原諒她的。她不請求原諒，假裝過去不存在，這是不知吃狼食、當狼是罪惡，那才可怕。在這個問題上，她是有選擇的。」

青山說：「我不跟你吵。你這樣認死理，一天也不能在社會上活。」

魏青山對我的判定一半錯一半對。錯的是：我就這麼認死理也活到了今天。人格分裂是訓練出來的，你可以拒絕受訓，要敢當你自己（或者叫「異物」）就能活，人可以選擇不隨大流。對的是：叢林有叢林規則，不走出叢林，當「異端」，就是膽敢挑戰雄性首領的規則，沒好日子過。

後來，讓我「沒好日子過」的事有不少。倘若真讓我去跟某雄性首領幹一架，我也能像小竹子一樣對那雄性吼一聲：「滾！」就算他把我打得個頭破血流，那我也認了，誰教我不選隨大流，要選當「異端」呢？可偏偏又不是。那些讓我不好過的事兒，件件把我氣死，卻不知跟誰生氣去。文革結束了，馬車換了，戰場換了，叢林規則玩成了《孫子兵法》。就算我找到一個主犯，一眨眼，那主犯的協從犯就是坐在你家裡的親戚。打，你只管打，罵，你只管罵，明明是原則問題，結尾卻全結到雞毛蒜皮上去。有聰明才智的「黑猩猩」成了人，比叢林裡那些大字不識的黑猩猩更危險，更難纏。

榆錢的畫展剛辦完，我們倆就又吵架。

為給榆錢辦畫展，我們是傾其所有，希望能賣出去幾張畫。結果，來看的人不少，但畫是半張也沒賣出去。榆錢的路子太「象徵」，太「符號」，太「超前」，太「性感」，來看熱鬧的有，敢把那樣的畫買回去掛家裡的沒有。魏八爺來看了三次，也一張畫沒賣。留給榆錢的話是：「時候沒到。以後到了還要找人炒一炒。」

畫沒賣出去，這也沒什麼，榆錢是新出道，藝術的道路是走出來的。來了很多人看，就是巨大成功。我跟他吵架不是因為畫沒賣出去，沒掙到錢。拆了畫，我們倆是高高興興回家去的。

一到家，看見家門口坐了兩個「西洋文學」專業的研究生。都是在校園裡轉來轉去的哥兒們，不知道名字也是熟人。他倆客客氣氣，叫榆錢「師兄」，然後就不說話了。我只當他們是看了榆錢的畫展，有感覺，來找榆錢聊聊，便請他們進屋坐。兩人帶著客氣的苦笑，說：不進去了。就在外面和榆錢說了幾句話，走了。

第二天，這兩個研究生又來了。依然坐在我家門口，也不進去，客客氣氣，臉上帶著苦笑。榆錢又在外面和他們說話，也不像在談藝術，然後跟他們走了。第三天，當這兩個研究生又來了的時候，我奇怪了，就站在榆錢旁邊多問了幾句。原來，榆錢辦畫展，請客吃飯好幾次，這些都是我們預算之外的費用，榆錢沒那個錢這樣請客大吃大喝，但他認為必要。他要專家支持，媒體宣傳。這時候，周丕良來給榆錢捧場了，畫他也沒看完，卻看出了榆錢囊中羞澀。周丕良年輕的時候，孩子多，家庭困難，時常得陳爺爺接濟，就是在他把黑墨汁倒陳爺爺頭上的前幾天，他還在陳家吃了一頓呂阿姨做的米粉蒸肉。在榆錢急急巴巴請不起客的時候，周丕良想到了陳老先生對他的恩德，和他自己的無情無義，便堅決要幫榆錢把兩桌飯錢給付了，說是報答榆錢在他入黨的時候，寫了一筆「原諒信」。他如今當上系主任，不像文革時代，窮。這點小錢，他有。榆錢說：「那好，我賣了畫就還你。謝你先給我墊上兩桌酒菜錢。」

周丕良愛打小算盤，做事待人按功利算，這點我們青門里的人都知道。榆錢是聰明人，自然不會想不到這一點。但是榆錢對自己有信心：他不會總沒錢，借的錢、欠的人情他都能還上。所以，誰願意贊助，他都敢接。這本來也沒大錯。於是，在飯桌上，兩個人還以一笑泯恩仇的態度互相敬酒。這場面，我也是見到的。雖然心裡不是很順暢，但還是覺得榆錢的大度是好的。

那個周丕良不勝酒力，兩杯酒下肚子，話就說個沒完。榆錢跟他拍肩打背，鬧了一陣，問了他一個榆錢一直想問的問題：「當年，你為什麼要那樣對我爺爺？」周丕良仗著酒勁，紅著臉，把他當年的那點心思解釋給榆錢聽了：「我想在紅衛兵面前表現得革命一些，這樣，就不會叫我第一批下到金湖農場，我家有三個兒子，都還小，我自己又腿又不好，到下面怕生活困難。」

榆錢和我都很吃驚。榆錢說：「就為這一點芝麻大的企圖，你就動了手？」周丕良說：「那年頭，人還能有什麼大企圖。其實，就我那表現也沒大用處。金湖農場我最後還是下去了。動了手，留下壞名聲，換到的不過是第二批到金湖，我那三個孩子也沒在這幾個月裡長大成人，該碰到的困難一個沒少，我都碰到了。」

那天，聽周丕良坦白打人動機，我和榆錢實在不能不承認：周丕良也是一個可憐人。榆錢說：「周良丕就是個『運動油子』。他那獸性是給太多的運動整出來的。」

可是，周丕良畢竟是周丕良，文革中他盤算得失過了頭，對陳爺爺動了手，倒了墨汁。到如今，錢成了大爺，看看這周圍的人，又有誰能不盤算得失？人家周丕良有這個「會盤算」天性，合該在新時代裡如魚得水。那天他為榆錢請客，並不是用自己的錢付的帳，他用的是手下兩個研究生的科研究經費。不僅如此，周丕良也不是只用掉了兩桌飯錢，他一共拿出來三千多塊錢，吃飯花去了一個零頭，還有三千塊錢，他和他手下的兩個副系主任私分掉了。大家都窮，不給點好處，誰跟你幹。他周丕良並沒有獨吞，加上榆錢，四個人都得了利益。三千多塊錢，在八〇年代末，還是一個巨大的數字。花了，分了，兩個研究生的財務帳目就結不清了，財務不清，不能畢業。他倆明明知道錢被導師私分了，卻也不敢得罪導師，那樣也一樣畢不了業。

周丕良倒也不是不替研究生考慮，也不是不想讓他們畢業。他很快就給兩個研究生指出了一條路：到火車站撿旅客扔掉的火車票沖帳。這也合中國傳統，「有肉，先生嘗。」「先生在，弟子服其勞。」先生分了弟子的科研經費，正合了弟子該去撿火車票。可一張火車票二、三十塊錢，要撿滿三千多塊錢，得撿到哪一天？兩個研究生是來找榆錢和他們一起去撿火車票的。榆錢剛畢業，還沒到「先生」的位置，跟他們倆一樣，也是「弟子類」。是弟子，就只好有難同當。榆錢至少得把兩桌飯錢的火車票給撿出來吧。

這是貪汙腐敗呀。我叫起來：「這周丕良也夠黑的。研究生是最窮的人，他還要剝削。」這是我第一次見到自己身邊人搞貪汙。這第一筆，就把我家榆錢給帶上了。我跟榆錢吵，怪他就不該要周丕良的錢。榆錢也知道這事兒窩囊。畫沒賣出去，畫展一完還得到火車站去撿什麼火車票。不去，還對不起兩個跟自己差不多窮的研究生。去，這也太便宜周丕良了，有他這麼請客助人的？

在如何還周丕良錢的問題上，我和榆錢出了路線分歧。不就兩桌飯錢嗎？我賣了電視、冰箱，總能有個七八百塊錢回來，立刻就能還上周丕良付的飯錢。不夠，我也可以找小朋友借，沒啥大不了的。榆錢說：他窮，他沒架子，可以放下身段，和兩個研究生一起去撿火車票，認了當「弟子」的下層地位，這樣，我們家就還可以有電視和冰箱。買這些家當時，我們倆跑了多少家家電商場，比較來比較去，才下決心買的。現在賤賣了，明擺著是損失。有這些家當，是為了兒了，不能孩子看個動畫片還得抱回姥姥家。大熱天的，你也不能讓孩子吃不保鮮的食物。

榆錢說：他不介意為我吃苦，為家庭受屈辱。本來他就是草紙廠出來的人，就沒把自己看成上等人。我說：「榆錢，你昏了頭。你若去撿那火車票，你也就是貪汙犯。」榆錢說：「有那麼嚴重？錢反正都已經花出去，它是贓款，以什麼方式還都一樣。錢是我花的。」我說：「不一樣。他貪汙，你不知道，可你去撿火車票，你就是從犯。」榆錢說：「我不怕，我從小在草紙廠就是賊。」我說：「我要寫信給紀委，告周丕良，你離他遠遠的。」榆錢就壞笑：「你想幹什麼？你想看他坐牢？我們不是才得出結論：他也是個可憐人。人家自己總共才拿一千塊錢回家，多大的貪汙犯呀？」

榆錢不願意把這事兒弄得黑白分明，不光是因為他在事件之中，而且因為，他認為，這點屁事兒，紀委管都不會管。世界早不是黑白分明的了。「貪汙三千來塊錢，算多大的事？機器要轉，就得漏油，這最多算個漏油損耗。現在，多少國營資產變個個兒就跑私人腰包裡去了？你都不知道。」榆錢說，「更別說周丕良還不是獨吞。加上我的畫展，那錢分給了四個人。就是在古代，這也算個體恤下群的官人哩。」

我也知道用錢來說事兒，從來就不可能黑白分明，但是我不想認同剪子巷的文化心理：雞毛蒜皮要吵成世界大戰，違法的事卻寬容得下（不寬容又能怎樣？）。我自認為在人和動物的問題上比榆錢敏感，看不得人的墮落。腐敗能盛行，官有責任，民也有，是人民最終認可了腐敗，並把它當作跟在權力後面的影子，容忍下了。若不能看穿「權力」的危險，等「民」哪天也終於熬成了官，他也一樣腐敗。這還是動物在叢林裡的過法呀！一樹果子，一窩雌性，給有權力的那個雄性肆意享用。拿一點兒權力在手，就立馬把它變成財富。這是我們動物園裡的黑猩猩政治。

於是我說：「按你的邏輯，『皮旦』打人，人們除了忍受別無選擇；周丕良貪汙，人們還是除了忍受別無選擇。那小民還有希望嗎？當年，剪子巷的老太爺老太太還敢反抗一回呢，我們不能活得還不如封建社會。」榆錢說：「我們小百姓能幹什麼？你我能幹什麼？我的畫沒給你掙到錢，也不想你把冰箱、電視賠了。這就是我能幹的那一點兒好事。你就領了情吧。」

至此，我和榆錢的「路線」鬥爭轉了性質，成了保冰箱、電視，還是保榆錢不跌分子去火車站撿火車票。成了雞毛蒜皮。最後榆錢讓了步，說：「我知道你認死理。這都是我爺爺童話害的。你實在要賣家當還錢，你就賣吧，那不過是為了讓你感覺自己乾淨。大熱天的，我看你把冰箱賣了，兒子的牛奶放哪裡？」

家當，我是賣了。美其名曰：反腐敗的最後一搏。接下來，和榆錢吵架轉成了「兒子的牛奶問題」——更加的「雞毛蒜皮」了。兒子能吃能喝，一天要喝三磅牛奶。再窮，兒子也不能沒奶喝。沒了冰箱，兒子的牛奶只能冰在水桶裡。南方天氣熱，到了晚上，牛奶壞了，不能喝了。榆錢只好赤著膊，騎著自行車，到處去給兒子弄新鮮牛奶。回來的時候，汗流浹背，甩下牛奶就罵人：「家裡養個老婆，像養了個真理化身。男人算是倒了門楣。你看看我這個狼狽像，和火車站的票販子又什麼兩樣。」

看著我們倆「反腐敗」的成果：空了一半的小家，我著實懷念起剪子巷老太爺老太太天井裡的那口水井。那時候，沒有冰箱，呂阿姨從水井裡吊上一個冰鎮西瓜，那可是冰得透心涼，甜。老太爺老太太先吃上一塊中心，然後大家分。冰箱沒有，有井，有規矩。要想按等級制過活，祖宗過了三千年，精緻到家了。一大堆聖人言在那裡，都是為了治腐敗。我們說「沒用」，燒了。一場革命再加一場改革。結果，活得還是個等級制。「權力」還是世人眼裡的好東西，財富一般。治「腐敗」的法子倒找不全了。我們除了折騰人，還折騰啥？滋生腐敗的土壤上，一把錢一撒，撒化肥一樣。看著，看著，「雞毛蒜皮」就把我們自己氣死了。沒了井，至少得有冰箱呀。我們不能什麼都沒有，不分黑白往前過。

當我和榆錢把錢還給周丕良時，人家還不要，一臉真誠地推來推去。這樣的神情讓我想到榆錢供到陳爺爺墳上去的兩個哈密瓜。人性可以是那麼一種軟弱而圓滑的東西，一點兒在我們之上的權威或勢力就能把我們裹挾而去。硬的綁架或軟的引誘，唉，我們怎麼沒想到：人能為了一個芝麻大的企圖去行暴，就能為了一個芝麻大的企圖去腐敗。

榆錢的新路子驚世駭俗

就是在那高樓一棟接一棟從地長出來的商品時代，青門里也還算是一個得天獨厚的地方，沒一個當權的人，卻很容納「異端」和窮人。只要我們回到青門里，就能感到青門里人互相關心的傳統也還在。我和榆錢為辦畫展，傾家蕩產，連個小保姆都請不起，上班下班忙得焦頭爛額。因為沒錢，豆子上上下下穿了一身花花綠綠的女孩子衣服，那都是小竹子的女兒穿不下，送給我們的。小竹子嫁了一個「陳景潤」，小屋門一關，天塌下來不動，攻難題。給他吃什麼就吃什麼，給他穿什麼就穿什麼，裡裡外外小竹子做主。問起戀愛經過，小竹子說：「不談。我自己跳下水去的，沒故事。他那樣的人，你想跟他使性子吧，人家不懂。」

榆錢的母親來看了兩次孫子就走了，她不能像老魏和呂阿姨那樣，把孫子抱回家養，她有她自己的日子要過。我的詩人母親倒是經常來，一來就大呼小叫，啥都做不了。人家生了兩個，自己一個沒帶過。生下來，我們就在呂阿姨手裡。所以，我和榆錢萬事靠自己，實在忙得不行，把豆子送剪子巷，放呂阿姨那裡過兩天。

蔡萬麗看我們艱難困苦，再也不是小時候無拘無束陪她爸爸打牌時的快活人了，就在出國之前把她在安徽無為教過的一個學生介紹給我們，幫著看豆子做家務。這個學生就是安無為。蔡萬麗說：「安無為一定是最好的小保姆。『青門里』就是她小時候聽了一遍又一遍的童話。你和小喇叭、小竹子三個女孩子就是她故事裡的三仙女。我一叫，她一定來。」

那時候，安徽有一陣風：鄉下女孩子進城當小保姆。安無為穿著一件紅格子的褂子，瞪大眼睛，張著厚嘴唇，小心翼翼走進我們小小的過渡房，在小廚房裡架了一張小床。像我們的妹妹一樣，又回到了我們的生活中來了。

蔡萬麗自己很聰明，教學生又嚴格有方，應該說安無為被蔡萬麗調教得很好，會說帶點兒鄉下口音的普通話，一筆漢字寫得很漂亮，自己也能畫幾筆「美人魚」。來的時候才二十歲，過了一個月，告訴我，她的心願是先進城掙錢，將來上「烹調學校」。蔡萬麗定是把她小時候那點兒峰迴路轉的「青門里」故事說了一百遍，安無為拿我和榆錢當再生父母一樣對待。每天早上，我們還在睡懶覺，她就起來把豆漿蔥油餅給準備好了。豆子一哭，她就抱在手上，不讓他吵了我們。經常一隻手抱著豆子，另一隻手擀麵。每天都想買便宜菜，做出花樣來讓我們驚喜。看到安無為錙銖必計在菜市場討價還價為我們省錢，想到我們能付給她的工錢那麼少，這讓我很過意不去。我們青門里長大的孩子，沒有要人伺候的習慣，我們的保姆是帶我們管我們的母親，不是傭人。看安無為這樣勤勞，我就整天和她搶著做事。安無為說：「家裡的事都是我做。以前蔡老師在鄉下，都是我們輪流給她背柴哩。」

榆錢就開始教安無為畫畫，說：「我看你畫畫的天分是沒有的。你當不了畫家，這是給你一點薰陶。以後你在城裡無論做啥事，都得有點藝術修養。」榆錢當時的路子還在抽象派和行為藝術上，教安無為畫的是圓圈和色彩。安無為是第一個把榆錢當作大師的人，天天給榆錢張紙硯墨，榆錢一畫畫，她就伺候在左右，一副墨童墨女的樣子。榆錢教安無為，也得到了很多好感覺。

就在我出國前一個月，榆錢出了一點事兒。他那個「獨立支隊」莫名其妙就衝出去，惹了一個在公園裡做氣功的女人。那個女人寫信給我，說榆錢「獨立支隊」的根子上有一塊紅記，被她看到了。她說：這是調戲良女。看到這麼私密的東西，那要多近的距離呀。我拿了這封目的不明，含義不清的信給榆錢看，要他解釋是怎麼回事。榆錢說：「冤枉。怎麼盡碰上不懂行的人？公園又不是她家的，她能練功，我就不能玩藝術？古希臘的雕塑，哪個男人都帶性器，也沒見古希臘的女人到處告狀。」

在這件事情上，安無為站在我一邊。她看我生氣，和榆錢吵架，就抱著豆子兩邊勸，過後，還小聲對我說：「要盯緊了陳老師。像陳老師這樣帥的男人，危險。」

榆錢長得像她媽，個子竄高了以後，頭髮就留長了，一甩，像雄馬抖動馬鬃。我從來沒覺得他長得帥，只覺得他長得有特點。安無為一說，我才有點明白榆錢原來看好自己，要把「藝術」做到自己身上去了。他到了知道自己長得帥的年齡。

那封信，我當著榆錢面燒了。榆錢摟著我嘻皮笑臉地說：「這就對了。那些沒文化的女人不懂行為藝術，藝術家的老婆是懂的。你擔心什麼？我們九歲十歲就睡一張床了。」

我並不懂榆錢的藝術，他獻身藝術，我跟著獻，就像小時候好事壞事都一起幹，他要跳傘，我就跟著跳一樣。青門里時代的生活模式在我們倆的小家庭裡基本保留著。本來，為藝術活，就不是一個功利問題。但這件事之後，我對榆錢的藝術道路第一次起了一點兒懷疑。我瞞著榆錢去找了燕吟爸爸。老頭子終是讓榆錢畢業，但從此和榆錢分道揚鑣。老頭子對榆錢的「行為藝術」不屑一顧。給了我一句話：「小風，到了國外靠自己，別指望榆錢。人浮躁的時候就想表現，表現浮躁也可以是一種藝術。但是『浮躁』不是。可惜中國傳統藝術不表現浮躁。他和我路子不同，我不好評價。」

我們怎麼就「浮躁」起來了呢？大概，我們那個不浮躁的文化傳統在一場長長的十年叢林混戰中失了地盤。三千年不急不忙的閒庭信步，終於給一百年的革命鬧得失了方寸。我們不是受「淡定」教育長大的一代君子。我們急急忙忙過了一個革命的童年，沒繼承多少青門里的文明，也沒繼承多少剪子巷的古風。和上輩人比，我們比他們多了一個「野」字，比他們實際，比他們敢幹，比他們會拆房子、會建壩。我記住了燕吟老爸這句話：「浮躁不是藝術」，回來學給榆錢聽，榆錢卻大不以為然，他說：「靈感的騷動才是藝術的源泉。黑馬又壞又瞎，卻比白馬有生命力。我只為藝術活，少要給我定規矩。」

榆錢是在九〇年代中隨我到美國來的。那時，我每天到動物園觀察黑猩猩和博諾波猿，寫我的觀察報告，榆錢就在市裡的幾個畫廊轉來轉去，並不是一開始就去開旅遊車的。他一來，就忙著辦自己的畫展。我們又經歷了一次傾家蕩產。榆錢租到了城市一個小博物館裡的一間小展廳和大門前的一塊廣告展地。他天天一早起來練肌肉，擺姿勢，然後拚命畫。這次，他撿起了他的仕女圖功夫，他要搞一個中西合璧的人物畫展。「為了生存。」他說，「若在國內，我是不會改路子的。」

其實，榆錢並沒有改路子，只是換了筆墨。他畫了十張現代仕女圖，每個仕女都一反古人的賢淑，一人一張桃花臉，個個一臉「性饑渴」的神情。活人倒是個個活，靈氣也忽隱忽現。只是不管站著的，臥著的，都沒穿衣服。搔姿弄色，兩隻手不是放在古人不敢想的地方，就是玩著一個什麼現代電子玩意兒。他把自己關在地下室，畫的時候還不給我看。等我看到這十張「現代仕女圖」時，我只是跌破眼鏡：「這是什麼『仕女圖』呀！這是『春宮圖』！」榆錢說：「不用擔心，美國人喜歡開放的，葷一點，能賣得好。」

這十張「春宮圖」可是讓榆錢受了一番折騰。小博物館的館長老太太猶猶豫豫不讓通過，怕有傷小城風化，還請了當地畫家來討論。好在美國人藝術寬容性大，當地畫家看過了這十張畫，只拿下了兩張太「性」化的，說：「畫法很有意思，是中國畫。內容奇異，得加上說明，為什麼這個藝術家要畫這些裸體中國女人？」

評語回來了，榆錢絞盡腦汁想理由說明。你總不能說：「畫葷一點，為了好賣錢。」最後榆錢胡編了一個說明：這八張現代仕女圖題目叫「讀」。一個人讀另一個人的思想，讀到的思想是赤裸裸的思想，這些赤裸裸思想像原始的美女，只是到了現代，這些美女不再穿草裙戴花環，而是光溜溜地拿著各色電子玩意兒，有時代特色。

謊是編圓了，藝術展也上了報，稱榆錢是中國的著名藝術家。榆錢說：「怎麼樣？人家美國人還是看我的技術吧。你不要小瞧了你男人，我就不是一般人。」

開幕式那天，榆錢又別出心裁，在博物館前的小草坪上擺了個其大無比的玻璃瓶子，自己鑽進去，脫了個精光，做出一副冷得發抖的樣子，叫來幾個他到美國後認識的哥兒們，一次又一次從一個小梯子上爬到瓶口，往裡面倒冰塊，開始還是裝冷，等那冰塊埋得他只剩一個頭的時候，他也不用裝了，外面的人就看著他在瓶子裡發抖吧。

等我從動物園請了假趕來捧場時，榆錢已經在瓶子裡凍得像個大蝦仁，上牙下牙打架一樣磕磕碰碰，「獨立支隊」頂著瓶子壁，凍得又小又尖，像個醃辣椒，要多醜有多醜。教我無地自容。這就是我那個藝術家男人，和動物園叢林裡，躺在太陽底下自慰的博諾波猿有什麼區別？榆錢一頭腦敢想敢幹的異端聰明勁兒，都用在這次「性暴露」的藝術上了，這算是他創新超前的藝術頂峰。有幾個美國人圍著瓶子看，一個個目瞪口呆的樣子，不知這個「中國著名藝術家」在幹什麼。我真想對他們說：「看什麼看。都跟我到動物園去，我讓你們看個真切。」

這時候，太陽正當頭，亮得像個大金幣，周圍發出一圈笑容可掬的金光。只見榆錢掙扎著從冰塊裡爬上來，抖抖地擠出瓶口，跳到草地上，光著腳、光著身子就往正對著馬路一個人造瀑布跑過去，爬過欄杆，衝到瀑布下，兩臂朝著太陽一伸，「支隊」直衝著馬路，口裡叫著：「快拍！快拍！」跟他來的哥兒們就對著他「喊哩嘎嚓」地拍照。

他那瓶子上貼的「行為藝術」標題叫「自由」。

榆錢最後的「自由」作品，被美國警察的手銬「嘎嚓」銬住了。榆錢一出了他那個瓶子，就不再是藝術問題了，成了法律問題。你是個大活人兒，你就不能像黑猩猩和博諾波猿那樣，在公共場所暴露你的「獨立支隊」。你那「支隊」一暴露，你就成了「性騷擾」，侵犯了別人的權利。

這下，我對榆錢的藝術新路子完全失望。這哪裡是藝術，這是暴露癖。把「性」拿到公共場合來調笑，叫它「黃段子」、「暈的」，或「藝術」，都一樣，都是「暴露癖」。返祖！

榆錢的畫又一張也沒賣出去。被我們假想成「色狼」的美國人，比我們中國人還要保守，為了一場婚外情，差點就罷掉一個總統。人家認那一夫一妻制是人性，春宮和色情最多算是娛樂類，終是上不了藝術殿堂。

等榆錢從警察局被我贖回來，我們是真正地傾家蕩產。除了談離婚，也沒什麼可談的了。我以前一次一次跟榆錢吵的架，現在都歸結到一個點：誰能跟一個拿「暴露癖」當藝術的男人過？想想我跟他這些年過的日子：掙錢，為了他的藝術傾家蕩產，再掙錢，再為了他的藝術傾家蕩產，再掙錢，看他像我們動物園裡的博諾波猿一樣把「性」當作特寫鏡頭，放在光天化日之下炫耀。

我把鬧離婚的事和青門里的小朋友一一都說了。大家都是互相看著一起長大的，互相都知底。小竹子和小喇叭都說：榆錢瘋了。我們這代人怎麼會從性壓抑一腳就跳到了性氾濫？且不說道德風化，這樣走極端的男人你就沒法過。只有燕吟說：「榆錢是藝術家，他那些性暴露還都是公開的，沒有欺騙你。比那些有錢的男人，在外面偷著養幾個二奶的還是要好一點。」

唉，我們對中國男人的要求怎麼就變得這麼低？標準居然是：公開返祖，回到動物世界的，比私下返祖，偷著回到動物世界的要好。我權衡再三，一遍又一遍對自己說：你嫁了一個藝術家，還得理解藝術家。可頭一回，又覺得：榆錢不會改，因為他不知道自己怎麼就錯了。他覺得隨著性子就是人，就能出藝術品。但他不知道：有些事情，就算人有能力做，但也不能做，因為這個世界上還有很多和你一樣的「其他人」。

我們這一代人中，放下「革命」，拿起「性」的人，一點也不比放下「革命」，拿起「錢」的人少。因為我們沒有別的東西可拿。十年叢林之戰，我們想也沒想就砸掉了太多東西。人總要活得熱鬧。「革命」不想拿；「性」不准拿；「錢」拿不到，你教榆錢拿什麼作主題？但是，我再愛動物，也沒有勇氣嫁給一個博諾波猿，且一頭過到老。

我說：「榆錢，你真俗氣呀。」榆錢說：「燕吟不俗氣，一心一意在中國的大地上找石油，破壞大自然。你當初就應該跟他。」我說：「這不是我該跟誰的問題，也不是你的藝術水平問題。這是我們的價值觀問題。我想當你爺爺童話裡的『白馬』，你卻拚命把『黑馬』合理化。我要的美人在童話裡，你要的，卻在動物園裡。我倆真該換個專業。」

最後，是榆錢讓了步，他說：「再給我一個機會。我從此什麼都不畫了還不行。」

這樣，榆錢就去給一家中國人開的旅行社開麵包車。每天，榆錢是能掙回來一點錢，可他整天唉聲嘆氣，說他的才華為了我，毀在美國了。這又讓我覺得對不起他。最後，我說：「你回國吧，豆子也上小學了，我一個人能帶。人家科安農是個大男人，不也是一個人帶著賽克。」他說：「看樣子，我的事業在中國。」他還苦笑說：「你當年挖了一個坑，我把我爸倒進去。我倆其實是冤家，還是各走各的好。」

這樣，我和榆錢離了婚。榆錢帶著一張美國綠卡回了國。臨走時說：「美國一趟也沒白來。好歹看懂了美國畫家要表現的『自由』是『精神自由』；中國畫家要表現的是『肉體』在空間裡的自由。『自由』也和算數幾何一樣，有一年級的課本，也有三年級的課本。光要『性』還是土了一點，一年級水平吧。」

我能感覺到榆錢終於認識到：我們浮躁了。不是落後就要挨打，而是整天想著「打」是落後。不是把衣服脫光叫「活出人」，「人」是要有羞愧感的。本來，說落後，也不可能僅僅表現在樓房是高還是矮。落後表現在：坐在自己的洞穴裡，不知道世界已經跑到哪裡了。

榆錢回國是回對了。他回國後，又發現：所有在美國的經歷，包括給那家旅行社開麵包車的經歷都沒白費，都給他帶來益處。中國正在飛快地走向世界，而他先到世界轉了一圈，回來了。

他回國早，也會了英語，在美國辦過個人畫展，手裡還有一份稱他是「中國著名藝術家」的報紙，一回國，就受到藝術學院的重用。沒多久，上面的老人都相繼退休，榆錢是文革十年大學空白後頂上來的正牌大學生、研究生。四十歲一過，就當起了「導師」，又對自己的學歷進行了一些技術包裝，當起了「博導」，動不動就被人請去當評委。

榆錢人過中年，因為曾經在美國受到一次沒有一個中國同行體會過的打擊，他的瘋狂勁在回國後從「性」轉向「色彩」。大藍，豔紅，墨黑他敢用；大紅，大綠，粉紅，銀灰他也敢用，他能把桔紅塗成底色，也敢把藏青塗成底色。他用畫國畫的眼光畫油畫；用畫油畫的色感畫國畫。想畫光溜溜的就畫光溜溜的，想畫醜陋不堪的就畫醜陋不堪的。最後，他就專畫帶「洋味」的中國人物畫。色彩依然鮮豔，人物個個變形，但畫風日見沉穩；開放依然開放，但不管男女，都至少穿條褲子。真有技術了，也不靠搞刺激吃飯了。到了這個世紀，「洋味」成了時髦的東西。小孩子過生日要選到麥當勞。榆錢的畫以西畫中，色彩鮮明，手法還真獨出一幟，畫路看著就有成家的趨勢。再加上國內的一群師兄師弟都到了說話有聲的年齡，一番炒作，榆錢成「大師」了。榆錢剛開始聽人這樣稱呼他，有點不安，外行不知道，他自己知道，多少是他自己的本事，多少是師兄師弟捧的炒的，得分開。可時間一長，真真假假就分不開了。現代社會，要打廣告，打品牌。一雙冒牌的鞋還要一個漂亮鞋盒包裝一下呢。想到多少年輕的藝術家還在圈子外面掙扎，一百塊錢就賣掉一張大畫，而榆錢已經從這條小路上走出來了。榆錢就接受了「大師」的尊號，到了藝術顛峰。

正在藝術顛峰期，突然又出了一些新事物。榆錢要當各種評委了，這個評委、那個協會把榆錢煩死。他沒時間畫了，他得讀某藝術學院某學生寫得關於「黑管」的博士論文。榆錢和我通電話，先還發脾氣，說：「亂彈琴。這論文我能改什麼？最多改幾個錯別字。」

可兄弟學院急需自己培養的博士。美國七年出一個，我們三年就要出一個，這是現代化的需要。「浮躁。」榆錢說。但是，他還是接下了「黑管」論文。那是他一個至親至好的師弟給他攬的事，不好推。榆錢接了兩個厚厚的大信封，一個裝的是論文，一個裝的是錢。幾次評委一當，榆錢就忍氣吞聲不抱怨了。當評委來錢比賣畫快。「藝術是富貴人家的女兒，得有錢養。」榆錢在電話裡開玩笑說：「藝術反正不是真理，給錢下個跪沒人生氣。我現在體會到燕吟老爸文革中被人拖去寫標語時的感受了。怎麼時代都變成這種樣子了，感覺居然還會相同？」我說：「也許時代的外表變了，內在還沒變。培養博士怎麼能跟搞運動一樣？」榆錢說：「我爺爺說過：一代人只能做那個時代允許他們做的事。過去的時代你想培養博士碩士還沒人讓你幹呢。現在有事幹還不好？培養博士運動總比鬥爭教授的運動進步了吧。」榆錢這個理論讓我無話可說。但我擔心這兩個運動都一樣是學術領域裡的悲劇，榆錢卻很有信心：「下次你回來，我們一起去看看小竹子新設計的商業樓群。那叫壯觀。燕吟最近又到海南去找天然氣了，他走之前，我們還聚了一次。可惜小喇叭沒來，出國進修了。」「我們都是很努力的，這點沒人能否認。」我說，「可樓房建完了，汽車有油了，腰裡有錢了，人還是要當人。」榆錢說：「那你好好研究，將來好給我們出個『為人指南』。」

和榆錢這樣談話，我們又成了小時候的關係。話，還是可以無話不談的。包括私房事。榆錢依然拿我當他的保密銀行。有時候，我也會想：是不是我在處理和榆錢的關係上過激了？憑什麼我就是個真理化身，他就是個老流氓？這個世界上，誰也沒有我了解榆錢了解得多，他和我一樣都是異端，咱倆一人走了一隻犄角。這樣想的時候，便也不再動不動就提他的那些不可理喻的「博諾波」行為了。他在國內，因為有名氣，時不時會有女人的事出來，他就徵求我的意見。我知道，對榆錢回國後的生活起了重大影響的還有安無為。

安無為從榆錢到家第一天，就擔當起照顧榆錢的責任。這一點讓榆錢感覺很好。安無為早就讀完了「烹調學校」，只是找不到工作，在人家的咖啡吧裡當「吧臺女」，也到了紅鳥當年嫁不出去的年齡。本來，這個「市場」世界也不是對一個鄉下姑娘敞開的。

榆錢以自由人的身分回來，安無為立刻把他當大師一樣膜拜、追求，前後跟著，處處呵護，像籃球賽打盯人。榆錢並沒有想和安無為談戀愛，他身邊有羨慕他的女學生。但榆錢很快就習慣了被安無為伺候的好感覺。不僅如此，突然，天上就掉下了大把的錢，在如何對待這筆錢的問題上，安無為起了決定作用。

那時，榆錢已經不缺錢了。突然，那個當年在美國免稅店當眾解開褲子掏錢的山東地方官找到了榆錢，要請榆錢幫個忙。他有一大筆錢，想在榆錢國外的銀行帳號裡存一些時候，利息全歸榆錢。那不是一筆小數兒，憑榆錢的聰明，他立刻就聞到了黑錢味。他和此人無親無故，唯一聯繫就是榆錢知道他在美國洗過錢。這第二筆黑錢，他是不想讓第三個知道，或不想牽連家人，就找榆錢這裡來了。

榆錢回到家，把這事跟安無為一說，安無為眼睛瞪大，厚嘴唇張開：「為什麼不要，要呀！有這錢，我們就可以買個大房子結婚啦。房子還可以翻賣，本錢不動人家的就是了。」榆錢嘆了一口氣，說：「過去，一千塊黑錢就能叫貪汙，這可是成百上千個『一千』呀。這事，我們真要幹？真能幹？這可是一大筆黑錢。定是山東那邊搞『嚴打』了。燙手的山芋送我這裡來冷卻了。」

見安無為真想拿這錢，榆錢又說：「你這一點就跟蘇北風不同了。我當年賣了幾張廢紙，她都要擔心『經濟犯罪』；撿幾張廢火車票報帳，她就擔心我貪汙。」安無為說：「這錢黑不黑與我們無關，對不對？這不過就是錢。我們是幫人忙，利人利己。」榆錢說：「小風在，定是要跟我吵的。」安無為說：「我對你比小風姊對你好。這事你聽我的，出了事，我當同案犯下大牢。」榆錢說：「那是。要說誰對誰，你是對我好。小風要的是《理想國》，地球上沒有。她聽童話聽多了。當然是你實在。」

最後，榆錢聽了安無為的話：這事不告訴我，這錢也不存到榆錢在美國的帳戶裡。他們投資。榆錢不插手，一切以安無為的名義幹。這就把他倆的命運連繫在一起了。

安無為是鄉下出來的，雖說是蔡萬麗的學生，但對錢的態度，蔡萬麗沒趕上教她。要說她心不大，她心還挺大；要說她心大，她心也大不到哪裡去。她倒了幾個房子，給榆錢和她自己買了一個小洋樓。接著，就給自己盤下了一個「徽菜館」。有了這個「徽菜館」，安無為就開始賺錢。她勤勞，學過正宗的烹調，又從榆錢那裡得過一些藝術薰陶，有了一個自己的「小菜園」，她就自己耕耘，顯本事了。這市場不就是要讓各人占塊地，好顯出經濟活力嗎？關鍵是看誰能先占到這塊地。安無為借了一陣怪風，占上了這塊地，下面的好日子就是自己創造了。

「徽菜館」辦得很好。安無為先是把她同胎姊姊從鄉下弄出來幫忙，接著把侄女也弄過來了。「徽菜館」越開越大，又盤下了個分店，不到三年工夫，無為村的親親故故都一個一個成了安無為店裡的員工。安無為會過日子，店員七八個，都擠在自己家的小洋樓裡住，保證樓上一間朝陽的大畫室是榆錢的，誰也不能進，樓下這個角落、那個角落架得都是床。

在榆錢結婚之前，榆錢媽媽來了一次，看到這情景，拚了老命反對榆錢和安無為結婚。她說：「土呀，土呀。我那時是從城裡下放到鄉下，你這是『鄉下』下放到城市。你要這洋樓幹什麼？直是讓我想起電視裡看到的美國德州的老農民，突然因為地下的石油暴發了，搬到加州的大公館裡，看見游泳池，就高高興興地說：這個池塘不錯。然後把鴨子放下去養，在游泳池洗菜洗衣服。」

榆錢一甩手，說：「我最討厭你們這些人的等級思想。」

我們青門里長大的孩子曾經都是下等人。我們討厭等級，這算是我們的長處，我能理解榆錢。和伽伽比，榆錢應該是「幸福無比」。在安無為分文不少地還了人家的本錢之後，他倆結了婚，過著幸福的小康生活。過著過著，這小康日子是怎麼來的，就不重要了。他們兩個人都不再去想那一大筆為他們的好日子打基礎的黑錢和那些不相干的「黑管」、「長簫」之類的博士論文了。

榆錢的事業在中國，這話兒他真沒說錯。任何地方，任何時期都有人性，都有他藝術家的源泉。只是我們的人性和獸性轀在一起，不是沾了黑猩猩，就是沾了博諾波猿，分離不出來。所以，人的社會得有些法子管住獸性，那些法子叫「法律」也行，叫「德性」也行。偏偏榆錢和安無為聯手幹事業的時候，是自由市場時代，管社會的法子都不靈，一窩蜂，大家想幹什麼就幹什麼。在一片高樓林立的新叢林裡，誰要占上高枝，誰就占著了。誰就有了話語權。公平問題不在這張圖畫裡。

榆錢正當年，有了一群拿他當大師待的人。欠八爺的那一千塊人情，早用一張小畫給打發了。但要說「藝術」，這只有榆錢自己最知道。他的那份狂妄和他的藝術熱情同步下降，一週下來，開會的時間比畫畫時間多。他說：「他媽的，我不想走燕吟老爸的老路，結果走的這條路還真不知是不是比他老人家走的好。燕吟老爸說自己最多是個畫商，我是什麼？雜家？幹部？商人？汪洋大盜？」

有些東西不說，不代表就安心。青門里的良知想是還在榆錢的小洋樓裡潛伏著。

剪子巷拆了

除了榆錢母親反對榆錢和安無為的婚事，還有一個和安無為作對的人居然是老魏。老魏在榆錢的婚事上本沒有發言權，但安無為盤下的那個餐館卻正好是他家以前在剪子巷的舊址，老魏就有了發言權。

老魏已經到了當年老太爺的年紀，但一點也沒有當年老太爺的權威。剪子巷要拆了，剪子巷的老人們都遷到城郊的新公寓樓裡。老魏這個一向聽指示的老剪子巷居民，突然落後了。他到處找人評理：這一片全是明朝的老房子呀！拆了就再也沒有了。老魏在紅鳥的攙扶下找到榆錢，榆錢也痛心疾首。隨著年齡的增長，藝人的愛舊心態已經在他身上出現。他陪著老魏、紅鳥去找小竹子。

小竹子正在鬧情緒。甩下所有的設計不幹，要出國了。她本是只管設計，不管拆遷的，但她最近從城建局接下的設計是：沿古護城河岸設計一排白牆黑瓦的仿古民居。

護城河就是那條流過北門橋的青團色的河，我和我弟弟在那條河裡玩過河泥。沿河岸本來就有一大片明清時代的民居，剪子巷是其中一處。小竹子不懂為什麼要把好好的「古代民居」拆了，重造成「仿古」的。可城建局執意要把那片民居改造成「仿古商業街」，那是賺錢的黃金地段。想一想，在這條仿古商業街上建上餐館、酒樓、客棧、店鋪、洗腳房……那是什麼情景？那將吸引多少生意和遊客？

老魏、紅鳥和榆錢來找小竹子的時候，小竹子正對著電話叫喊：「蠢蠢蠢。你們拆老房子還拆成『運動』了？你不要以為給我錢我就幹。我不幹。」

不用說，小竹子是站在老魏一邊的。老魏立刻覺得有了一點希望。他把手裡提著的一大盒上好的綠茶遞上去，嘴裡說：「到頭來，還是青門里的姑娘懂我的心思。從小我就看過這個漂亮姑娘和我們小風一起坐在樹上唱小歌。」

榆錢攔下老魏的綠茶：「老魏，綠茶不用送給她。這是我們一夥小鬼裡的人，她幫不了你的忙，還收你的茶葉，夜裡就不能睡覺了。」小竹子穿著白襯衫，紅裙子，長髮飄飄，兩手插在裙兜裡，永遠的漂亮人。漂亮也沒用，時代不聽漂亮建築師的，聽「市場」的。我們把自己的歷史糟踐了十年，突然眼睛一亮，重新看待「歷史」了：「歷史」如果不能換錢，要「歷史」幹什麼？我們的思維方式從「燦爛」變成了「賣掉」。時代突然把「商人」和「商品」推到史無前例的高枝上，瞪大眼睛看著魔術師從空氣中生錢。

小竹子無可奈何地對老魏說：「我跟您一條心也沒用，那仿古商業街我不設計，還會有其他人設計。那地段的新房子，還沒蓋起來就會賣光的，我們擋不住。您也別送我綠茶，送誰也沒用，留著自己喝。就想著：這拆老房子蓋新樓是一場新運動，全國一片紅，您也躲不過，這心裡就平了。以後等那仿古街修好了，您老人家找個茶館常去坐坐就得了。」

老魏頓時就流下老淚：「可那是假的呀！」

「假的」？假作真時真亦假，榆錢還是十三歲的小孩子時，就看清了什麼都是假的。我們青門里的父母最後都淪落到不教我們說實話了。老魏的老淚流晚啦。不知從什麼時候開始，人們相信了：除了錢是真的，什麼都可以是假的。歷史和時間，文化和空間，知識和學歷都可以是假的。人們對「假的」很欣賞，只要它花裡胡哨，給我們現世的快感；只要它「表現好」，能哄人，能來錢就行。我們的文化底蘊看著也成假的了。

小竹子看老魏哭了，心立刻軟了，忿忿不平地幫老魏罵人：「叫我造仿古商業街，這街是新，比舊的好看，可它得過一千年才能叫歷史，才能有文化價值。什麼東西你都可以買，可以造，歷史你買不來造不出。城建局的人怎麼就不懂只有『真的』才叫文化。拿人的歷史腳印換錢，是笨蛋做的賠大本的買賣。」

老魏看這麼多人都同情他，感覺好一點了，把茶葉罐子抱在膝上，用袖子揩乾眼淚，嘆氣。小竹子遞過紙巾，挨著老魏坐下，也嘆氣道：「您這麼傷心，我都有犯罪感了。我爸我媽當年文革中還能藏下一本《希臘神話》，打死了那也是一本真的《希臘神話》。我們卻誰也藏不下一條剪子巷。換成一條仿古的假玩意兒，就像把仰韶文化的陶盆砸了，重做一批金光閃閃的盆子賣錢。是哪個沒文化的土包子在給我們當這個蠢家呀？從當年破四舊、燒字畫、砸骨董，到我們現在拆古居、淹古蹟，作派就沒改呀。真不知是哪一場運動破壞得更多了。」

榆錢想緩和氣氛，故意用了小時候的革命語言，說：「都不要太情緒化了，『破壞』是我們從小就見過的啟蒙教育。我們拆我們還建設嘛。不破不立，破字當頭，立字就在其中了。」小竹子尖刻地說：「破字當頭，錢字就在其中了。紅色江山到開發商手裡去了。」一直沒說話的紅鳥突然冒了一句：「有些東西破了，就再也沒有了。」她把那「再」字說得特別重。

紅鳥說了一個大實話。丟掉了就丟掉了，立不出來的。就是立出來了，那立出來的也一定是別樣的東西。跟著感覺走和跟著革命情緒走都一樣危險。在這麼一個功利的、熱鬧的世界裡，小竹子是幫不了老魏忙的。

老魏還是不甘心，又要榆錢和紅鳥陪他去找青山的老朋友「皮旦」。「皮旦」已經是城建局副局長了。老魏指望她能對剪子巷有一點兒同情心。自從有了電視，老魏就從整天聽收音機轉到了整天看電視，對中央的精神和各級人事調動，是跟得上形勢的。他知道

「皮旦」是副局長，電視裡也見過她好幾回，都是在商業大廈、貿易中心開業典禮上，「皮旦」穿著黑色或白色西裝裙去剪綵。想到「皮旦」曾經和青山是戰友，老魏心就大起來。要找。

可到了城建局高大的紅樓裡，老魏立刻就縮小了一截，走起路來小心翼翼、處處讓榆錢和紅鳥打頭。榆錢不喜歡到這種政府機構來，他的「大師」品牌在這官場上沒人能認得出來。榆錢的長頭髮沒有形狀，不夠挺，又不穿西裝，臉上的揶揄神情也不合這裡的氣氛。紅鳥又是個瘸子，到年齡大了，又一個人過，不打扮，瘸得比年輕時厲害。這三個人擠在一群上訪的拆遷戶裡，難民一般。根本就沒見到「皮旦」。好不容易才見到了兩個「皮旦」手下的工作人員。那盒綠茶，老魏堅決地送給了「皮旦」手下的人，得了一個回話：「那一片新仿古樓出了一點問題。有幾個好房間同時賣給了三個人。工程不但不能停，還要一直拆到北橋醬菜園子。」

老魏想起了老太爺下跪的那一招，也就當著一圈人，「撲通」給人家跪下了。嘴裡說：「那是明朝初年的老房子呀，是我們魏家多少代的祖產呀。你們就等我死在那裡以後再拆吧，這樣也不叫你們違反中央指示。」

可這招不靈了，人家不等，人家說給老魏錢。人家說：「知道你們是副局長的老關係，不會虧待你們的。」老魏就磕頭：「老太爺呀，剪子巷你用命保了一回，這一回，我用命也保不了啦。」

這個經歷給榆錢一個打擊。他是見過剪子巷老太爺的定力的。到老魏，哪裡還有什麼定力？老太爺下跪，那是示威。老魏的下跪就如同乞討一般。在城建局的紅樓裡，榆錢感到了「皮旦」是個官，而藝術家什麼也不是。老魏和紅鳥就更沒有說話的份了，依然是剪子巷的小民。榆錢看不出「皮旦」會有可能心痛剪子巷的歷史。他想起文革時小天井裡燒起的那一把大火，也想起「皮旦」一揮皮帶打在青磚地上。榆錢拉起老魏，和紅鳥一邊一個，硬把老魏架出了城建局的紅樓。

有一次榆錢跟我在電話裡聊天，本來是談著豆子上什麼中學的事，突然，榆錢萬分感慨地對我說：「周不良真算不得什麼壞人。有『皮旦』一比，他不過就是一個『運動油子』而已，窩窩囊囊活了一輩子。」那天，周不良退休，退出了「事業」。「皮旦」還在「事業」中。

剪子巷拆了。老魏拿了錢，心並不能平，哭哭涕涕搬進了城郊的新公寓，臨走時留下一句咒語在那老屋子裡：「誰住在這裡，誰斷子絕孫。」

這咒語就落到安無為頭上了。安無為盤下的「徽菜館」就在那個老房基上。結婚後，她和榆錢試了幾年，生不出小孩子來。沒有孩子，安無為總覺得自己不忙。看著隔壁幾家新店鋪用小白瓷磚把門面牆給貼了，亮閃閃的，安無為也想貼。拉著榆錢去看了一眼，挨了榆錢一頓臭罵：「你還有點審美能力沒有？我是白教你了。那種小白瓷磚，在國外，是人家貼廁所的。你要用來貼門面?貼，貼，貼，好好一個剪子巷成什麼了?避孕套自動售貨機都像個郵筒一樣擺巷口來了。」安無為嘟囔道：「我又沒去過外國。」

又過了兩年，安無為還是不生，心裡有點著急，就瞞著榆錢到雞鳴寺去燒香求子。安無為不知道老魏留下了咒語，而且是咬牙切齒留下的毒咒，菩薩也搬不動，她只是到日子就去燒一炷香。

一日下雨，寺院裡沒什麼人。安無為看見旁邊一個職業婦女，略胖，穿著緊身西裝裙，只站著許願，不燒香，不跪拜。安無為就多了一句話：「菩薩要拜、要信才靈。」那個職業婦女看了她一眼說：「我不信佛，我是無神論。也就是有當無許個願罷了。」「你求什麼?」「為小孩子出國上中學。」「那要很多錢呢。」「為子女呀。」「去哪國?」「美國。」「美國呀，我先生去過美國。」

就在這時候，榆錢打著傘陪著呂阿姨來燒香了。榆錢說：「安無為，皮副局長，你們怎麼都在這兒?!我只當只有呂阿姨信輪迴呢。」

那個和安無為說話的職業婦女是「皮旦」。當榆錢告訴我在寺廟裡看見「皮旦」的時候，我並沒有吃驚。「功利」的意念在她殺兔子的時候就不是零，只不過沒說出來。在拜佛的時候，她不過是說出來了而已。在中國當個「佛」得有當聖誕老人的脾氣，大家都問他要東西，連信無神論的也來要。且要得毫不羞澀。但是，我很有一點遺憾。人啊，已經走到了自己的反面了，卻依然沒有公開反思的勇氣。

安無為燒了香，依然不生。最後，她就自己做了主，把她同胞姊姊超生的九歲小女兒領養了。她姊姊還想超生再生個兒子。

榆錢老母親得知此事，非常生氣。居然從中國花了大錢打國際長途給我，說：「不是我的DNA，我不認。」還說：「陳家只有豆子一個孫子。陳家的遺產全該給豆子，那個領來的沒份。」

世界這是怎麼啦？我和小喇叭撿回安無為的時候，只有童話，沒有遺產問題。

藍眼睛，棕眼睛

在昆奇十九歲的那年，牠第一次正式挑戰雄性首領，以失敗而告終。這次挑戰是我和科安農見到的最有意思的一次，連所有的雌性黑猩猩都捲入了戰事。昆奇這時已經健壯得像當年的路易特了，那位一直保護牠的老祖母已經作古，取代老祖母位置的是昆奇曾經試圖調戲的上層母黑猩猩「大媽媽」。「大媽媽」約十歲的時候來到動物園，現在年齡在四十八歲上下，身材巨大，走路緩慢，喜歡坐在草地上或矮枝上吃香蕉，不參與雄性黑猩猩的打鬥。有時候，我和科安農能長久地看著牠的眼睛，對牠說話。我們能感覺到，「大媽媽」能聽懂我們的話。牠眼睛是棕黑色的，望著我的神情比那位野性的老祖母通情達理。老祖母死後，「大媽媽」自然而然地成了首號雌性。昆奇的挑戰開始是對著一個年輕雄性。這兩個雄性黑猩猩打得天翻地覆，滾成一團，引起了很多黑猩猩的注意。最後打到「大媽媽」這裡。一般來說，雄性黑猩猩打架，弱的一方就會往「大媽媽」身後跑。「大媽媽」坐在兩個對手中間，不急不忙地吃香蕉，那個年輕的黑猩猩就躲到「大媽媽」寬大身體之後，齜牙尖叫。昆奇停止進攻，立在兩米遠的地方，屁股撅著，每根黑毛都豎立著，也尖叫。「大媽媽」只管吃香蕉。

根據以往的慣例，戰事就該這樣結束了。但是這次，兩個傢伙誰也不停止尖叫。首領黑猩猩從牠睡覺的大鼓上跳下來，給兩個鬧事的傢伙一家當胸一拳。園子中心，我們新近放了三個高矮不等的大鼓，可以睡覺，也可以敲著玩，黑猩猩們都很喜歡。最高的一個立刻就給首領雄性占了。這一任首領相信拳頭，跳下來不分青紅皂白，把鬥毆雙方都打一頓，是他維持和平的方法。但這次不靈了。昆奇是蓄意造反，牠一頭撞過去，把首領撞得連連後退。這在等級社會裡是大逆不道的謀反行為，連首領雄性都被昆奇的這一舉動嚇了一跳。還沒來得及反應，昆奇已經跳起來直奔最高的大鼓而去。牠一腳一個，踩著睡在兩個矮鼓上的黑猩猩，跳上最高的大鼓，站在上面又蹦又跳，那鼓聲震天動地，戰場一般。

所有的雌性黑猩猩都被昆奇蓄意破壞社會秩序激怒了，連「大媽媽」都站起來吼叫。雄性首領得到雌性黑猩猩的支持，根本就沒把昆奇的挑戰放在眼裡。牠衝過去，一把拉住昆奇的一隻後腿，把牠從大鼓上拉下來，摜在草地上，一頓拳打腳踢。昆奇連滾帶爬逃到一棵樹頂上，再也不敢下地了。就這樣，黑猩猩們也不放過牠，所有的黑猩猩都仰著頭對牠尖叫。那局面簡直就像是不把昆奇吃了，牠們絕不收場。半小時後，「大媽媽」緩慢地爬上樹去，在昆奇頭上翻了翻跳蚤，帶著昆奇慢慢從樹上下來了。意思是：小鬼受了罰，戰事結束。

「大媽媽」坐回原地吃香蕉。昆奇挑戰首號雄性首領的企圖再次失敗，下了樹以後，一連好幾天，遍體鱗傷的昆奇都躲在「大媽媽」寬大的背後，舔傷，等著哪天傷好了以後的另一輪戰事。

有個人類學家在談到男人和女人的不同時說：女人把團體成員間的衝突看作是「集體關係遭到破壞」，而男人則把衝突看作是確立社會地位的必須。那場戰事讓我想到中國神話裡的共工和祝融，這兩個傢伙定是兩個黑猩猩性十足的雄性首領，打打打，還把天給撞塌了，弄得女媧出來收拾暴力留下的殘局。那女媧補天，大概是中國人走向「人性」的第一步。都說女媧是我們所有中國人的「老媽媽」，這個神話一定不是天上掉下來的。我們的祖先曾經像黑猩猩一樣生活過，這點大概是史實。從小到大，我都喜歡神話。我們中國的神話，聽了挺傷心。和平，是女媧後補的；正義，則常常要等到人死了變成鬼，才能談。

那一年我和科安農去中國接回了金絲猴，世界走向大同，你家的和我家的可以互通有無，你和我可以互相了解。科安農說，除了領金絲猴，他也想和我一起見見我們青門里的那一群「野生動物」。只是青門里已拆了，連門口小店都換成了麥當勞。我跟科安農叨嘮過一千遍的青門里，就只能是他聽過的一個童話了。

因為沒了青門里，我們一群「野生動物」的聚會是在榆錢家的小洋樓裡進行的。安撫為從自己的餐館裡要了一桌好菜，雖然家裡有小保姆，但安撫為一定要親自忙裡忙外為我們張羅，笑得比哪個都高興，嘴裡還不停地哼著老歌：「沒有你，哪有我。沒有天，哪有地。」並且大聲喊叫養女下來拜見貴客。叫了十幾聲，女兒沒下來，小保姆倒哭哭涕涕地下來了，說是小姐又打人，揪著她的頭髮打。安撫為向我們道歉，說女兒不懂事，給慣壞了。榆錢脾氣上來了：「這孩子怎麼這麼暴力。我小時候打人可從來不打比我弱小的。」說著就衝上樓教訓女兒，隱隱約約聽見榆錢在樓上吼：「我們家再有錢也不想養出個小地主婆……你怎麼成了個極端的個人主義……」女兒終是沒下來，小保姆把菜飯端樓上去給她吃了。

榆錢坐在我旁邊，對我說：他們最頭痛的就是這孩子打人。「她以為她是誰呢。她爸以前是做屁股紙的，她媽以前還站吧臺。」榆錢說，「我們都是從最下層奮鬥起的，掙下這棟房子、這些錢，她倒成了有錢人。就那『錢』，她天生得了一個上等人標誌，動手就打人。」

我們的下一代也有會打人的，這一點是我不想看到的。極端的群體主義和極端的個人主義都可以表現為暴力，昆奇也玩過這兩個極端主義。

安無為明顯護女兒，她轉了話題，問：「這次豆子哥哥怎麼沒一起來？他爸想哩。豆子哥哥要來了，也好給我們女兒作個榜樣。」我說：「豆子明年來，這個暑假他還在『玫瑰蕾萊科達印第安保留區』科安農老爸的廣播站做社區服務呢。人家學萊科達印第安語學得很來勁，想當播音員啦。」安無為說：「你看，你看，豆子多好。我要跟女兒說：向豆子哥哥學習。會說英文又會說中文，還會說印第安話。」榆錢說：「會說一百種語言也沒有屁用，你要教她心好。」

我們幾個，除了燕吟整天跑野外，體形沒變，其他人個個都胖了一圈。榆錢早當了教授，說是：突然間教授又分了四級，他還得申請再往上爬。榆錢說：「這是折騰人呀。人分的檔次還不夠多？又要在同事中比來比去，爭來爭去。『階級鬥爭』的皮兒還要蛻一層，啥時候教授才能安心做學問？」

小竹子是專門湊了時間，從美國回來和人家聚會的。看到一幢一幢沖天而起的高樓，小竹子說：還是在中國蓋房子痛快。當年，她要是心狠一點，不管什麼文化歷史建築，一直到今天，她手上的設計一定會一個接一個來。在美國搞建築設計，規矩太多。若是在老區，院子裡放塊大石頭，房子上加個頂，都得一次次過審。

吃了飯，小竹子說：想去看看她多少年前設計的現代公寓樓，就在這裡不遠，我們就一起去了。路上，車很多，一輛一輛排著隊，車前燈燈光晃得像兩串月亮，臉對臉，不耐煩地說著一串大白話，後車燈像兩個紅蜻蜓，蜷著身體，叮在車屁股上談著轉世變形。街上的小地攤上擺著許許多多盜版電影，小販子不住問行人：要不要剛出的美國大片？保證能放。有的一邊問一邊東張西望，隨時準備跳起來就逃，像是占了別人高枝的下層黑猩猩，生怕上層黑猩猩來趕。

一轉彎，是這個城市新開的「小秀水街」。路兩邊燈火通明，門面房一個挨一個。一個個漂亮小姐立在店舖門口熱情洋溢地兜售著各種假名牌，有包，有衣服，有鞋。榆錢在吵吵嚷嚷的街上大聲說：「紅鳥的鞋店給小秀水街的假名牌擠倒了。」榆錢這個消息讓我在這一熙熙攘攘的時刻又想起了英雄楊子榮。英雄做假的心理承受力，被錢一推，大眾化了。能把真的誣陷至死，讓假的活得比真的還真。榆錢說：「現在兩極分化，沒錢的人可以賣假貨，有假的總比什麼都沒有好。」

道德要求可以降為負，一眼望過去，社會還是很好的。

安無為擠到我和榆錢中間說：「我家女兒是一件假名牌都不肯穿的。現在孩子比這個。」安無為這樣說的時候，好像是陳述，又好像是欣慰，也好像是抱怨。我沒有發表意見，不知道該說什麼。不過，我倒是又想起了孔子「肉不方不吃」。「方肉」和「真名牌」是一個等級問題。我們在這一點上比雄性首領黑猩猩厲害。雄性首領黑猩猩一般是不管肉方還是不方的，人家只管肉大還是小。

榆錢和安無為帶著我們從地攤之間繞著走，又穿過了小秀水街。然後，兩人相繼回頭把同樣的話各說了一遍，算是給我們先打個預防針：「人們在好好樓上加了防盜門、防盜窗，有的加到三樓，有的加到五樓。沒有剛建好的時候漂亮壯觀了。」

等我們到了小竹子引以為驕傲的現代公寓樓前，果然看到了那些居民自己加在門上、窗上的鐵欄杆。原來的門窗都因為這些後加的鐵棍子而顯得小了一號，像犯人一樣把一張扁臉縮在鐵柵欄後面。小竹子站在自己的設計面前啞口無言，半天才說：「這是我的女兒呀。臉上給劃了這麼多橫七豎八的傷疤。這真是全世界最醜陋的畫蛇添足！」安無為安慰她說：「沒辦法，有的盜賊能飛簷走壁，五樓都能爬上去，比猴子還凶。」這一點讓我心裡又酸又甜，樹沒了，猴性還是有人遺傳的。我想起美國總統富蘭克林・羅斯福一九三六年在麥迪遜廣場說過的一句罵美國壟斷資本家的名言：「現在我們知道了，靠錢組織起來的政府就如同靠暴徒組織起來的政府一樣危險。」

進化論走到了這一步，我們對我們自己這個物種該怎麼看呢？我們基因裡的猴氣、猿氣，得一點縫兒就冒出來，不分時代，不分地點。現在，剪子巷拆了，階級不提了，等級卻越發森嚴。過去道德文章擔待的任務，一轉手，交給防盜門，防盜窗管了。能管住多少？最多管幾個小猴子罷了。那些雄性首領黑猩猩還不是想怎麼著就怎麼著。當我們把錢和權放在一起的時候，人心裡的黑馬就吃了興奮劑，能發瘋的。腐敗就是權力的影子。甩都甩不掉。這時候，我就又想到了「德先生」。民主不光是管別人心裡的黑馬，也得管自己心裡的黑馬。

我們當中只有燕吟心地善良，說：他不想抱怨。有抱怨的時間，不如幹點事兒，反正事兒總得有人幹。人人都想騎馬，誰當馬哩。他從小就喜歡當馬。他可以當個好白馬。燕吟這樣一說，小喇叭就說她得走了，她也得當好白馬去了。她說保險公司太忙。活兒得有人幹。世界經濟危機了。

科安農說：「中國好呀！到處都是生機勃勃。」

也許，這是我們這一代人可以自豪的地方。這些樓和城市在我們這一代建起來了。下面該幹什麼呢？世界是要繼續的。這個問題已經開始困擾我們，也許還會困擾到我們的後代。

不過，不管有什麼困擾在，有一個人一直是依然如故地活著，教我不得不服氣。這人是當了一輩子保姆的呂阿姨。

第二天，科安農跟著我和榆錢去看呂阿姨。那時，我父母也已經相繼去世。帶科安農去見呂阿姨，也就像帶他到父母跟前過過目一樣吧。呂阿姨這些年的故事很平淡，但也不是三言兩語能說完的。

老魏自從搬出剪子巷後，看著就記不住事了。再後來，人也不認識了，動不動就把紅鳥當作年輕時的呂阿姨，動不動就對呂阿姨說：「你這個老太婆找錯門了吧？醬菜園子得過了北門橋，你怎麼跑我家來了？」除此之外，能吃能睡，跑下樓就找不回家。新家在哪條街，哪一樓，說給他一百遍也記不住。問他急了，就說「剪子巷」。呂阿姨已經伺候他十年了，管他吃，管他拉，還管著到外面去把他找回家。老魏那點兒退休金剛夠兩人過。呂阿姨和老魏依然是下等人。老魏的智力看著一點一點下降，降到兒童時候，痛苦是沒有的，給片西瓜就樂得像過年。苦的就是呂阿姨。紅鳥和榆錢都說：「老魏得老年癡呆症啦，應該送到老人院去。」呂阿姨不讓，怕老人院吃得不好。她說：「老魏糊塗了，越老越小，是他的福氣。不用像八爺一樣，整天怕死怕得要命。太極拳打不動了，山珍海味倒吃足了，心臟有毛病，血壓高，腰不好，肝也不好，就怕得癌症。怕不怕，人還是得死。」

但是，我們那天去看呂阿姨，並不是去老魏家。聽榆錢說，白天，老魏由紅鳥看著，呂阿姨得到蔡教授家，照顧蔡教授。蔡教授五年前出了車禍，兩條腿都殘了。只能坐著，躺著。兩個女兒在法國，電話倒是打得不少，可無法照管他。蔡教授那個壞脾氣，人一老又全回來了，說要吃菜包子就要吃菜包子，說要睡覺，家裡就不得有一點聲音，小保姆沒一個能在他家待得長。蔡教授大小便不能控制，照顧他本來就是個累活，他還不讓人省心，動不動還罷食，不達目的誓不罷休。殘了不到半年，小保姆換了四個，自己身體也糟踐得不成樣子，最後只好呂阿姨自己來。蔡教授跟老魏家是親家，女兒、女婿都不在，呂阿姨不管誰管？榆錢和紅鳥都不希望呂阿姨都奔九十歲了，再去伺候人。呂阿姨說：「青門里的老人，就終在我手裡吧。」

呂阿姨就每天去蔡教授家，路上，自己到小菜場買一小籃子菜，小保姆洗了切了，頓頓她親自下鍋炒。不放醬油，少放鹽。依然叫蔡教授「蔡先生」。一出太陽，就把毛巾、被子抱出來曬，曬得一股太陽味，蓋在蔡教授身上。蔡教授躺在沙發上，天天拿一本書看。有時候，看得好好的，書一放，就逼著呂阿姨替他打官司。他不能就這麼給人謀殺了呀。那個騎摩托車撞了他的年輕人，怎麼就膽敢闖下大禍，回一下頭，停也不停就跑掉了?!真是世風日下。蔡教授氣得要吐血。呂阿姨勸他喝點蓮子湯，蔡教授就說：不把壞人捉回來，他就從此不吃飯。

呂阿姨就打電話給榆錢。任何時候，呂阿姨一有事找，榆錢都是跳起來就走。那天，呂阿姨打電話來的時候，正巧是他們女兒心情好的時候，願意彈鋼琴了。榆錢正和安無為坐在客廳滿心喜悅地聽。榆錢站起來就要走，安無為不高興，說了句：「不就是個保姆嗎?就像你們陳家的老祖宗。」榆錢當時就撂下臉來，發了大脾氣：「我就知道你們這些人，都是商人。忙了半天，就是要當地主，爬人頭上去，錢算是什麼屁東西。給你換尿布的人，才永遠是你的，你也敢忘了?」

榆錢去了，蔡教授說：「榆錢長大了，有白頭髮了，要不要再和我玩一把撲克牌?」一玩，也沒再提抓壞人、告狀的事，晚飯也吃了。呂阿姨就對榆錢說：「以後，常把你們這個那個『小鬼』招來蔡家坐坐。蔡先生要人說說話。」好在世界不大，「小鬼」一招就來。蔡教授也忙，他要上網，還要搞科研。人家電腦一代一代更新，他不能只停留在「牛牛」水平。

有一天，榆錢拉著燕吟一起去蔡家，兩個人在蔡教授面前聊天。燕吟談到：他要找項目，要搞課題經費，得給隊上的人錢掙。項目現在很多，就看你會不會找，好幾個飯局他不想去，但也不能不去，都是關係，不能斷了。再忙，花在請評委吃飯上的時間是省不下來的。榆錢就說：「我就是評委。我的痛苦比你深。你只要請三、五個評委吃飯，我評一次獎就得應付二十個飯局，推都推不掉。人家不請你一頓就放心不下，看著我這肚子就凸出來了。」燕吟說：「好呀，你是評委。你是收錢的，我們是送錢的。還是你的日子好過。」榆錢說：「你不要以為我腐敗。我不腐敗。錢我自己掙，黑錢我不收。不信你去我辦公室看看，幾個紅包我都不開封。退不回去，幾個研究生分，給上下幾個辦公室買茶葉喝。」燕吟就笑了：「那你還不是收了。一群人分了和一個人收了，有什麼區別。」榆錢說：「我一個人收了，叫『受賄』。我給大家分了叫『清廉』。你連這個都看不出來？」燕吟說：「對我們來講都一樣，養一個皇帝比養一群還容易哩。」

蔡教授突然打斷他們，說：「你們說這些事兒無聊不無聊？我都聽得煩死了。某某，你們知道吧？得了諾貝爾獎。當年留學，他和我是同桌。五〇年，我聽了從前我在清華的老先生召喚，回了國。他沒回。現在，想想，我和他的區別就在：我不得不幹一堆和科學不相干的事。只得了三分之一的時間搞科研，三分之二的時間都用到如何跟上形勢了。這是教訓。你倆個搞藝術的就搞藝術，搞科學的就搞科學。掙錢、拉關係和科學、藝術有什麼關係？人家用所有的生命在幹正事，你只用三分之一的時間，那你還不永遠落後？……」

榆錢和燕吟你看我我看你，點著頭，臉上帶著不自然的苦笑。蔡教授依然是個不食人間煙火的人物，不是群體動物，他不知道如今他指導的那種「正常學術行為」又成了異端。社會重新定義了「正常」和「清廉」。根據新定義，從周丕良到陳榆錢都是廉潔端莊的好文人、社會精英。世界在好人手裡。

蔡教授的告誡多是不實用的。不實用老頭子也有權力教訓人：「人生短得很。你倆別做無聊之人，少幹無聊之事。就這樣，能不能結出果子，還得看你們的運氣。要不就別當文人……」呂阿姨看老頭子開始訓人了，趕快端來一杯茶，想打岔。燕吟說：「沒關係，讓他訓吧。我爸我媽還打我呢。我是打不還手，罵不還口，只要兩位老人家高興。」蔡教授就轉了話題：「你爸你媽還打你？太不像話啦，下次我要打個電話給他們，叫停。那《變天帳》留下來的老帳，他們還在跟你算著不成？」

到這時，蔡教授停止了訓話。兩口茶一喝，蔡教授忘了剛才的主題，轉去談呂阿姨會泡八寶茶，榆錢和燕吟也該學一學，對身體好，清火，那好方子可不能失傳了。呂阿姨就抿著嘴笑。她懂青門里老人的心思，蔡教授要個茶，要個水，從來就是還沒開口，呂阿姨就端過去了。就在那一天，蔡教授當著榆錢和燕吟的面，對呂阿姨說：「呂阿姨，趁這兩個小鬼在，給我作個見證。在青山和萬麗的事情上，我給你們魏家道個歉。當年，我就該收下你家老魏的那瓶酒。唉，人到死才知道其實什麼等級都沒有，死是量麵粉的括子，一括子掃過去，大家都是一斗。」

這句話，讓呂阿姨高興了一年。一年後，蔡教授就真不行了，飯越吃越少，話也不肯多說了。一句話，不高興的時候就說一個字，你就猜吧。畢竟是九十多歲的人了，頭腦沒糊塗就不錯了。

這次，我們幾個文革小牌友一塊來看他的時候，他已經瘦得像個棍子，呂阿姨正指揮小保姆把他架到電視前，讓他看電視。蔡教授還不配合，往地下賴，嘴裡說：「書，書，書。」呂阿姨就說：「不看了，下班了。」一轉身看見我們。兩個老人嘴巴笑成了兩個大扁豆莢子，咧到了耳朵根。小猴子回來看老猴子了。

呂阿姨也真是老了，牙也掉了好幾個。她反覆說：「小風回來啦，今天晚上做藕夾。小風回來啦，今天晚上做藕夾。」說著，又去找孫子的照片給我們看。在這一點上，蔡教授和呂阿姨非常一致。那是他外孫。蔡教授嫌呂阿姨拿的不對，比劃要「戴帽子的」。呂阿姨就又找出一張孫子的大學畢業照。小夥子頭上戴著學士帽。

我們在蔡教授家的那天，老頭子高興，賞臉，說了一句整話：「她會寫詩。」我先以為蔡教授說的是他外孫，結果「她」，是指呂阿姨。想是呂阿姨竭盡全力和蔡教授交流，連當年和張奶奶一邊剝毛豆一邊作詩的本事都顯出來了。看樣子，蔡教授給她的詩打了好分數，不像我媽那麼苛刻。

可惜呂阿姨心思只在藕夾上，挎上小菜籃，立刻就要出去買藕，還要我跟她回家去吃晚飯，被榆錢和安無為攔住。安無為說：「晚上到我們餐館去吃飯，都去都去。要吃多少藕夾，我叫大廚給你們做多少。」

結果，呂阿姨堅決不放棄做藕夾的計畫，不肯去安無為的「徽菜館」。她說：還要回家給家裡的老小孩老魏做晚飯。前幾天發的酒釀當是熟了。小風除了藕夾還喜歡吃酒釀。這樣，那天，我和科安農就吃了呂阿姨做的藕夾和酒釀，並看著她一次又一次給老魏夾菜。老魏口水流下來，呂阿姨伸手就給他揩掉。老魏是誰也不認識了。呂阿姨說：她就是擔心老魏會忘記怎麼吃飯。其他的，忘記就算了。

我們走的時候，呂阿姨堅持要送我們到樓下。在樓下，我說：「呂阿姨，你真了不起。」我說這句話的時候，從文革一直想到現在，從呂阿姨教我「記住人家的好」，想到呂阿姨給老魏揩口水。呂阿姨用她從小對我說話的調子回答說：「小風，我告訴你，人就是命。人把命裡允許你做的事都盡力做好，就行了。人只能做這麼多。將來你們也是這樣。」

這麼多年，我研究人和動物，人的局限、人的定義、生命的意義，這些問題我是想得很多，也聽得很多的。呂阿姨說的這句話，是我聽到的最簡單的關於人的至理名言。這句至理名言，比什麼豪言壯語都催人淚下。人生能做到「把命裡允許你做的事都盡力做好」，還有什麼更高的標準呢？我們再蓋多少高樓，也不過是為了能把生命活出意義來。活到極致也不過就是「把命裡允許你做的事都盡力做好」罷了。

這句話，我自己聽著，沒有翻譯給科安農。沒有經過我們這段中國歷史的人，未必能聽懂。在這樣的宿命中，善做出了選擇，生命長河中，那屬於人的2%，不多，卻還在。

出租車來了，呂阿姨拉著我的手，不讓走。我猜她是要跟我談科安農，就讓科安農先上了車。呂阿姨卻說：「小風，我就想告訴你，看見你和他，我就想：我這輩子對不起王家。罪過呀。」

唉，人呀。連那補天的女禍還折了人家神鱉的四隻足哩。

上了車，科安農說：「你的阿姨讓我通過了。你看，她給了我這個。」科安農手裡捏著一張我三歲時候的照片，不知呂阿姨啥時候給他的。照片上，我眼睛瞪得溜溜圓，嘴巴花朵一樣張著，手裡抱著個小黑猴，帶著一臉的好奇，走上人的世界。那時候，世界上還沒有「文革」這一說。童話剛剛開始。

也就是在那一年我和科安農決定結婚。

賽克和豆子都是成人了，正是我們當年風華正茂的年紀。我們的結婚在他們眼裡是順理成章的事。他倆個，一個跑到一中國，一個跑到了印第安保留區。賽克已經在中國教了一年英文，豆子則在萊科達印第安保留區廣播站服務了一年。兩人講好，在我們婚禮之後互換工作一年。

賽克跟豆子講起在中國的經歷，眉飛色舞。賽克剛到中國的時候，我把他介紹給紅鳥照看。紅鳥孤身一人，人也老了。賽克到週末就會跑到她那裡去吃一頓水餃，像她乾兒子。賽克小金毛，藍眼睛，每次來都戴著耳機跑步來，長腿長胳膊，肌肉發達。紅鳥有伽伽情節，看到賽克就高興。我每次電話去問賽克的情況，紅鳥就會說：「這孩子像伽伽呀，就是不會說幾句中國話。」後來賽克就忙起來，總有女孩子找他玩，週末也就不總去紅鳥家了，紅鳥就有一點失落感，電話裡對我感嘆：「伽伽也是藍眼睛呀，怎麼就沒有賽克的好運氣呢。」「伽伽還是中國人呢，整天想的都是中國的命運，就那麼早早死了。伽伽這是什麼命呀？」「你是決定要嫁給那個洋人吧？只要他好，就跟他。」紅鳥的話讓我也想念伽伽。當然，也會想到「皮旦」。

豆子在萊科達保留區的經歷也非常吸引人。同樣讓我想到了很多。豆子在科安農老爸的播音室做義工，一心一意地學萊科達印第安語。科安農老爸要他用英文和萊科達語給散在保留區內外的印第安人讀公民投票的議案。其實，到這個年代，不管保留區內還是保留區外的印第安人，都是懂英文的。議案用萊科達語讀一遍，是對一種文化的承認。議案話不多，但是印第安語，豆子在家練習。他練習來練習去，那幾個議案我也就跟著聽來聽去聽了一百遍。聽他用萊科達語讀，我沒當回事，在豆子的年齡，我和榆錢還不是也盡想管社會的事。後來，豆子回來了，說保留區外的有個小鎮上，有一家新搬來的中國人，開了一家中餐館，他們既不懂英文，也不懂萊科達語。豆子會說一點中文，科安農老爸就把豆子介紹給鎮議會，叫豆子也去給他們讀議案。他們是選民，也不能漏了。

這下豆子要我幫助了。他一遍又一遍用中文唸那些議案給我聽，怕唸錯了。那些議案是：某酒店賣幾種愛爾蘭酒，度數高。投票：要不要禁賣。某餐廳晚上十一點才關門，比人家店晚一小時。投票：要不要叫它改回去。警察局要在某加油站對面設一個觀察點，看有沒有犯罪分子出入。投票：同意不同意設。……

一聽中文，我有感覺了。先是覺得可笑，問豆子：「這一公開投票，罪犯還來嗎？」豆子說：「不來不是最好嗎？」然後，繼續一遍英文一遍中文練習。我聽著聽著，又忍不住問豆子：「這些議案有意思嗎？怎麼我聽著都是一些雞毛蒜皮呀。」豆子說：「這怎麼是雞毛蒜皮？這是民主。」

從這「雞毛蒜皮」的民主，我就突然聯想到了我們的剪子巷，於是感慨頗深：民主細緻到這些枝節，就叫作「生活方式」或者「文化」了吧。那是五百年修出來的。民主管的這些事兒，就跟我們從前剪子巷的規距管到「偷水」和「偷淘米水」；剪子巷的禮教等級細緻到吃飯要排上座下座一樣。只不過這回，人走出了叢林，曉得了要和平地活，事情好商量，不是吃掉他人，一人比所有人高，而是尊重他人，尊重所有人。這些細緻的議案原就是另一種遊戲裡的規則，保護的是另一種活法。不再是把「小的」、「弱的」、「敢說反對話的」打一頓、壓下去了事。民主是一種訓練。訓練人自己管住自己。

秋天，我們在科安農的老家，那個愛荷華的小鎮辦了一個簡單的結婚儀式。那個季節，田野裡到處開都開著一種叫「沙葛他她」的小黃花。花瓣像向日葵，花蕊烏黑，高高地突出來，黑眼睛一般。「沙葛他她」的莖兒又細又高，風一吹，「小向日葵」來回搖，一個個黑眼睛裹在「黃頭巾」裡天真無邪地笑，像科安農拍攝的一張惠樂的照片。惠樂把一根手指放在嘴邊，大大的黑眼睛看著天空，滿眼天真無邪，一副初涉世事的思考者神情。科安農說：那個神情是人的。在我們結婚的時節，因為遍野都是「沙葛他她」的黑眼睛，讓我感到遍野都是人的神情。柔美，簡潔，和平。也許，這就是美人魚化成泡沫也要體會一次的人的神情吧。

山坡上立著幾個發電用的大風車，巨人一樣，潔白的風葉不緊不慢地轉動著，把無形的風從天上拉下來，扯布一樣扯進大風車白色的肚子裡，消化成電。我覺得：被扯進來的風就是我。我在天上野、野、野，然後被扯進一個時代又一個時代。我在一個時間的通道裡走了一遭，幾經周折，被扯到這個寧靜的愛荷華小鎮，從大風車的肚子裡被輕輕地吐了出來。我又結婚了。

結婚儀式過後，科安農說：「這麼多年，都是你嘮叨來嘮叨去你小時候的故事、小時候的朋友，這回我一定要讓你認識一下我小時候的朋友和老師。我們小學一個班，一共十四個人，他們都來了。」

這樣，我就也認識了科安農的小朋友。他們十四個人，高高興興，各有特點，有的藍眼睛，有的棕色眼睛。一群人，捅著一個滿頭銀髮，一臉皺紋的老太太，過來向我們祝賀。老太太披著深綠色和墨黑色相間的披肩，個子不高，眼睛明亮，一路笑逐顏開，多遠就向我們揮手。科安農摟著我，在我耳邊說：「我們這群小朋友，很特別。所以，我們有約定，不管誰結婚，全班都要來。那位，是讓我們知道我們很特別的小學老師。」

聽科安農說，他們這個小鎮很小，都是白人，誰都認識誰。一班同學從小一起玩，都是好朋友，好孩子。有藍天，有白雲，日子過得很太平。他們不能理解為什麼白人會去殺印第安人，為什麼到現代還有人刺殺了馬丁路德．金。他們不懂人是什麼樣的動物。他們的老師當時還是個年輕漂亮的姑娘，父親是參加過太平洋戰役的老兵。她想盡辦法給孩子們講把人分成「類」、「等級」，或「種族」，會產生危險和罪惡。她想告訴孩子們：選擇怎麼樣對待他人，關係到自己能不能被稱為「人」。可這些問題太大、太抽象，不好解釋。

於是，年輕的老師做了七個綠領圈，對孩子們說：我們玩一個遊戲。讓我們把同學分成兩組，一組全是藍眼睛，一組全是棕色眼睛。第一天，老師把綠領圈戴在七個棕色眼睛的孩子的脖子上，對全班說：「只有藍眼睛的孩子是聰明孩子，藍眼睛的孩子可以到院子裡玩玩具，棕色眼睛的孩子只能看；藍眼睛的孩子可以先吃午餐，棕色眼睛的孩子只能後吃。」那一天，所有事兒都是藍眼睛優先。不要理由，只要誰戴了綠領圈，誰就是下等人。結果，本來和和氣氣的小團體一下子成了敵人，溫文爾雅的藍眼睛孩子突然就變得橫行霸道起來，很凶地對待棕色眼睛的小朋友，完全不講理。

第二天，老師把綠領圈戴到藍眼睛孩子的脖子上，說：「昨天弄錯了，棕色眼睛的孩子才是聰明孩子。他們可以玩玩具、吃午餐，事事優先。藍眼睛孩子不能。」結果，那一天，事情倒過來了，棕色眼睛孩子變得橫行霸道，凶狠對同學了。

第三天，老師讓孩子們把綠領圈從脖子上拿下來，問他們的感受。每個孩子都感覺很糟糕，沒有一個人喜歡那個綠領圈。他們扔了綠領圈，互相擁抱。原來等級只是一個標籤，一個很壞的、讓人想行暴的標籤，人是可以把它扔掉的。

科安農說，那個遊戲讓他們認識到了自己身上的危險性，十四個同學都成了和平主義者。

我想，在他們是遊戲，在我們是親身經歷。什麼時候，我們中國的孩子也能做這樣一個遊戲呢？只有敢於面對自己的獸性和由此造成的過失，我們才能擔當起做人的責任。這時，我們可以說：「民主」。

注：文中關於黑猩猩和博諾波猿的資料，主要根據生物學家富蘭斯・德・瓦爾（Frans De Waal）等科學家的研究報告。參考書有：

Frans de Waal, 2010, *The Age of Empathy: Nature's Lessons for a Kinder Society,* New York, Three Rivers Press

Frans de Waal , 2007, *Chimpanzee Politics: Power and Sex among Apes,* Baltimore and London: The Johns and Hopkins University Press

Frans de Waal , 1997, *Good Natured: The Origins of Right and Wrong in Humans and Other Animals,* Cambridge, Massachusetts and London: Harvard University Press

Frans de Waal , 2005, *Our Inner Ape: A Leading Primatologist Explains Why We Are Who We Are,* New York: Riverhead Books

Frans de Waal and Frans Lanting, 1998, *Bonobo: The Forgotten Ape,* California: University of California Press

後記

青門里這個地方不存在了。但是，在青門里發生的事情是不應該忘記的。這些事情很荒唐，但卻理直氣壯地發生了。為什麼會發生？為什麼會在我們這個民族發生？這更值得人們思考。我們都是聰明人，可我們的智力卻常常沒有足夠的勇氣承認：我們做錯了。我們不願意說：我們對於社會的罪惡是有責任的。但是，不敢負責任，是有代價的。這個代價能大到讓我們喪失決定自己命運的資格。

給在青門里生活過的人和發生過的事寫一個志，是想回頭看一眼我們走過的路。在某一個地方，我們全民族「返祖」了。要是我們有自信心，我們就用不著裝作過去不存在。我們可以把我們走錯的地方指出來，給我們的後代看，讓他們不要重複犯。

我感謝所有「青門里」的小朋友和南師附小某屆「小（三）」班的小朋友，他們幫助我還原了一個時代。沒有大家的回憶，我一個人的記載就會不全面。我感謝富蘭斯·德·瓦爾（Frans de Waal）教授及其科研小組，他們對人類動物親戚的傑出研究成果，給了我文學靈感。所有富蘭斯・德・瓦爾記載的黑猩猩和博諾波猿，我都記住了。因為有牠們作對比，我知道了：人不是天生就是人的，當人沒那麼容易。當人，得有能力把自己身上的獸性監督起來；得有能力把職業宣傳家指給你的奴才的天堂嘲笑一番；還得有能力把和權威的衝突化為捍衛人性的力量。

這就是我說的：當人，比當猿猴困難，因為我們要直立行走。但是，無論如何，我們只能當人。沒有回頭路可走。

（二〇一〇年六月完稿於夏威夷，七月修改於上海，八月至十月又改於賓州水碼頭，二〇一一年二月再改於奧馬哈）

聯合文叢 514

青門里

作　　者／袁勁梅
發 行 人／張寶琴
總 編 輯／王聰威
叢書主編／羅珊珊
責任編輯／蔡佩錦
資深美編／戴榮芝
校　　對／蔡佩錦　袁勁梅　吳如惠　黃芷琳　張晶惠
法律顧問／理律法律事務所
陳長文律師、蔣大中律師
出 版 者／聯合文學出版社股份有限公司
地　　址／臺北市基隆路一段178號10樓
電　　話／(02)27666759轉5107
傳　　真／(02)27567914
郵撥帳號／17623526 聯合文學出版社股份有限公司
登 記 證／行政院新聞局局版臺業字第6109號
網　　址／http://unitas.udngroup.com.tw
E-mail:unitas@udngroup.com
印 刷 廠／鴻霖印刷傳媒股份有限公司
總 經 銷／聯合發行股份有限公司
地　　址／231新北市新店區寶橋路235巷6弄6號2樓
電　　話／(02)29178022

出版日期／2011年8月　初版
2011年8月1日　初版二刷
定　　價／280元

ISBN 978-957-522-947-4（平裝）

國家圖書館出版品預行編目資料

青門里 / 袁勁梅作.
-- 初版. -- 臺北市 : 聯合文學, 2011.07
336面 ; 14.8×21公分. -- (聯合文叢 ; 514)

ISBN 978-957-522-947-4(平裝)

857.7 100013408